名家散文典藏

彩插版

宗璞散文精选

宗璞　著

长江出版传媒　长江文艺出版社

图书在版编目（ＣＩＰ）数据

宗璞散文精选 / 宗璞著. -- 武汉：长江文艺出版社，2017.12（2020.4 重印）
（名家散文典藏：彩插版）
ISBN 978-7-5354-9881-6

Ⅰ．①宗… Ⅱ．①宗… Ⅲ．①散文集－中国－当代 Ⅳ．①I267

中国版本图书馆 CIP 数据核字(2017)第 191587 号

责任编辑：曹　程　黄文娟　　　　责任校对：毛　娟
封面设计：龙　梅　　　　　　　　责任印制：邱　莉　王光兴

出版：长江出版传媒　长江文艺出版社

地址：武汉市雄楚大街 268 号　　　邮编：430070
发行：长江文艺出版社
电话：027—87679360
http://www.cjlap.com
印刷：武汉珞珈山学苑印刷有限公司

开本：640 毫米×970 毫米　　　1/16　印张：14.5　插页：10 页
版次：2017 年 12 月第 1 版　　　2020 年 4 月第 4 次印刷
字数：179 千字

定价：28.00 元

名家散文典藏 宗璞 散文精选

目录

◆ 上辑　燕园·忆念 ◆

我爱燕园 / 003

燕园石寻 / 006

燕园树寻 / 009

燕园碑寻 / 013

燕园墓寻 / 017

燕园桥寻 / 021

人老燕园 / 024

霞落燕园 / 028

湖光塔影 / 034

紫藤萝瀑布 / 037

丁香结 / 039

好一朵木槿花 / 041

送春 / 044

秋韵 / 047

松侣 / 049

萤火 / 053

风庐茶事 / 057

星期三的晚餐 / 060

变迁 / 064

三松堂断忆 / 067

那青草覆盖的地方 / 073

花朝节的纪念 / 077

猫冢 / 083

鲁鲁 / 087

哭小弟 / 099

怎得长相依聚 / 104

从近视眼到远视眼 / 109

酒和方便面 / 112

◆ 下辑 书乐·行路 ◆

恨书 / 117

卖书 / 120

乐书 / 123

书当快意 / 126

告别阅读 / 130

没有名字的墓碑 / 134

他的心在荒原 / 138

写故事人的故事 / 144

看不见的光 / 149

感谢高鹗 / 152

耳读《苏东坡传》 / 158

耳读《朱自清日记》 / 162

耳读王蒙旧体诗 / 165

吴为山的雕塑 / 168

风庐乐忆 / 171

药杯里的莫扎特 / 174

漫谈《红楼梦》 / 177

爬山 / 188

三千里地九霄云 / 193

西湖漫笔 / 197

三峡散记 / 201

鸣沙山记 / 206

澳大利亚的红心 / 209

羊齿洞记 / 214

奔落的雪原 / 217

在黄水仙的故乡 / 221

上辑　燕园·忆念

我爱燕园

我爱燕园。

考究起来，我不是北大或燕京的学生，也从未在北大任教或兼个什么差事。我只是一名居民，在这里有了三十五年居住资历的居民。时光流逝，如水如烟，很少成绩；却留得一点刻骨铭心之情：我爱燕园。

我爱燕园的颜色。50 年代，春天从粉红的桃花开始。看见那单薄的小花瓣在乍暖还寒的冷风中轻轻颤动，便总为强加于它轻薄之名而不平，它其实是仅次于梅的先行者。还没有来得及为它翻案，不要说花，连树都难逃斧钺之灾，砍掉了。于是便总由金黄的连翘迎来春天。因它可以入药，在校医院周围保住了一片。紧接着是榆叶梅热闹地上场，花团锦簇，令人振奋。白丁香、紫丁香，幽远的甜香和着朦胧的月色，似乎把春天送到了每人心底。

绿草间随意涂抹的二月兰，是值得大书特书的。那是野生的花，浅紫掺着乳白，仿佛有一层亮光从花中漾出，随着轻拂的微风起伏跳动，充满了新鲜，充满了活力，充满了生机。简直让人不忍走开。紫色经过各种变迁，最后便是藤萝。藤萝的紫色较凝重，也有淡淡的光，在绿叶间缓缓流泻，这时便不免惊悟：春天已老。

夏日的主色是绿，深深浅浅浓浓淡淡的绿。从城里奔走一天回来，一进校门，绿色满眼，猛然一凉，便把烦恼都抛在校门外了。绿色好像是底子，可以融化一切的底子，那文眼则是红荷。夏日荷塘是我招待友人的保留节目。鸣鹤园原有大片荷花，红白相间，清香远播。动乱多年后，寻不到了。现在勺园附近、朗润园桥边都有红荷，最好的是镜春园内的一池，隐藏在小山之后，幽径曲折，豁然得见。红荷的红不同于桃、杏，鲜艳中显出端庄，就像白玉兰于素静中显出华贵一样。我曾不解为什么佛的宝座做莲花状，再一思忖，无论从外貌或品德比较，没有比莲花更适合的了。

秋天的色彩令人感到充实和丰富。木槿的花有紫有白，紫薇的花有紫有红，美人蕉有各种颜色，玉簪花则是玉洁冰清，一片纯白。而最得秋意的是树叶的变化，临湖轩下池塘北侧一排高大的银杏树，秋来成为一面金色高墙，满地落叶也是金灿灿的，踩上去不由生出无限遐想。池塘西侧一片灌木不知名字，一个叶柄上对称地生着秀长的叶子，着雨后红得格外鲜亮。前年我为它写了一篇小文《秋韵》，去年再去观赏时，却见树丛东倒西歪，让人踩出一条路。若再成红霞一片，还不知要多少年！我在倒下的枝叶旁徘徊良久，恨不能起死回生！

一望皆白的雪景当然好看，但这几年很少下雪。冬天的颜色常常是灰蒙蒙的，很模糊。晴时站在未名湖边四顾，天空高处很蓝，愈往边上愈淡，亮亮地发白，枯树枝丫、房屋轮廓显出各种姿态，像是一幅没有着色只有线条的钢笔画。

我爱燕园的线条。湖光塔影，常在从燕园离去的人的梦中。映在天空的塔身自不必说，投在水中的塔影，轮廓弯曲了，摇曳着，而线条还是那么美！湖心岛旁的白石舫，两头微微翘起，有一点弧度，显得既圆润又利落。据说几座仿古建筑的檐角，因为缺少了弧度，而成凡品。湖西侧小山上的钟亭，亭有亭的线条，钟有钟的线条，钟身上铸了十八条龙和八卦。那几条长短不同的横线做出的排列组合，几千年来研究不透。

我爱燕园的气氛，那是人的活动造成的。每年秋天，新学年开始，园中添了许多稚气的脸庞。"老师，六院在哪里？""老师，一教怎样走？"他们问得专心，像是在问人生的道路。每年夏天，学年结束，道听途说则是："你分在哪里？""你哪天走？"布告牌上出现了转让车票、出让旧物的字条。毕业生要到社会上去了。不知他们四年里对原来糊涂的事明白了多少，也不知今后会有怎样的遭遇。我只觉得这一切和四季一样分明，这是人生的节奏。

有时晚上在外面走——应该说，这种机会越来越少了——看见图书馆灯火通明，像一条夜航的大船，总是很兴奋。那凝聚着教师与学生心血的智慧之光，照亮着黑暗。这时我便知道，糊涂会变成明白。

三角地没有灯，却是小小的信息中心，前两年曾特别热闹，几乎天天有学术报告，各种讲座，各种意见，显示出每个人都用自己的头脑在思索。一片绚烂胜过自然间的万紫千红。这才是燕园本色！去年上半年骤然冷落，只剩些舞会通知、电影广告和遗失启事，虽然有些遗失启事很幽默，却总感到茫然凄然。近来又恢复些生气。我很少参加活动，看看布告，也是好的。

我爱燕园中属于我自己的记忆。我扫过自家门前雪，和满地扔瓜子壳儿的男士女士们争吵过。我为奉老抚幼，在衰草凄迷的园中奔走过。我记得室内冷如冰窖的寒冬，也记得新一代水暖工送来温暖的微笑。我那操劳一生的母亲怀着无限不安和惦念在校医院病逝，没有足够的人抬她下楼。当天，她所钟爱的狮子猫被人用鸟枪打死，留下一只尚未满月的小猫。这小猫如今已是十一岁，步入老年行列了。这些记忆，无论是美好的还是痛苦的，都同样珍贵。因为那属于我自己。

我爱燕园。

1988 年 1 月 18 日

燕园石寻

从燕园离去的人，可记得那些石头？

初看燕园景色，只见湖光塔影，秀树繁花，不会注意到石头。回想燕园风光，就会发现，无论水面山基，或是桥边草中，到处离不开石头。

燕园多水，堤岸多用大块石头依其自然形态堆砌而成。走进有点古迹意味的西校门，往右一转，可见一片荷田。夏日花大如巨碗。荷田周围，都是石头。有的横躺，有的斜倚，有的竖立如小山峰，有的平坦可以休憩。岸边垂柳，水面风荷，连成层叠的绿，涂抹在石的堤岸上。

最大的水面是未名湖，也用石做堤岸。比起原来杂草丛生的土岸，初觉太人工化。但仔细看，便可把石的姿态融进水的边缘，水也增加了意味。西端湖水中有一小块不足成为岛的土地，用大石头与岸相连。连续的石块，像是逗号下的小尾巴。"岛"靠湖面一侧，有一条石雕的鱼，曾见它无数次地沉浮。它半张着嘴，有时是在依着水面吐泡儿，有时则高高地昂着头。鱼头和向上翘着的尾巴，测量着湖面的高低。每一个燕园长大的孩子，都在那石鱼背上坐过，把脚伸在水里，自由自在地幻想未来。等他们长大离开，这小小的鱼岛便成为他们生命中的一个逗号。

不只水边有石，山下也是石。从鱼岛往西，在绿荫中可见隆起的小山，上下都是大石。十几株大树的底座，也用大树围起来。路边随时可见气象不一成为景致的石头，几块石矗立桥边，便成了具有天然意趣的短栏。杂缀着野花的披拂的草中，随意躺卧着大石，那惬意样儿，似乎"嵇康晏眠"也不及它。

这些石块数以千万计，它们和山、水、路、桥一起，组成整体的美。燕园中还有些自成一家的石头可以一提。现在看到的都是太湖石，不知入不入得石谱。

办公楼南两条路会合处有角草地，中间摆着一尊太湖石，不及一人高，宽宽的，是个矮胖子。石上有许多纹路孔窍，让人联想到老人多皱纹和黑斑的脸，这似乎很丑，但也奇怪，看着看着，竟在丑中看出美来，那皱纹和黑斑都有一种自然的韵致，可以细细观玩。

北面有小路，达镜春园。两边树木郁郁葱葱，绕过楼房，随着曲径，寻石的人会忽然停住脚步。因为浓绿中站着两块大石，都带着湖水激荡的痕迹。两石相挨，似乎你望着我，我望着你。路边的另一边草丛中站着一块稍矮的石，斜身侧望，似在看着那两个伴侣。

再往里走，荷池在望，隔着卷舒开合任天真的碧叶红菡萏，赫然有一尊巨石，顶端有洞。转过池面通路，便见大石全貌。石下连着各种形状的较小石块，显得格外高大。线条挺秀，洞孔诡秘，重峦叠嶂，都聚石上。还有爬上来的藤蔓，爬上来又静静地垂下。那鲜嫩的绿便滴在池水里、荷叶上。这是诸石中最辉煌的一尊。

不知不觉出镜春园，到了朗润园。说实话，我从来没有弄清两园交界究竟在何处。经过一条小村镇般的街道，到得一座桥边，正对桥身立着一尊石。这石不似一般太湖石玲珑多孔，却是大起大落，上下凸出，中间凹进，可容童子蹲卧，如同虎口大张，在等待什么。放在桥头，似有守卫之意。

再往北走，便是燕园北墙了。又是一块草地上，有假山和太湖石。这尊石有一人多高，从北边看，宛如一只狼犬举着前腿站立，仰首向天，在大声吼叫。若要牵强附会说它是二郎神的哮天犬，未尝不可。

原以为燕园太湖石尽于此了，晨间散步，又发现两块。一块在数学系办公室外草坪上。这是常看见的，却几乎忽略了。它中等个儿，下面似有底座，仔细看，才知还是它自己。石旁有一株棣棠，多年与石做伴，以前依偎着石，现在已遮蔽着石了。还有一块在体育馆西，几条道路交叉处的绿地上，三面有较小的石烘托。回想起来，这石似少特色。但既是太湖石，便有太湖石的品质。孔窍中似乎随时会有云雾涌出，给这错综复杂的世界更添几分迷幻。

　　燕园若是没有这些石头，很难想象会是什么模样。石头在中国艺术中，占有极重要的地位，无论园林、绘画还是文学。有人画石入迷，有人爱石成癖，而《红楼梦》中那位至情公子，也原不过是一块石头。

　　很想在我的"风庐"庭院中，摆一尊出色的石头。可能因为我写过《三生石》这小说，来访的友人也总在寻找那块石头。还有人说确实见到了，其实有的只是野草丛中的石块。这庭院屡遭破坏，又屡屡经营，现在多的是野草。野草丛中散有石块，是院墙拆了又修，修了又拆，然后又修时剩下的，在绿草中显出石的纹路，望着也很可爱。

1988 年 7 月 7 日

燕园树寻

　　燕园的树何必寻？无论园中哪个角落，都是满眼装不下的绿。这当然是春夏的时候。到得冬天，松柏之属，仍然绿着，虽不鲜亮，却很沉着。落叶树木剩了杈丫枝条，各种姿态，也是看不尽的。

　　先从自家院里说起。院中的三棵古松，是"三松堂"命名的由来，也因"三松堂"而为人所知了。世界各地来的学者常爱观赏一番，然后在树下留影。三松中的两株十分高大，超过屋顶：一株是挺直的；一株在高处折弯，做九十度角，像个很大的伞柄。撒开来的松枝如同两把别致的大伞，遮住了四分之一的院子。第三株大概种类不同，长不高，在花墙边斜斜地伸出枝干，很像黄山的迎客松。地锦的条蔓从花墙上爬过来，挂在它身上。秋来时，好像挂着几条红缎带，两只白猫喜欢抓弄摇曳的叶子，在松树周围跑来跑去，有时一下子蹿上树顶，坐定了，低头认真地观察世界。

　　若从下面抬头看，天空是一块图案，被松枝划分为小块的美丽的图案。由于松的接引，好像离地近多了。常有人说，在这里做气功最好了，可以和松树换气，益寿延年。我相信这话，可总未开始。

　　后园有一株老槐树，比松树还要高大，"文革"中成为尺蠖寄居之所。它们结成很大的网，拦住人们的去路，勉强走过，便赢得十几条绿莹莹的小生物在鬓发间、衣领里。最可恶的是它们侵略成性，从窗隙爬进屋里，不时吓人一跳。我们求药无门，乃从根本着手，多次申请除去这树，未获批准。后来忍无可忍，密谋要向它下毒手了，幸亏人们忽然从"阶级斗争"中醒来，开始注意一点改善自身的生活环境，才使密谋不必使之实现。打过几次药后，那绿虫便绝迹。我们真有点"解放"的感觉。

老槐树下，如今是一畦月季，还有一圆形木架，爬满了金银花。老槐树让阳光从枝叶间漏下，形成"花荫凉"，保护它的小邻居，因为尺蠖的关系，我对"窝主"心怀不满，不大想它的功绩，甚至不大想它其实也是被侵略和被损害的。不过不管我怎样想，现在一块写明"古树"的小牌钉在树身，更是动不得了。

院中还有一棵大栾树，枝繁叶茂，恰在我窗前。从窗中望不到树顶。每有大风，树枝晃动起来，真觉天昏地暗，地动山摇，有点像坐在船上。这树开小黄花，春夏之交，有一个大大的黄色的头顶，吸引了不少野蜂。以前还有不少野蜂在树旁筑窝，后来都知趣地避开了。夏天的树，挂满浅绿色的小灯笼，是花变的。以后就变黄了，坠落了。满院子除了落叶还有小灯笼，扫不胜扫。专司打扫院子的老头曾形容说，这树真霸道。后来他下世了，几个接班人也跟着去了，后继无人，只好由它霸道去。看来人是熬不过树的。

出得自家院门，树木不可胜数，可说的也很多，只能略拣几棵了。临湖轩前面的两株白皮松，是很壮观的。它们有石砌的底座，显得格外尊贵。树身挺直，树皮呈灰白色。北边的一株在根处便分岔，两条树干相并相依，似可谓之连理。南边的一株树身粗壮，在高处分权。两树的枝叶都比较收拢，树顶不太大，好像三位高大而瘦削的老人，因为饱经沧桑，只有沉默。

俄文楼前有一株元宝枫，北面小山下有几树黄栌，是涂抹秋色的能手。燕园中枫树很多，数这一株最大，两人才可以合抱。它和黄栌一年一度焕彩蒸霞，使这一带的秋意如醇酒，如一曲辉煌的钢琴协奏曲。

若讲到一个种类的树，不是一株树，杨柳值得一提。杨柳极为普通，因为太普通了，人们反而忽略了它的特色。未名湖畔和几个荷塘边遍植杨柳，我乃朝夕得见。见它们在春寒料峭时发出嫩黄的枝条，

秋 韵

秋天是有成绩的人生，绚烂多彩而肃穆庄严，似朦胧而实清明，充满了大彻大悟的味道。

直到立冬以后还拂动着；见它们伴着娇黄的迎春、火红的榆叶梅度过春天的热烈，由着夏日的知了在枝头喧闹。然后又陪衬着秋天的绚丽，直到一切扮演完毕。不管湖水是丰满还是低落，是清明还是糊涂，柳枝总在水面低回宛转，依依不舍。"杨柳岸，晓风残月。"岸上有柳，才显出风和月，若是光光的土地，成何光景？它们常集体作为陪衬，实在是忠于职守不想出风头的好树。

银杏不是这样易活多见的树，燕园中却不少，真可成为一景。若仿什么"十景""八景"地编排，可称为"银杏流光"。西门内一株最大，总有百年以上的寿数，有石栏围护。一年中它最得意时，那满树略带银光的黄，成为夺目的景象。我有时会想起霍桑小说中那棵光华灿烂的毒树，也许因为它们都是那样独特，其实银杏树是满身的正气，果实有微毒，可以食用。常见一些不很老的老太太，提着小筐去"拣白果"。

银杏树分雌雄。草地上对称处原有另一株，大概是它的配偶。这配偶命不好，几次被移走，有心人又几次补种。到现在还是垂鬘少女，大概是看不上那老树的。一院院中，有两大株，分列甬道两旁，倒是原配。它们比二层楼还高。枝叶罩满小院。若在楼上，金叶银枝，伸手可取。我常想摸一摸那枝叶，但我从未上过这院中的楼，想来这辈子也不会上去了。

它们的集体更是大观了。临湖轩下小湖旁，七棵巨人似的大树站成一排，挡住了一面山。我曾不只一次写过那金黄的大屏风。这两年，它们的叶子不够繁茂，已经不像从前那样有气势了。树下原有许多不知名的小红树，和大片的黄连在一起，真是如火如荼，现在莫名其妙地消失了，大概给砍掉了。这一排银杏树，一定为失去了朋友而伤心罢。

砍去的树很多，最让人舍不得的是办公楼前的两大棵西府海棠，比颐和园乐寿堂前的还大，盛开时简直能把一园的春色都集中在这里。"文革"中不知它触犯了哪一位，顿遭斧钺之灾。至今有的老先生说起时，仍带着眼泪。可作为"老年花似雾中看"的新解罢。

还有些树被移走了，去点缀新盖的楼堂馆所。砍去的和移走的是寻不到了，但总有新的在生在长。谁也挡不住！

　　新的银杏便有许多。一出我家后角门，可见南边通往学生区的路。路很直，两边年轻的银杏树也很直，年复一年地由绿而黄。不知有多少年轻人走过这路，迎着新芽，踩着落叶，来了又走了，走远了……

　　而树还在这里生长。

1990 年 2 月 15 日—4 月 15 日

燕园碑寻

燕园西门，古色古香，挂着宫灯的那一座，原是燕京大学的正门。当时车辆进出都走这个门，往燕南园住宅区的大路也是从西边来。上一个斜坡，往右一转，可见两个大龟各驮着一块石碑，分伏左右。这似乎是燕南园的入口了，但是许多年来，并没有设一个路牌指出这一点，实在令人奇怪。房屋上倒是有号码，却也难寻找。那些牌子的挂处特别，有的颇为浪漫地钉在树上，有的妄想高攀，快上了房顶。循规蹈矩待在门口的，也大多字迹模糊，很不醒目。

不过总算有这两座碑为记，其出处据说是圆明园。燕园里很多古物，像华表、石狮子、一块半块云阶什么的，都来自圆明园，驮碑的龟首向南，上得坡来先看到的是碑的背面，上面刻有许多名字。我一直以为是捐款赞助人，最近才看清上写着"圆明园花儿匠"几个大字，下面是名单。看来皇帝游园之余，也还承认花儿匠的劳动。这样，我们寻碑的小小旅行便从对劳动者的纪念开始了。

两个大龟的脖颈很长，未曾想到缩头。严格说来这不是龟，而是龙生九子的一种，那名字很难记。东边的一个不知被谁涂红了大嘴和双眼，倒是没有人怀疑会发大水。一代一代的孩子骑在它们的脖颈上，留下些值得回忆的照片。碑的正面刻有文字，东边这块尚可辨认：

……于内苑拓地数百弓，结篱为圃，奇葩异卉杂莳其间，每

　　当露蕊晨开，香苞午绽，嫣红姹紫，如锦如霞。虽洛下之名园河
　　阳之花县不足过也。伏念天地间，一草一木皆出神功……以祀花
　　神，从此寒暑益适其宜，阴阳各遵其性。不必催花之鼓，护花之
　　铃，而吐蕊扬花四时不绝……

　　倒是说出一点百花齐放的道理。立碑人名字不同，都是圆明园总
管。一立于乾隆十年，花朝后二日；一立于十二年，中秋后三日。已
是两百多年前的事了。

　　从燕南园往北，有六座中西合璧的小院，以数目名。多为各系的
办公室。在一二三院和四五六院之间，原是大片草地，上有颇具规模
的假山，还有一大架藤萝，后因这些景致有"不生产"的罪名，统统
被废。这块地变成苹果园，周围圈以密不通风的松墙，保护果实。北
头松墙的东西两端，各有大碑，比松墙高些，露出碑顶。过往的人，
稍留心的怕也以为是什么柱子之类，不会想到是怕人忘却的碑。

　　从果树上钻过去，挤在碑前，可见上有满、汉两种文字。碑身很
高，又不能爬到大龟身上，只能观察大概。两碑都是康熙二十四年为
四川巡抚杭爱立的。东边是康熙亲撰碑文，写明"四川巡抚都察院右
副御史加五级谥勤襄杭爱碑文"，文中有"总藩晋地，著声绩于当年；
拥节关中，弘抚绥于此境"的句子。据《清史稿》载，杭爱先任山西
布政使，擢陕西巡抚，又调四川镇压叛乱，大大有功，两边碑上是康
熙特命礼部侍郎作的祭文。这两碑应该立在杭爱坟墓之前，可是坟墓
也不知哪里去了。

　　北阁以北的小山顶上，荒草丛中，有一座不大像碑的碑。乍一看，
似是一块断石；仔细看，原来大有名堂。碑身上刻有明末清初画家蓝
瑛的梅花，碑额上有乾隆题字。梅花本来给人以孤高之感，刻在石上，
更觉清冷。有几枝花朵还很清晰，蕊心历历可见。若不是明写着蓝瑛
梅花石碑，这碑也许早带着几支梅花去垫墙基屋角了。本来这种糊涂
事是很多的。现在它守着半山迎春开了又谢，几树黄栌绿了又红，不
知还要过多少春秋。燕园年年成千上万的人来去，看到这碑的人可能
不多。不过，不看到也没有什么可遗憾。

再往北到钟亭下面，有一个小小的十字路口。我在这里走了千万遍。有时会想起培尔·金特在十字路口的遭遇，那铸纽扣的人拿着勺，要把他铸成一粒纽扣，还没有窟窿眼儿。十字路口的西北面有近几年立的蔡孑民先生像。西南面有一块正式的乾隆御碑。底座和碑边都雕满飞龙，以保护御笔。碑身是横放的长方形，两面有诗，写明种松戏题，丁未仲春中游御笔，并有天子之宝的御印。乾隆的字很熟练，但毫无秀气，比宋徽宗的瘦金体差远了。义山诗云，"古来才命两相妨"。像赵佶、李煜这样的人，只能是误为人主吧。

从小山间下坡，眼前突然开阔，柳枝拂动，把淡淡的水光牵了上来。这就是未名湖了。过小桥，可见德、才、兼、备、体、健、全七座建筑。"文革"中改名曰红几楼红几楼，不知现在是否又改了回来。其中健斋是座方形小楼，靠近湖边。住在楼中，可细览湖上寒暑晨昏各种景色。健斋旁有四扇石碑，一排站着，上刻两副对联："画舫平临苹岸润，飞楼俯映柳荫多。""夹镜光澄风四面，垂虹影界水中央。"据说是和珅所刻，原立在湖心岛旁石舫上小楼前。小楼毁后，移至此。严格说来并不是碑，它写景很实。"画舫"指石舫，"飞楼"当指那已不复存的舱楼，"夹镜"指湖，"垂虹"指桥，全都包括在内了。"平临苹岸"一句，"平""苹"同音，不好。其实"苹"字可以改作一个带草头的字，可用的字不少。

从未名湖北向西，到西门内稍南的荷池。荷池不大，但夏来清香四溢，那沁人肺腑的气息，到冬天似乎还可感觉。1989 年 5 月 4 日，荷池旁草地上，新立起一座极有意义的碑，它不评风花雪月，不记君恩臣功，而是概括了一段历史，这就是国立西南联合大学纪念碑。这碑原在昆明现云南师大校园中的一个角落里，除非特意寻找，很难看见。为了纪念那一段不平凡的日子，为了让更多的人知道历史，作为组成西南联大的三校之一的北京大学和西南联大校友会做了一件大好事，照原碑复制一碑立在此处。

碑的正面是碑文，背面刻有全体为抵抗日本侵略，为保卫祖国而从军的学生的名字。碑文系冯友兰先生撰写，闻一多先生篆额，罗庸先生书丹，真乃兼数家之美。文章记述了西南联大始末，并提出可纪念者四。首庆中华古国有不竭的生命力，"盖并世列强，虽新而不古，希腊、罗马有古而无今。唯我国家，亘古亘今，亦新亦旧，斯所谓周虽旧邦，其命维新者也"。次论三校合作无间，"同无妨异，异不害同，五色交辉，相得益彰，八音合奏，终和且平"。第三说明"万物并育而不相害，道并行而不相悖，小德川流，大德敦化，此天地之所以为大。斯虽先民之恒言，实为民主之真谛"。第四指出古人三次南渡未能北返，"风景不殊，晋人之深悲；还我河山，宋人之虚愿。吾人为第四次之南渡，乃能于不下十年间收恢复之全功，庾信不哀江南，杜甫喜收蓟北"，实可纪念。文章洋溢着一种爱国家、爱民族、爱理想的深情，看上去，真不觉得那是刻在一块冰冷的石头上。

几十年来，碑文作者遭遇了各种批判、攻击乃至诋毁、诬蔑。在世界学者中实属罕见。1980 年我到昆明，瞻仰此碑，曾信手写下一首小诗：

> 阳光下极清晰的文字，
> 留住提炼了的过去，
> 虽然你能证明历史，
> 谁又来证明你自己。

也许待那"自己"变为历史以后，才会有别的证明。证明什么呢？证明一个人在人生最后的铸勺里，化为一枚有窟窿眼儿的纽扣？

每于夕阳西下，来这一带散步，有时荷风轻拂，有时雪色侵衣。常见人在认真地读那碑文，心中不免觉得安慰。于安慰中，又觉得自己很傻，别人也很傻，所有做碑的人都很傻。碑的作者和读者终将逝去，而"断碣残碑都付与苍烟落照"。不过，就凭这点傻劲儿，人才能一代一代传下去。还会有新的纪念碑，树立在苍烟落照里。

1990 年 2 月 2 日

燕园墓寻

　　提起燕园的墓，最先就会想到埃德加·斯诺安眠的所在。那里原是花神庙的旧址，前临未名湖，后倚一小山，风水绝佳。岸边山下，还有花神庙旧山门。在燕园居住近四十年，见这山门的颜色从未变过，也不见哪一天刷新，也不见哪一天剥落，总是一种很旧的淡红色，映着清波，映着绿柳。

　　下葬在 1972 年。那天来了许多要人，是一大盛事。据说斯诺遗嘱葬他一部分骨灰在此，另一部分洒进了纽约附近的赫德孙河，以示他一半属于美国，一半属于中国。分得这样遥远，我总觉得不大舒服。当然这是多虑。一块天然的大石头盖住了墓穴，矮长的墓碑上简单地刻着名字和生卒年月，金色的字，不久便有几处剥落了。周围的冬青，十几年也不见长高，真是奇怪。

　　斯诺的名著《西行漫记》曾风行全世界。三四十年代在沦陷区的青年因看这书被捕入狱，大后方的青年读这书而更坚定追求的信心。他们追求理想社会，没有人剥削人，没有人压迫人，献身的热情十分可贵，只是太简单了。斯诺后来有一部著作《大河那边》我未得见。如果他活到现在，不知会不会再写一部比较曲折复杂的书。

　　另一个美国人葛立普（1870—1946），1920 年应聘担任北京大学地质系教授和农商部地质调查所古生物室主任，为中国地质学会创立者之一。他去世后先葬在沙滩北大地质馆内，1982 年迁在燕园西门内。这里南临荷池，北望石桥，东面是重楼飞檐的建筑，西面是一条小路。来往的人很容易看见他的名字，知道有这样一位朋友。这大概是墓的作用。

还有一位英国朋友的墓可真得寻一寻了，不仔细寻找是看不见的。前两年，经一位燕京校友指点，我们在临湖轩下靠湖的小山边走来走去许多遍，终于在长草披拂中找到一块石头，和其他石头毫无区别。只上面写着 Lapwood 几个英文字和 1909—1984 几个数字。只此而已，没有别的记载。

赖朴吾曾是燕京大学数学系教授，北平沦陷时曾越过封锁线到过平西游击区，和我游击队有联系。解放后他回英国任剑桥大学数学系主任。1984 年来华讲学，在北京病逝，遗愿"把骨灰洒在未名湖边的一个小小的花坛里"。大概原是不打算留下名字的，所以葬在草丛中大石下，让人寻找。

这几天在未名湖边散步，忽然发现临湖轩下小山脚的草少了许多，赖朴吾的名字赫然分明，再没有草丛遮掩。旁边一块较小的石上，又添了一个外国名字和数字 1898—1981，因照签名镌刻，认辨不出是哪一位。经过多方打听，才知道这不是墓，而是纪念碑。那名字是 Sailor，即故燕京大学心理系教授夏仁德，美国人。

据说夏仁德是虔诚的基督徒，但 30 年代的青年学生，在他指定的参考书中第一次接触了《共产党宣言》。在北平沦陷时进步学生常在他家中集会。他曾通过各种关系，将许多医药器材送进解放区，解放后返回美国。后来人们渐渐不知道他了。现在燕京校友将他的名字刻在石上，以示不忘。

这几个朋友的墓使我感到一种志在四方的胸怀。我们总希望叶落归根，异域孤魂是非常凄惨的联想。而他们愿意永远留在这未名湖边，傍着旧石，望着荷田，依着花神庙。也许他们的家乡观念淡薄些？也许他们认为，自己所爱的，便是超乎一切的选择？

离葛立普不远，在原燕京图书馆南面小坡旁，有两座碑，纪念四位青年学子。我一直以为那是墓，所以列入墓寻篇，这次仔细观察，始知是纪念碑。两座碑都是方形柱，高约两米，顶端是尖的，使人想起"刺破青天锷未残"的诗句。

四位同学都是 1926 年"三·一八"事件中的遇难者。北面的一座纪念三位北京大学学生。四方柱上三面刻"三·一八"遇难烈士名字，他们是：张仲超，陕西三原人氏，23 岁；黄克仁，湖南长沙人氏，19 岁；李家珍，湖南醴陵人氏，21 岁。背面刻"中华民国十有八年五月卅日立石"，下有铭文，曰"死者烈士之身，不死者烈士之神。愤八国之通牒兮，竟杀身以成仁。唯烈士之碧血兮，共北大而长新。踏着'三一八'血迹兮，雪国耻以敌强邻。繁后死之责任兮，誓尝胆以卧薪。北大教授黄右昌撰"。黄右昌是当时北大法学系教授。此碑1929 年 5 月立于北大三院（北河沿），1982 年迁此。

南面一座纪念燕京大学二年级女学生魏士毅。有说明本来同学们打算把她葬在这里，因家属不同意，乃立碑"用申景慕"。碑文和铭文都简练而有感染力。碑文如下："劬学励志，性不容恶，尝慨然以改革习俗为己任。民国 15 年 3 月 18 日北京各学校学生为八国通牒事参加国民大会至国务院请愿，女士与焉，遂罹于难。年二十有三岁。"铭曰："国有巨蠹政不纲，城狐社鼠争跳梁，公门喋血歼我良，牺牲小己终取偿。北斗无酒南箕扬，民心向背关兴亡。愿后死者勿相忘。"碑最下方书"燕大男女两校及女附中学生会全体会员立"。

这一带环境变迁很大，实际上人的忘性也很大。有多少人记得这里原来的那一片树林，那一片稻田？记得那林中的幽僻和那田间的舒展？我曾在震耳的蛙声中，在林间小路上险些踩上一条赤链蛇。现在树林稻田都已消失，代之而起的是留学生楼——勺园，蛙声则理所当然地为出租车声代替了。

幸好这两座烈士纪念碑依旧。碑座上还不时会出现一两束新摘的野花，在绿荫中让人眼前一亮。

长勿相忘。

燕园居民中传着一种说法，说是园中还有许多无形的、根本寻不出的墓。那是未经任何手续，悄悄埋在这风景佳胜处的。对于外人来说，就无可寻考了。只有亡人的亲人，会在只有自己知道的角落，在心里说些悄悄话。也许在风前月下，在悄无人迹的清晨与黄昏，还会有小小的祭奠。

祭奠与否亡灵并不知道，实在是生者安慰自己的心罢了。墓其实也是为活人设的。在燕园寻墓迹的同时，我也在为已去世十三年的母亲在燕园外安排一个永栖之所。要它像个样儿，不过是活人看着像样而已。也许潜意识里更为的是让以后有这等雅兴的人寻上一寻。

1990 年 4 月 15 日

燕园桥寻

燕园西墙边这条路走过不止千万遍，从不觉得有什么特别。这次本想从路的一端出新校门去的，有人站在那儿说，此门只准走车，不能走人。便只好转过身来，循墙向旧西门走去。

忽然看见了那桥，那白色的桥。桥不很大，却也不是小桥，大概类似中篇小说吧。栏杆像许许多多中国桥一样，随着桥身慢慢升起，若把个个柱头连接起来，就成为好看的弧线。那天水面格外清澈，桥下三个半圆的洞，和水中倒影合成了三轮满月。我的眼睛再装不下别的景致了。

"燕园桥寻"这题目蓦地来到了心头，我在燕园寻石寻碑寻树寻墓，怎么忘记了桥呢！而我素来是喜欢桥的。

再向前走，两株大松树移进了画面，一株头尖，一株头圆，桥身显在两松之间，绿树和流水连成一片。随着脚步移动，尖的一株退出了，圆的一株斜斜地掩盖着桥身，像在问答什么。走到桥头时，便见这桥直对旧西门。原来的设计是进门过桥，经过一大片草地，便到办公楼。现在听说为了保护文物，这里许久不准走机动车了，上下班时间过桥的行人与自行车还是很多。

冬天从荷塘边西南联大纪念碑处望这桥，雪拥冰封，没有了桥下的满月。几株枯树相伴，桥身分明，线条很美。上桥去看，可见柱头雕着云朵，扶手下横板上雕出悬着的流云，数一数，栏杆十二。这是燕园第一桥。

燕园的第二座桥，就是体育馆北侧的罗锅桥。这种桥颐和园里有。罗锅者，驼背之意也。桥面中间隆起，两面的坡都很陡，汽车是无法经过的，所以在桥旁修了柏油路。桥下没有流水，好在未名湖就在旁边，岸边垂柳，伸手可及，凭栏而立，水波轻，柳枝长。湖心边石舫泊在对面，可以望住那永远开不动的船。

不知中国园林中为什么设计这样难走的桥。圆明园唯一存下的"真迹"桥，也是一个驼背。现在可能因为残缺了，更是无法过去。再一想，大概园林中的桥不只是为了行走，而且是为了观赏。"二十四桥明月夜"，桥，使人想起多少景致。我未到过扬州，想来二十四桥一定各有别出心裁的设计，有的要高，有的要弯，有的要平，所以有的桥平坦如路，有的就高出驼背来了。

第三座桥是临湖轩下的小桥，桥身是平的，配有栏杆。栏杆在"文革"中打坏了半边，很长的一段时间，我在心里称它为"断桥"。现在已经修好了。桥的一边是未名湖，一边是一个小湖，真正的没有名字，总觉得它像是未名湖的女儿，就称它为女儿湖吧。夏初，桥边一株大树上垂下了一串串紫藤萝，遗憾的是，没有小仙子从藤萝花中探出头来。秋初，女儿湖上有许多浮萍，开极鲜艳的黄花，映着碧沉沉的水，真如一幅油画。

未名湖还有两座简朴的桥。一座通湖心岛，是平而宽的石板桥，没有栏杆。这样湖面便显得宽阔，不给人隔开的感觉。有时想，如果这里造的也是那种典型桥，大概在感觉中湖面会小许多。可惜无法试验这种想法是否正确。另一座从钟亭下通往沿湖各楼的小桥，不过几块青石堆成。桥下小溪一道，与未名湖相通，桥边绿树成荫，幽径蜿蜒。可以权且想象这路不知通往何方，其实走过几步便是学校的行政中心办公楼了。

想着燕园的桥，免不了想到燕园的水。燕园中有大小湖陂，长短沟溪，正流着的水会忽然消失，隐入地下，过一段路又显现出来。从未名湖过去，以为没有水了，却又见西门内的水活泼泼地，向南形成了一片荷塘。从旧西门进来，经过荷塘，以为没有水了，东行却又见未名湖。勺园留学生楼北侧，立有塞万提斯像，在这位古装外籍人士的背后，横着一条深溪，两座小桥分架其上，一座四栏杆桥在荷塘边，一座六栏杆桥通往树丛之中。若不注意，只管走下去，顺脚得很，因为有桥连着呢。

俄罗斯盲诗人爱罗先珂的诗剧《桃色的云》中有这样几行反复出现的句子：

> 虹的桥是美丽的，
> 虹的桥是相思的。
> 虹的桥是想要上去的，
> 虹的桥是想要过去的。

我很喜欢《桃色的云》，曾多次撺掇剧院演出，总未果。桥本身就是美的，充满希望的；虹的桥更是美丽的，相思的，而且是属于春天的。

燕园北部镜春、朗润两园水面多，也有几座石板桥，印象中似乎特色不显著。这一带较有野趣，用石板平桥正可取。记得一年夏间，随意散步过来，过几处石桥，见两园交界处，数间民房，绿荫掩映，真有点江南小镇的风光。

曾见一个陌生人在曲折的水湾旁问路，人们指点说，前面有桥，有桥连着呢。

人老燕园

"人老燕园"这个题目，在心中已存放许久了。当时想的是父辈的老去。他们先是行动不便，然后坐在轮椅上，然后索性不能移动了。近年来，燕南园中年轻人愈来愈少。邻居中原来健步如飞的已用上发亮的助步器，原来拙于行的已要人搀扶了。我们的紧邻磁学专家褚圣麟教授年过九十，前几天在燕南园边上找不着路回家。当时细雨迷濛，夜色已降，一盏昏黄的路灯照着跌跌撞撞的老人。幸有学生往褚宅报信。老先生又不认得来接的人，问："你是谁？这是上哪儿去？"

"是谁""上哪儿去"，这是永恒的问题。我听到描述时，心中充满凄凉。人们的道路不同，这就是"是谁"；路的尽头则一定是那长满野百合花的地方，人们从生下来便向那里走，这就是"上哪儿去"。

老父去世以后，燕南园中平稳了两年，接上来的是江泽涵先生和夫人蒋守方。

江先生是拓扑学引进者，几何学权威。在昆明西仓坡，我们便对门而居，到燕南园后又是几十年的邻居，江老先生总随着三个男孩称我为"冯姐姐"。他老来听力极差，又患喉癌，说话困难，常常十分烦躁，江家诸弟便要开导他："看看人家冯先生，从来都是那么心平气和。"蒋、江二先生先后去世，相差不过十天。江先生去世时，并不知蒋先生已先他而去，两人最后的时光都拘禁在病室中，只凭儿孙传递消息。记得有一次我去他家探望，正值修理房子，屋里很乱，江先生用点表示家具、什物，用线表示距离，作了一个图论的图，以求搬动的最佳方案。他向我讲解，可惜如对牛弹琴。江家老二说江先生的墓碑上要刻一个拓扑图形。想到这拓扑图形将也掺杂在拥挤的墓碑群中，很是黯然。

10月间我有香港之行，不过十天，回来得知张龙翔先生去世，十分惊讶。张先生是生物化学家，八十年代曾任北大校长。9月间诸位老太太在张家小聚，我也忝列，还见他走来走去。张先生多年前曾患癌症，近年转到颈椎，不能起床，十分险恶。但经医疗和家人的用心调护，他竟能站立，能行走，而且出去开会。我总说张先生是真正的抗癌明星，怎么一下子就去世了呢。五十六号房屋继失去周培源先生之后，又一次失去了主人，唯有庭前树木依旧。

而我真又想到用"人老燕园"这个题目来作文，是因为自己渐增老态。多少年来我一直和疾病做斗争，总认为病是可以战胜的。我有信心，人能战胜疾病，人比疾病强大，也常以此鼓励病友。《牛天赐传》里牛天赐抱怨说："从脑袋瓜子到脚步鸭子都是痛的。"我倒没有这样全方位发作，但却从头到脚轮流突出，不是这儿不舒服，就是那儿不舒服。近来忽然发现这麻烦不止因病且因为老，而老是不可逆转、不可战胜的。

5月间我下台阶到院中收衣服，当时因自觉能干颇为得意，不料从台阶上摔下，崴了脚，造成蹠骨骨折。全家为此折腾了三个多月，先是去校医院拍片子、上石膏，直到最后煎中药洗脚。坐着轮椅参加了两次集会。7月6日华艺出版社向"希望工程"赠书，其中包括新出版的《宗璞文集》，我坐轮椅前往参加，人家看我坐轮椅而来，不知我是何许人，想想实在滑稽。又一次北大纪念闻一多先生，我又坐轮椅前往，会议厅在二楼，却无电梯，北大副校长郝斌同志看见我，说："怎么搞的！你等等，别动！"呼啦一下来了好几个年轻人，将我抬上二楼，会议结束后，又将我抬下来。我看不清眼前的人，只知道他们都年轻，是青春的力量抬动我，要上便上，要下便下。我无法一一致谢，只好念念有词"多谢，多谢"。朋友们得知我摔伤，都说这是警告，往后一切要小心，因为人已经老了。

可不是么，人已经老了。

儿时的友伴徐恒（縻岐），原是物理系学生，后来是我国第一代播音员。她常打电话来问痊愈到什么程度，知道我已除去石膏，正洗中药，便说要来看看。她来了，坐定后见我走路东歪西倒的样子，便要我好好走路，走时不怕慢，但不能跛，并对仲说"不让她这样走路"。我一想起縻岐的话，便很感动，还有几个人这样操心管着我呢。在准兄弟姐妹中，縻岐是大姐，她是徐炳昶先生的长女，大姐做惯了。说起徐炳昶先生，也是河南唐河人，三十年代曾任北平研究院历史所所长。唐河有个传说，不知在哪个朝代，根据风水先生的意见，计划在唐河县城的四角建造四座塔，说是可以出人才。只造好了两个塔，就停了工，可能是没有经费。于是只出了两个名人（其实唐河人才济济），一个是冯友兰，一个是徐炳昶。我们和徐家有点拐弯亲戚关系，算起来縻岐还要高我一辈呢。近日，友人从美国寄来一份剪报，不知是哪家报纸刊登的一篇短文，题为"冯友兰二三事"，其中所言多系想象。文中说冯友兰和徐炳昶曾经为入河南省志问题而动手相打，我在电话上念给縻岐听，两人都大笑，互问你的牙掉了没有！这些胡说作为花絮还只是令人笑，可有些研究文章一本正经地把瞎话说得那么流畅，完全置事实于不顾，且为违背事实编造出理论，南辕北辙，愈走愈远，真令人悲哀。

话说远了，以前作文似乎比较严谨，现在这样也是老态吧。另一不妙的事是自进入九十年代，我每年10月间好发气管炎，咳嗽剧烈，不能安枕。年年南逃也很麻烦，在仲的坚持下安置了土暖气，于学校供暖之前，自己先行供暖。那火头军是心甘情愿的。见他头戴浴帽，下到地窖子去对付火炉，总担心他会摔倒。只赢得嘲笑说太爱瞎想。一天，他忽然说："再过几年，我做不动了，怎么办？"

怎么办呢？其实用不着想。再过几年，我是否还需要温暖的房间？

自南方回来已十多天了。一夜的雨，天阴沉沉，地面到处湿漉漉，本来还是绿着的玉簪，一夜之间枯黄了。读《静安文集》有句云"天色凄凉似病夫"，不觉悚然而惊。又想起几句《人间词》："最是人间留不住，朱颜辞镜花辞树""君看今日树头花，不是去年枝上朵"。乃又联想到法国诗人维龙的句子："去年的雪今何在？"去年的花和雪永不能再，今年是今年的花和雪了。从王国维想到叔本华，年轻时很喜欢叔本华的哲学，现在连为什么也说不清。只模糊记得那"永久的公道"。叔本华说，世界之自身，即是世界之判词。他以为：意志肯定自己，乃有苦痛；则应负其责任，受其苦痛。这就是"永久的公道"。人类简直没有逃出苦痛的希望。又记得这位老先生论艺术，说美是最高的善。想查书弄明白些，连书也找不到了。

雨停了，扶杖到角门外，见地下一片黄灿灿，铺成圆形，宛如一张华丽的地毯。原来是角门边大银杏树的落叶，仰望大树，光秃秃的枝干在天空刻上窄窄的线条。树不会跌倒，无需扶杖，但是它也会老。只是比人老得慢一些。

门外向南的一条直路，两边都是年轻的银杏树，叶子也已落尽，扫掉了。这条路通向学生宿舍。年轻的人在年轻的树下来来去去。转过身来，猛然间看见墙边凋残的月季枝头，居然有两朵红花，仰着头，开得鲜艳。

霞落燕园

　　北京大学各住宅区，都有个好听的名字。朗润、蔚秀、镜春、畅春，无不引起满眼芳菲和意致疏远的联想。而燕南园只是个地理方位，说明在燕园南端而已。这个住宅区很小，共有十六栋房屋，约一半在五十年代初已分隔供两家居住，"文革"前这里住户约二十家。六十三号校长住宅自马寅初先生因过早提出人口问题而迁走后，很长时间都空着。西北角的小楼则是党委统战部办公室，据说还是冰心前辈举行"第一次宴会"的地方。有一个游戏场，设秋千、跷跷板、沙坑等物。不过那时这里的子女辈多已在青年，忙着工作和改造，很少有闲情逸致来游戏。

　　每栋房屋照原来设计各有特点，如五十六号遍植樱花，春来如雪。周培源先生在此居住多年，我曾戏称之为"周家花园"，以与樱桃沟争胜。五十四号有大树桃花，从楼上倚窗而望，几乎可以伸手攀折，不过桃花映照的不是红颜，而是白发。六十一号的藤萝架依房屋形势搭成斜坡，紫色的花朵逐渐高起，直上楼台。随着时光流逝，各种花木减了许多。藤萝架已毁，桃树已斫，樱花也稀落多了。这几年万物复苏，有余力的人家都注意绿化，种些植物，却总是不时被修理下水道、铺设暖气管等工程毁去。施工的沟成年累月不填，各种器械也成年累月堆放，高高低低，颇有些惊险意味。

　　这只不过是最表面的变化。迁来这里已是第三十四个春天了。三十四年，可以是一个人的一辈子，做出辉煌事业的一辈子。三十四年，婴儿已过而立，中年重逢花甲，老人则不得不撒手另换世界了。燕南园里，几乎每一栋房屋都经历了丧事。

最先离去的是汤用彤先生。我们是紧邻。1954年的一天，他和我的父亲同往《人民日报》开会批判胡适先生，回来车到家门，他忽然说这是到了哪里，找不到自己的家。那便是中风先兆了。约十年后逝世。记得曾见一介兄从后角门进来，臂上挂着一根手杖。我当时想，汤先生再也用不着它了。以后在院中散步，眼前常浮现老人矮胖的身材、团团的笑脸。那时觉得死亡真是不可思议的事。

"文化大革命"初始，物理系饶毓泰先生在五十一号住处投环身亡。数年后翦伯赞先生夫妇同时自尽，在六十四号。他们是"文革"中奉命搬进燕南园的。那时自杀的事时有所闻，记得还看过一个消息，题目是刹住自杀风，心里着实觉得惨。不过夫妇能同心走此绝路，一生到最后还有一同赴死的知己，人间仿佛还有一点温馨。

1977年我自己的母亲去世后，死亡不再是遥远的了，而是重重地压在心上，却又让人觉得空落落，难予填补。虽然对死亡已渐熟悉，后来得知魏建功先生在一次手术中意外地去世时，还很惊诧。魏家迁进那座曾经空了许久的六十三号院，是在七十年代初，但那时它已是个大杂院了。魏太太王碧书曾和我的母亲说起，魏先生对她说过，解放以来经过多少次运动，想着这回可能不会有什么大错了，不想更错！当时两位老太太不胜慨叹的情景，宛在目前。

六十五号哲学系郑昕先生，后迁来的东语系马坚先生和抱病多年的老住户历史系齐思和先生俱以疾终。1981年父亲和我从美国回来不久，我的弟弟去世，在悲苦忙乱之余忽然得知五十二号黄子卿先生也去世了。黄先生除是化学家外，擅长旧体诗，有唐人韵味。老一代专家的修养，实非后辈所能企及。

女植物学家吴素萱先生原在北大，后调植物所工作，一直没有搬家。七十年代末期我进城开会，常与她同路。她每天六点半到公共汽车站，非常准时。我常把校园里的植物向她请教，她都认真回答，一点不以门外汉的愚蠢为可笑。她病逝后约半年，《人民日报》刊登了一张她在看显微镜的照片。当时传为奇谈。不过我想，这倒是这些先生们总的写照。九泉之下，所想的也是那点学问。

冯定同志是老干部，和先生们不同。在五十五号住了几十年，受批判也有几十年了。他有句名言："无错不当检讨的英雄。"不管这是针对谁的，我认为这是一句好话，一句有骨气的话。如果我们党内能有坚持原则不随声附和的空气，党风、民风何至于此！听说一个小偷到他家破窗而入行窃，翻了半天才发现有人坐在屋中，连忙仓皇逃走，冯定对他说："下回请你从门里进来。"这位老同志在久病备受折磨之后去世了。到他为止，燕南园向人世告别的"户主"已有十人。

但上天还需要学者。1986 年 5 月 6 日，朱光潜先生与世长辞。

朱家在"文革"后期从燕东园迁来，与人合住了原统战部小楼。那时燕南园已约有八十余户人家。兴建了一座公厕，可谓"文革"中的新生事物，现在又经翻修，成为园中最显眼的建筑。朱家也曾一度享用它。据朱太太奚今吾说，雨雪时先由家人扫出小路，老人再打着伞出来。令人庆幸的是北京晴天多。以后大家生活渐趋安定，便常见一位瘦小老人在校园中活动，早上举着手杖小跑，下午在体育馆前后慢走。我以为老先生们大都像我父亲一样，耳目失其聪明，未必认得我，不料他还记得，还知道些我的近况，不免暗自惭愧。

我没有上过朱先生的课，来往也不多。1960 年 10 月我调往《世界文学》编辑部，评论方面任务之一是发表古典文艺理论。我们组到的第一篇稿子是朱先生摘译的莱辛名著《拉奥孔：论画和诗的界限》，原书十六万字，朱先生摘译了两万多字，发表在 1960 年 12 月《世界文学》上。记得朱先生在译后记中论及莱辛提出的为什么拉奥孔在雕刻里不哀号，在诗里却哀号的问题。他用了"化美为媚"的说法，并曾对我说用"媚"字译 charming 最合适。媚是流动的，不是静止的；不只有外貌的形状，还有内心的精神。"回眸一笑百媚生"，那"生"字多么好！我一直记得这话。1961 年下半年，他又为我们选译了一组文艺复兴时代意大利的文艺理论，都极精彩。两次译文的译后记都不长，可是都不只有材料上的帮助，且有见地。朱先生曾把文学批评分为四类：以导师自居、以法官自命、重考据和重在自己感受的印象派批评。他主张后者。这种批评不掉书袋，却需要极高的欣赏水平，需要洞见。我看现在《读书》杂志上有些文章颇有此意。

也不记得为什么，有一次追随许多老先生到香山，一个办事人自言自语："这么多文曲星！"我便接着想，用满天云锦形容是否合适，满天云锦是由一片片霞彩组成的。不过那时只顾欣赏山的颜色，没有多注意人的活动。在玉华山庄一带观赏之余，我说我还从未上过"鬼见愁"呢，很想爬一爬。朱先生正坐在路边石头上，忽然说，他也想爬上"鬼见愁"。那年他该是近七十了，步履仍很矫健。当时因时间关系，不能走开，还说以后再来。香山红叶的霞彩变换了二十多回，我始终没有一偿登"鬼见愁"的夙愿，也许以后真会去一次，只是永不能陪同朱先生一起登临了。

"文革"后期政协有时放电影，大家同车前往。记得一次演了一部大概名为《万紫千红》的纪录片，有些民间歌舞。回来时朱先生很高兴，说："这是中国的艺术，很美！"他说话的神气那样天真。他对生活充满了浓厚的感情和活泼泼的兴趣，也只有如此情浓的人，才能在生活里发现美，才有资格谈论美。正如他早年一篇讲人生艺术化的文章所说，文章忌俗滥，生活也忌俗滥。如季扎挂剑、夷齐采薇这种严肃的态度，是道德的也是艺术的。艺术的生活又是情趣丰富的生活。要在生活中寻求趣味，不能只与蝇蛆争温饱。记得他曾与他的学生澳籍学者陈兆华去看莎士比亚的一个剧，回来要不到出租车。陈兆华为此不平，曾投书《人民日报》。老先生潇洒地认为，看到了莎剧怎样辛苦也值得。

朱先生从《给青年的十二封信》开始，便和青年人保持着联系。我们这一批青年人已变为中年而接近老年了，我想他还有真正的青年朋友。这是毕生从事教育的老先生之福。就朱先生来说，其中必有奚先生内助之功，因为这需要精力、时间。他们曾要我把新出的书带到澳洲给陈兆华，带到社科院外文所给他的得意门生朱虹。他的学生们也都对他怀着深厚的感情。朱虹现在还怪我得知朱先生病危竟不给她打电话。

然而生活的重心、兴趣的焦点都集中在工作，时刻想着的都是各自的那点学问，这似乎是老先生们的共性。他们紧紧抓住不多了的时间，拼命吐出自己的丝，而且不断要使这丝更亮更美。有人送来一本澳大利亚人写的美学书，托我请朱先生看看值得译否。我知道老先生们的时间何等宝贵，实不忍打扰，又不好从我这儿驳回，便拿书去试一试。不料他很感兴趣，连声让放下，他愿意看。看看人家有怎样的说法，看看是否对我国美学界有益。据说康有为曾有议论，他的学问在二十九岁时已臻成熟，以后不再求改。有的老先生寿开九秩，学问仍和六十年前一样，不趋时尚固然难得，然而六十年不再吸收新东西，这六十年又有何用？朱先生不是这样。他总在寻求，总在吸收，有执著也有变化。而在执著与变化之间，自有分寸。

　　老先生们常住医院，我在省视老父时如有哪位在，便去看望。一次朱先生恰住隔壁，推门进去时，见他正拿着稿子卧读。我说："不准看了。拿着也累，看也累！"便取过稿子放在桌上。他笑着接受了管制。若是自己家人，他大概要发脾气的。这是他生命中最重要的事啊。他要用力吐他的丝，用力把他那片霞彩照亮些。

　　奚先生说，朱先生一年前患脑血栓后脾气很不好。他常以为房间中哪一处放着他的稿子，但实际没有，便烦恼得不得了。在香港大学授予他荣誉学位那天，他忽然不肯出席，要一个人待着，好容易才劝得去了。一位一生寻求美、研究美、以美为生的学者在老和病的障碍中的痛苦是别人难以想象的。——他现在再没有寻求的不安和遗失的烦恼了。

　　文成待发，又传来王力先生仙逝的消息。与王家在昆明龙头村便曾是邻居，燕南园中对门而居也已三十年了。三十年风风雨雨，也不过一眨眼的工夫。父亲九十大寿时，王先生和王太太夏蔚霞曾来祝贺，他们还去向朱先生告别，怎么就忽然一病不起！王先生一生无党无派，遗命夫妇合葬，墓碑上要刻他 1980 年写的《赠内诗》。中有句云："七省奔波逃严狁，一灯如豆伴凄凉""今日桑榆晚景好，共祈百岁老鸳鸯"。可见其固守纯真之情，不与纷扰。各家老人转往万安公墓相候的渐多，我简直不敢往下想了。只有祷念龙虫并雕斋主人安息。

　　十六栋房屋已有十二户主人离开了。这条路上的行人是不会断的。

他们都是一缕光辉的霞彩，又组成了绚烂的大片云锦，照耀过又消失，像万物消长一样。霞彩天天消去，但是次日还会生出。在东方，也在西方，还在青年学子的双颊上。

1986 年 5 月

湖光塔影

　　从燕园离去的人，难免沾染些泉白烟霞的癖好。清晨在翠竹下读书，黄昏在杨柳岸边散步，习惯了，自然觉得燕园的朝朝暮暮，和那一木一石融在一起，难以分开。在诸般景色中，最容易萦绕于人们思念的，大概是那湖光塔影的画面了。但若真把这幅画面落在纸上，究竟该怎样着笔，我却想不出。

　　小时候，常在湖边行走。只觉得这湖水真绿，绿得和岸边丛生的草木差不多，简直分不出草和水、水和草来；又觉得这湖真大，比清华的荷花池大多了。要不然怎么一个叫池，一个叫湖呢。对面湖岸看来不远，但可要走一会儿，不像荷花池一跑便是一圈。湖中心有一个绿色的小岛，望去树木葱茏，山石叠翠。岛东有一条白色的石船，永恒地停在那里。虽然很近，我却从未到过岛上。只在岸边看着鱼儿向岛游去，水面上形成一行行整齐的波纹。"鱼儿排队！"我想。在梦中，我便也加入鱼儿的队伍，去探索小岛的秘密。

　　一晃过了几十年。这里经过了多少惊涛骇浪。我在经历了人世酸辛之余，也已踏遍燕园的每一个角落。领略了花晨月夕，四时风光。未名湖，湖光依旧。那塔，应该是未名塔了，但却从没有人这样叫它。它矗立在湖边，塔影俨然。它本是实用的水塔，建造时留意为湖山生色，仿照了通州十三层宝塔的式样。关于通州塔，有许多优美的传说故事，而这未名塔最让人难忘的，只是它投在湖水上的影子。晴天时，岸上的塔直指青天，水中的塔深延湖底，湖水一片碧绿，湖影在湖光中，檐角的小兽清晰可辨。阴雨时，黯云压着岸上的塔，水中的塔也似乎伸展不开，雨珠儿在湖面上跳落，泛起一层水汽，塔影摇曳了，散开了，一会儿又聚在一起，给人一种迷惘的感觉。雾起时，湖、塔都笼罩着一层层轻纱。雪落时，远近都覆盖着从未剪裁过的白绒毡。

月夜在湖上别有一番情调。湖西岸有一座筑有钟亭的小山，山侧有树木、草地和一条小路。月光在这儿，多少有些局促。循小路转过山脚，眼前忽然一亮，只见月色照得一片通明，水面似乎比白天宽阔了许多，水波载着月光不知流向何方。但那些北岸树丛中的灯火，很快显示了湖岸的线条，透露了未名湖的秀雅风致。行近岸边，长长的柳丝摇曳着月色湖光。水的银光下是挺拔的塔影，天的银光下是挺拔的塔身。湖中心的小岛蓊蓊郁郁，显得既缥缈又实在。这地面上留住的月光和湖面上的不同。湖面上的闪烁如跃，如同乐曲中轻盈的拨弦；地面上的迷茫空灵，却似水墨画中不十分均匀的笔触。

循路东行到一座小石桥边，向右折去，是一潭与未名湖相通的水。水面不大，三面山坡，显得池水很深。山坡上树木茂密，水边石草杂置。月光从树中照进幽塘。水中反射出冷冷的光，真觉得此时应有一只白鹤从水上掠过，好为那"寒塘渡鹤影，冷月葬诗魂"的诗句做出图解。

又是清晨的散步。想是因为太早，湖畔阒寂无人，只有知了已开始一天的喧闹。我在小山与湖水之间徐行，忽然想起，这山上有埃德加·斯诺先生的遗骨，我此时并不是一个人在这里。斯诺墓已经成为未名湖畔的一个名胜古迹了。简朴的墓碑上刻着"中国人民的美国朋友"的字样。这墓地据说原是花神庙的遗址。湖边上，正在墓的迎面，有一座红色的、砖石筑成的旧庙门，那想是原来的庙门了。我想，中国的花神会好好照看我们的朋友。而"朋友"这个名词所表现的深厚情谊正是我们和全世界人民关系的内涵。

站在红门下向湖中的岛眺望，那白石船仍静静地停泊在原处，树木只管各自绿着。但这几年，在那浓绿中，有一个半球状的铁网样的东西赫然摆在那里，仰面向着天空。那是一架射电天文望远镜，用来接收其他星体的电波。有的朋友认为它破坏了自然的景致，我却觉得它在湖光塔影之间，显示出人类智慧的光辉。儿时的梦在我眼前浮起，我要探索的小岛的奥秘，早已由这架望远镜向宇宙公开了。

　　沉思了片刻，未名塔的背后已是一片朝霞。平日到这时分，湖边的人会渐渐多起来。有人跑步，有人读书，整个湖上充满了活泼的生意。这时却只有两个七八岁的学生在我旁边。他们不知从何时起，坐在岸石上，聚精会神地观察水里的鱼。我想起现在已经放暑假了，孩子才有时间清早在水边流连。

　　"看，鱼！鱼排队！"他们高兴地大叫大嚷，一面指着水面上整齐的一行行波纹，波纹正向小岛行去。

　　"骑鱼探险去吧？"我不由得笑问。

　　"你怎么知道？"他们冲我眨眼睛，又赶快去盯住大鱼。我不只知道这个，还知道这小岛早已不在话下，他们的梦，应该是探索宇宙的奥秘了。

　　我怕打扰他们，便走开了。信步来到大图书馆前。这图书馆真有北京大学的气派。四层楼顶周围镶嵌的绿琉璃瓦在朝阳的光辉里闪闪发亮，正门外有两大片草地，如同两潭清浅的池水。凸出的门廊阶下两长排美人蕉正在开放，美人蕉后是木槿树，雪青、洁白的花朵缀在枝头。馆门上高悬"北京大学图书馆"七个挺秀的大字。这里藏书三万两千册，有两千左右座位，还是终日座无虚席。平时，每天清晨，总有许多人在门前等候。有几次，这些年轻人别出心裁，各自放下装得鼓鼓的书包，由书包排成了长长的队伍。书包虽不像鱼儿会游泳，但却引导人们在知识的活水中得到营养，一步步攀登高峰。这些年轻人中的一部分已经奔向祖国的四面八方，用学得的知识从事建设了。今后，还会有更多的年轻人来这里学习，汲取知识的活水。

　　这时，我虽不在未名湖畔，却想出了幅湖光塔影图。湖光、塔影，怎样画都是美的，但不要忘记在湖边大石上画出一个鼓鼓的半旧的帆布书包，书包下压着一纸我们伟大祖国的色彩绚丽的地图。

1979 年 8 月

紫藤萝瀑布

我不由得停住了脚步。

从未见过开得这样盛的藤萝，只见一片辉煌的淡紫色，像一条瀑布，从空中垂下，不见其发端，也不见其终极，只是深深浅浅的紫，仿佛在流动、在欢笑、在不停地生长。紫色的大条幅上，泛着点点银光，就像迸溅的水花。仔细看时，才知那是每一朵紫花中的最浅淡的部分，在和阳光互相挑逗。

这里春红已谢，没有赏花人群，也没有蜂围蝶阵。有的就是这一树闪光的、盛开的藤萝。花朵儿一串挨着一串，一朵接着一朵，彼此推着挤着，好不活泼热闹！

"我在开花！"它们在笑。

"我在开花！"它们嚷嚷。

每一穗花都是上面的盛开，下面的待放。颜色便上浅下深，好像那紫色沉淀下来了，沉淀在最嫩最小的花苞里。每一朵盛开的花像是一个张满了的小小的帆，帆下带着尖底的舱。船舱鼓鼓的，又像一个忍俊不禁的笑容，就要绽开似的。那里装的是什么仙露琼浆？我凑上去，想摘一朵。

但是我没有摘。我没有摘花的习惯。我只是伫立凝望，觉得这一条紫藤萝瀑布不只在我眼前，也在我心上缓缓流过。流着流着，它带走了这些时一直压在我心上的关于生死的疑惑，关于疾病的痛楚。我浸在这繁密的花朵的光辉中，别的一切暂时都不存在，有的只是精神的宁静和生的喜悦。

这里除了光彩，还有淡淡的芳香，香气似乎也是浅紫色的，梦幻一般轻轻地笼罩着我。忽然记起十多年前家门外也曾有过一大株紫藤萝，它依傍一株枯槐爬得很高，但花朵从来都稀落，东一穗西一串伶仃地挂在树梢，好像在察言观色，试探什么。后来索性连那稀零的花串也没有了。园中别的紫藤花架也都拆掉，改种了果树。那时的说法是，花和生活腐化有什么必然关系。我曾遗憾地想：这里再看不见藤萝花了。

过了这么多年，藤萝又开花了，而且开得这样盛、这样密，紫色的瀑布遮住了粗壮的盘虬卧龙般的枝干，不断地流着、流着，流向人的心田。

花和人都会遇到各种各样的不幸，但是生命的长河是无止境的。我抚摸了一下那小小的紫色的花舱，那里满装生命的酒酿，它张满了帆，在这闪光的花的河流上航行。它是万花中的一朵，也正是由每一个一朵，组成了万花灿烂的流动的瀑布。

在这浅紫色的光辉和浅紫色的芳香中，我不觉加快了脚步。

1982 年 5 月 6 日

丁香结

今年的丁香花似乎开得格外茂盛，城里城外，都是一样。城里街旁，尘土纷嚣之间，忽然呈出两片雪白，顿使人眼前一亮，再仔细看，才知是两行丁香花。有的宅院里探出半树银妆，星星般的小花缀满枝头，从墙上窥着行人，惹得人走过了还要回头望。

城外校园里丁香更多。最好的是图书馆北面的丁香三角地，种有十数棵白丁香和紫丁香。月光下白的潇洒，紫的朦胧。还有淡淡的幽雅的甜香，非桂非兰，在夜色中也能让人分辨出，这是丁香。

在我住了断续近三十年的斗室外，有三棵白丁香。每到春来，伏案时抬头便见檐前积雪。雪色映进窗来，香气直透毫端。人也似乎轻灵得多，不那么浑浊笨拙了。从外面回来时，最先映入眼帘的，也是那一片莹白，白下面透出参差的绿，然后才见那两扇红窗。我经历过的春光，几乎都是和这几树丁香联系在一起的。那十字小白花，那样小，却不显得单薄。许多小花形成一簇，许多簇花开满一树，遮掩着我的窗，照耀着我的文思和梦想。

古人词云："芭蕉不展丁香结""丁香空结雨中热"。在细雨迷蒙中，着了水滴的丁香格外妩媚。花墙边两株紫色的，如同印象派的画，线条模糊了，直向窗前的莹白渗过来。让人觉得，丁香确实该和微雨连在一起。

只是赏过这么多年的丁香，却一直不解，何以古人发明了丁香结的说法。今年一次春雨，久立窗前，望着斜伸过来的丁香枝条上的一柄花蕾。小小的花苞圆圆的，鼓鼓的，恰如衣襟上的盘花扣。我才恍然，果然是丁香结。

丁香结，这三个字给人许多想象。再联想到那些诗句，真觉得它们负担着解不开的愁怨了。每个人一辈子都有许多不顺心的事，一件完了一件又来。所以丁香结年年都有。结，是解不完的；人生中的问题，也是解不完的。不然，岂不太平淡无味了么？

小文成后一直搁置，转眼春光已逝。要看满城丁香，需待来年了。来年又有新的结待人去解——谁知道是否解得开呢。

1985 年清明—冬至

好一朵木槿花

又是一年秋来，洁白的玉簪花挟着凉意，先透出冰雪的消息。美人蕉也在这时开放了。红的黄的花，耸立在阔大的绿叶上，一点不在乎秋的肃杀。以前我有"美人蕉不美"的说法，现在很想收回。接下来该是紫薇和木槿。在我家这以草为主的小园中，它们是外来户。偶然得来的枝条，偶然插入土中，它们就偶然地生长起来。紫薇似娇气些，始终未见花。木槿则已两度花发了。

木槿以前给我的印象是平庸。"文革"中许多花木惨遭摧残，它却得全性命，陪伴着显赫一时的文冠果，免得那钦定植物太孤单。据说原因是它的花可食用，大概总比草根树皮好些吧。学生浴室边的路上，两行树挺立着，花开有紫、红、白等色，我从未仔细看过。

近两年木槿在这小园中两度花发，不同凡响。

前年秋至，我家刚从死别的悲痛中缓过气来不久，又面临了少年人的生之困惑。我们不知道下一分钟会发生什么事，陷入极端惶恐中。我在坐立不安时，只好到草园中踱步。那时园中荒草没膝，除我们的基本队伍——亲爱的玉簪花外，只有两树忍冬，结了小红果子，玛瑙扣子似的，一簇簇挂着。我没有指望还能看见别的什么颜色。

忽然在绿草间，闪出一点紫色，亮亮的，轻轻的，在眼前转了几转。我忙拨开草丛走过去，见一朵紫色的花缀在不高的绿枝上。

　　这是木槿。木槿开花了，而且是紫色的。

　　木槿花的三种颜色，以紫色最好。那红色极不正，好像颜料没有调好；白色的花，有老伙伴玉簪已经够了。最愿见到的是紫色，好和早春的二月兰、初夏的藤萝相呼应，让紫色的幻想充满在小园中，让风吹走悲伤，让梦留着。

　　惊喜之余，我小心地除去它周围的杂草，做出一个浅坑，浇上水。水很快渗下去了。一阵风过，草面漾出绿色的波浪，薄如蝉翼的娇嫩的紫花在一片绿波中歪着头，带点调皮，却丝毫不知道自己显得很奇特。

　　去年，月圆过四五次后，几经洗劫的小园又一次遭受磨难。园旁小兴土木，盖一座大有用途的小楼。泥土、砖块、钢筋、木条全堆在园里，像是零乱地长出一座座小山，把植物全压在底下。我已习惯了这类景象，知道毁去了以后，总会有新的开始。尽管等的时间会很长。

　　没想到秋来时，一次走在这崎岖山路上，忽见土山一侧，透过砖块钢筋伸出几条绿枝。绿枝上，一朵紫色的花正在颤颤地开放！

　　我的心也震颤起来，一种悲壮的感觉攫住了我。土埋大半截了，还开花！

　　我跨过障碍，走近去看这朵从重压下挣扎出来的花。仍是娇嫩的薄如蝉翼的花瓣，略有皱褶，似乎在花蒂处有一根带子束住，却又舒展自得，它不觉得环境的艰难，更不觉自己的奇特。

　　忽然觉得这是一朵童话中的花，拿着它，任何愿望都会实现，因为持有的，是面对一切苦难的勇气。

　　紫色的流光抛撒开来，笼罩了凌乱的工地。那朵花冉冉升起，倚着明亮的紫霞，微笑地俯看着我。

　　今年果然又有一个开始。小园经过整治，不再以草为主，所以有了对美人蕉的新认识。那株木槿高了许多，枝繁叶茂，只是重阳已届，仍不见花。

　　我常在它身旁徘徊，期待着震撼了我的那朵花。

　　它不再来。

二月兰

忽然意识到二月兰的忠心和执着，从春如十三女儿学绣时，它便开花，直开到雨潺风愁，春深春老。

即使再有花开，也不是去年的那一朵了。也许需要纪念碑，纪念那逝去了的、昔日的悲壮？

1988 年重阳

送春

　　说起燕园的野花，声势最为浩大的，要数二月兰了。它们本是很单薄的，脆弱的茎，几片叶子，顶上开着小朵小朵简单的花。可是开成一大片，就形成春光中重要的色调。阴历二月，它们已探头探脑地出现在地上，然后忽然一下子就成了一大片。一大片深紫浅紫的颜色，不知为什么总有点朦胧。房前屋后，路边沟沿，都让它们占据了，熏染了。看起来，好像比它们实际占的地盘还要大。微风过处，花面起伏，丰富的各种层次的紫色一闪一闪地滚动着，仿佛还要到别处去涂抹。

　　没有人种过这花，但它每年都大开而特开。童年在清华，屋旁小溪边，便是它们的世界。人们不在意有这些花，它们也不在意人们是否在意，只管尽情地开放。那多变化的紫色，贯穿了我所经历的几十个春天。只在昆明那几年让白色的木香花代替了。木香花以后的岁月，便定格在燕园，而燕园的明媚春光，是少不了二月兰的。

　　斯诺墓所在的小山后面，人迹罕到，便成了二月兰的天下。从路边到山坡，在树与树之间，挤满花朵。有一小块颜色很深，像需要些水化一化；有一块颜色很浅，近乎白色。在深色中有浅色的花朵，形成一些小亮点儿；在浅色中又有深色的笔触，免得它太轻灵。深深浅浅连成一片。这条路我也是不常走的，但每到春天，总要多来几回，看看这些小友。

其实我家近处，便有大片二月兰。各芳邻门前都有特色，有人从荷兰带回郁金香，有人从近处花圃移来各色花草。这家因主人年老，儿孙远居海外，没有人侍弄园子，倒给了二月兰充分发展的机会。春来开得满园，像一块花毡，衬着边上的绿松墙。花朵们往松墙的缝隙间直挤过去，稳重的松树也似在含笑望着它们。

这花开得好放肆！我心里说。我家屋后，一条弯弯的石径两侧直到后窗下，每到春来，都是二月兰的领地。面积虽小，也在尽情抛洒春光。不想一次有人来收拾院子，给枯草烧了一把火，说也要给野花立规矩。次年春天便不见了二月兰，它受不了规矩。野草却依旧猛长。我简直想给二月兰写信，邀请它们重返家园。信是无处投递，乃特地从附近移了几棵，也尚未见功效。

许多人不知道二月兰为何许花，甚至语文教科书的插图也把它画成兰花的模样。兰花素有花中君子之称，品高香幽。二月兰虽也有个"兰"字，可完全与兰花没有关系，也不想攀高枝，只悄悄从泥土中钻出来，如火如荼点缀了春光，又悄悄落尽。我曾建议一年轻画徒，画一画这野花，最好用水彩，用印象派手法。年轻人交来一幅画稿，在灰暗的背景中只有一枝伶仃的花，又依照"现代"眼光，在花旁画了一个破竹篮。

"这不是二月兰的典型姿态。"我心里评判着。二月兰是一大片一大片的，千军万马。身躯瘦弱，地位卑下，却高扬着活力，看了让人透不过气来。而且它们不只开得隆重茂盛，尽情尽性，还有持久的精神。这是今春才悟到的。

因为病，因为懒，常几日不出房门。整个春天各种花开花谢，来去匆匆，有的便不得见。却总见二月兰不动声色地开在那里，似乎随时在等候，问一句："你好些吗？"

又是一次小病后，在园中行走。忽觉绿色满眼，已为遮蔽炎热做准备。走到二月兰的领地时，不见花朵，只剩下绿色直连到松墙。好像原有一大张绚烂的彩画，现在掀过去了，卷起来了，放在什么地方，以待来年。

我知道，春归去了。

在领地边徘徊了一会儿，忽然意识到二月兰的忠心和执着。从春如十三女儿学绣时，它便开花，直到雨屏风愁，春深春老。它迎春来，伴春在，送春去。古诗云"开到荼蘼花事了"，我始终不知荼蘼是个什么样儿，却亲见二月兰蓦然消失，是春归的一个指征。

迎春人人欢喜，有谁喜欢送春？忠心的、执着的二月兰没有推托这个任务。

1992 年 9 月下旬

秋韵

　　京华秋色，最先想到的总是香山红叶。曾记得满山如火如荼的壮观，在太阳下，那红色似乎在跳动，像火焰一样。二三友人，骑着小驴，笑语与得得蹄声相和，循着弯曲小道，在山里穿行。秋的丰富和幽静调和得匀匀的，向每个毛孔渗进来。后来驴没有了，路平坦得多了，可以痛快地一直走到半山。如果走的是双清这一边，一段山路后，上几个陡台阶，眼前会出现大片金黄，那是几棵大树，现在想来，该是银杏罢。满树茂密的叶子都黄透了，从树梢披散到地，黄得那样滋润，好像把秋天的丰收集聚在那里了。让人觉得，这才是秋天的基调。

　　今年秋到香山，人也到香山。满路车辆与行人，如同电影散场，或要举行大规模代表会。只好改道万安山，去寻秋意。山麓有一片黄栌，不甚茂密。法海寺废墟前石阶两旁，有两片暗红，也很寥落。废墟上有顺治年间的残碑，镌有"不得砍伐"、"不得放牧"的字样。乱草丛中，断石横卧，枯树枝头，露出灰蓝的天和不甚明亮的太阳。这似乎很有秋天的萧索气象了。然而，这不是我要寻找的秋的韵致。

　　有人说，该到圆明园去，西洋楼西北的一片树林，这时大概正染着红、黄两种富丽的颜色。可对我来说，不断地寻秋是太奢侈了，不能支出这时间，且待来年罢。家人说，来年人更多，你骑车的本领更差，也还是无由寻到的。那就待来生罢，我说，大家一笑。

　　其实，我是注意今世的。清晨照例地散步，便是为了寻健康，没有什么浪漫色彩。这一天，秋已深了，披着斜风细雨，照例走到临湖轩下小湖旁，忽然觉得景色这般奇妙，似乎我从未到过这里。

小湖南面有一座小山，山与湖之间是一排高大的银杏树。几天不见，竟变成一座金黄屏障，遮住了山，映进了水。扇形叶子落了一地，铺满了绕湖的小径。似乎这金黄屏障向四周渗透，无限地扩大了。循路走去，湖东侧一片鲜红跳进眼帘。这样耀眼的红叶！不是黄栌，黄栌的红较暗；不是枫树，枫叶的红较深。这红叶着了雨，远看鲜亮极了，近看时是对称的长形叶子，地下也有不少，成了薄薄一层红毡。在小片鲜红和高大的金屏障之间，还有深浅不同的绿，深浅不同的褐、棕等丰富的颜色环抱着澄明的秋水。冷冷的几滴秋雨，更给整个景色添了几分朦胧，似乎除了眼前一切，还有别的蕴藏。

这是我要寻的秋的韵致了么？秋天是有成绩的人生，绚烂多彩而肃穆庄严，似朦胧而实清明，充满了大彻大悟的味道。

秋去冬来之时，意外地收到一份讣告，是父亲的一位哲学友人故去了。讣告上除生卒年月外，只有一首遗诗。译出来是这等模样：

> 不要推却友爱，
> 不要延迟欢乐，
> 现在不悟，
> 便永迷惑，
> 在这里，
> 一切都有了着落。

我要寻找的秋韵，原来便在现在，在这里，在心头。

1985 年 11 月 19 日

松侣

　　一位朋友曾说她从未注意过木槿花是什么样儿，我答应院中木槿花开时，邀她来看。这株木槿原在窗前，为了争得光线，春末夏初时我把它移到篱边。它很挣扎了一阵，活下来了，可是秋初着花时节，一朵未见。偶见大图书馆前两排木槿，开着紫、白、红各色的花朵，便想通知朋友，到那里观看。不知有什么事，一天天因循，未打电话。过了些时，偶然走过图书馆，却见两排绿树，花朵已全落尽了。一路很是怅然，似乎不只失信于朋友，也失信于木槿花。又因木槿花每一朵本是朝开夕谢的，不免伤时光之不再，联想到自己的疾病，不知还剩有几多日子。

　　回到家里，站在院中三棵松树之间，那点脆弱的感怀忽然消失了。我感到镇定平静。三松中的两棵高大稳重，一株直指天空，另一株过房顶后做九十度折角，形貌别致，都似很有魅力，可以倚靠。第三棵不高，枝条平伸做伞状，使人感到亲切。它们似乎说，好了，不要小资情调了，有我们呢。

　　它们当然是不同的。它们不落叶，无论冬夏，常给人绿色的遮蔽。那绿色十分古拙，不像有些绿色的鲜亮活跳。它们也是有花的，但不显著，最后结成松塔掉下来，带给人的是成熟的喜悦，而不是凋谢的惆怅。它们永远散发着清净的气息，使得人也清爽，据说像负离子发生器一样，有着实实在在的医疗作用。

　　更何况三松和我的父亲是永远分不开的。我的父亲晚年将这住宅命名为"三松堂"。"庭中有三松，抚而盘桓，较渊明犹多其二焉。"（《三松堂自序》之自序）寄意深远，可以揣摩。我站在三松之下感到安心，大概因为同时也感到父亲的思想、父亲的影响和那三松的华盖一样，仍在荫蔽着我。

　　父母在堂时，每逢节日，家里总是很热闹。二十世纪七十年代末，放鞭炮之风还未盛，我家得风气之先，不只放鞭炮，还要放花，一道道彩光腾空而起，煞是好看。这时大家又笑又叫。少年人持着竹竿，孩子们躲在大人身后探出个小脑袋。放花放炮的乐趣就在此了。放了几年，家里人愈来愈少了。剩下的人还坚持这一节目。有一次一个闪光雷放上去，其中一些纸燃烧着落到松树顶上，一支松针马上烧起来，幸亏比较靠边，往上泼水还能泼到，及时扑灭了。浇水的人和树一样，也成了落汤鸡。以后因子侄辈纠缠，也还放了两年。再以后，没有高堂可娱，青年人又大都各奔前程，几乎走光，三松堂前便再没有节日的喧闹。

　　这一切变迁，三松和院中的竹子、丁香、藤萝、月季、玉簪都曾亲见，其中松树无疑是祖字辈的。阅历最多，感怀最深，却似乎最无话说。只是常绿常香，默默地立在那里，让人觉得，累了时它总是可以靠一靠的。

　　这三棵松树似是家中的一员，是亲人，是长辈。燕园中还有许许多多松柏枞桧之类的树，便是我的好友了。

　　在第二体育馆之北，六座中西合璧的庭院之间，有一片用松墙围起来的园子，名为静园。这里原来是没有墙的，有的是草地、假山，又宽又长的藤萝架。"文革"中，这些花草因有不事生产的罪名，全被铲除，换上了有出息的果树，又怕人偷果子，乃围以松墙。我对这一措施素不以为然，静园也很少去。

　　这两年，每天清晨坚持散步，据说这是我性命攸关的大事，未敢稍懈。散步的路径，总寻找有松柏之处，静园外超过千步的松墙边便成为好地方。一到墙边，先觉清气扑人，一路走下去，觉得全身的血液都换过了。

临湖轩前有一处三角地，也围着松墙。其中一段路两边皆松，成为夹道。那松的气息，更是向每个毛孔渗来。一次雨后，走过夹道，见树顶上一片云气蒸腾，树枝上挂满亮晶晶的水珠，蜘蛛网也成了彩色的璎珞，最主要的是那气息，清到浓重的地步，劈头盖脸将人包裹住了。这时便想，若不能健康地活下去，实在愧对造化的安排。

　　走出夹道不远，有一处小松林，有白皮松、油松等，空气自然是好的。我走过时，总见六七位老太太在一起做操，一面拍拍打打，一面大声谈家常。譬如昨天谁的媳妇做的什么饭，谁的孙子念的什么书。松树也不嫌聒噪，只管静静地进行负离子疗法。

　　中国文学中一直推崇松的品格，关于松的吟咏很多。松树的不畏岁寒，正可视为不阿时不媚俗的一种气节。这是士应有的精神境界，所以都愿意以松为友。白居易《庭松》诗云：

　　　　朝昏有风月，燥湿无尘泥。
　　　　疏韵秋瑟瑟，凉荫夏萋萋。
　　　　春深微雨夕，满叶珠蓑蓑。
　　　　岁暮大雪天，压枝玉皑皑。
　　　　四时各有趣，万木非其侪。
　　　　……
　　　　即此是益友，岂友须贤才。
　　　　顾我犹俗士，冠带走尘埃。
　　　　未称为松主，时时一愧怀。

　　最后两句用松之德要求自己勉励自己，要够格做松的主人。松不只给人安慰，给人健康，还在道德上引人向上，世之益友，又有几人能做到呢？

　　自然界中，能为友侣的当然不止松柏一类。虽木槿之短暂，也有它的作用与位置。人若能时时亲近大自然，会较容易记住自己的本色。嵇康有诗云：

目送归鸿，手挥五弦。
俯仰自得，游心太玄。

纵然手不能举足不能抬，纵然头上悬着疾病的利剑，我们也要俯仰自得，站稳自己的位置。

萤火

点点银白的、灵动的光，在草丛中飘浮。草丛中有各色的野花：黄的野菊，浅紫的二月兰，淡蓝的"勿忘我"。还有一种高茎的白花，每一朵都由许多极小的花朵组成，简直看不清花瓣。它的名字恰和"勿忘我"相反，据说是叫做"不要记得我"，或可译作"勿念我"罢。在迷茫的夜中，一切彩色都失去了，有的只是黑黝黝一片。亮光飘忽地穿来穿去，一个亮点儿熄灭了，又有一个飞了过来。

若在淡淡的月光下，草丛中就会闪出一道明净的溪水，潺潺地、不慌不忙地流着。溪上有两块石板搭成的极古拙的小桥，小桥流水不远处的人家，便是我儿时的居处了。记得萤火虫很少飞近我们的家，只在溪上草间，把亮点儿投向反射出微光的水，水中便也闪动着小小的亮点，牵动着两岸草莽的倒影。现在看到童话片中要开始幻景时闪动的光芒，总会想起那条溪水，那片草丛，那散发着夏夜的芳香，飞翔着萤火虫的一小块地方。

幼小的我，经常在那一带玩耍。小桥那边，有一个土坡，也算是山罢。小路上了山，不见了。晚间站在溪畔，总觉得山那边是极遥远的地方，隐约在树丛中的女生宿舍楼，也是虚无缥缈的。其实白天常和游伴跑过去玩，大学生们有时拉住我们的手，说："你这黑眼睛的女孩子！你的眼睛好黑啊。"

大概是两三岁时，一天母亲进城去了，天黑了许久，还不回来。

我不耐烦，哭个不停。老嬷嬷抱我在桥头站着，指给我看那桥边的小道。"回来啦，回来啦——"她唱着。其实这全不是母亲回来的路。夜未深，天色却黑得浓重，好像蒙着布，让人透不过气。小桥下忽然飞出一盏小灯，把黑夜挑开一道缝。接着又飞出一盏，又飞出一盏。花草亮了，溪水闪了。黑夜活跃起来，多好玩啊！我大声叫了："灯！飞的灯！"回头看家里，已经到处亮着灯了，而且一片声在叫我。我挣下地来，向灯火通明的家跑去，却又屡次回头，看那使黑夜发光的飞灯。

照说幼儿时期的事，我不该记得。也许我记得的，其实是后来母亲的叙述，或自己更人事后的心境罢。但那一晚我在桥头的景象，总是反复地、清晰地出现在我眼前，那黑夜，那划破了黑夜的萤火，以及后来的灯光——

长大了，又回到这所房屋时，我在自己的房间里便可以看到起伏明灭的萤火了。我的窗正对着那小溪。溪水比以前窄了，草丛比以前矮了，只有萤火，那银白的，有时是浅绿色的光，还是依旧。有时抛书独坐，在黑暗中看着那些飞舞的亮点，那么活泼，那么充满了灵气，不禁想到《仲夏夜之梦》里那些吵闹的小仙子；又不禁奇怪这发光的虫怎么未能在《聊斋志异》里占一席重要的地位。它们引起多么远、多么奇的想象。那一片萤光后的小山那边，像是有什么仙境在等待着我。但是我最多只是走出房来，在溪边徘徊片刻，看看墨色涂染的天、树，看看闪烁的溪水和萤火。仙境么，最好是留在想象和期待中的。

日子一天天热闹起来。解放，毕业，几乎每个人都觉得自己在发光。我们是解放后第三届大学生。毕业前夕，一个星光灿烂的夜晚，和几个好友，曾久久地坐在这溪边山坡上，望着星光和萤光。我们看准一棵树，又看准一个萤，看它是否能飞到那棵树，来卜自己的未来。几乎每一个萤都能飞到目的地，因为没有飞到的就不算数。那时，我们的表格里无一不填着"坚决服从分配，到祖国最需要的地方去"！无论分到哪里，我们都会怀着对美好未来的向往扑过去的。星空中忽然闪了一下，是一颗流星划过了天空。据说流星闪亮时，心中闪过的希望是会如愿的。但我们谁也没有再想要什么。有了祖国，不就有了一切么？我觉得重任在肩，而且相信任何重任我都担得起。难道还有比这种信心更使人兴奋、欢喜，使人感到无可比拟的幸福么？虽然我知道自己很小，小得像萤火虫那样。萤却是会发光的，使得就连黑夜也璀璨美丽，使得就连黑夜也充满了幻想——

奇怪的是，自从离开清华园，再也不曾见到萤火虫。可能因为再也没有住在水边了。后来从书上知道，隋炀帝在江都一带经营过"萤苑"，征集"萤火数斛"，为夜晚游山之用。这皇帝连萤都不放过，都要征来服役，人民的苦难，更可想见了。但那"萤苑"风光，一定是好看的。因为那种活泼的光，每一点都呈现着生命的力量。以后无意中又得知萤能捕食害虫，于农作物有益，不觉十分高兴。便想，何不在公园中布置个"萤苑"，为夏夜增光，让曾被皇帝拘来当劳工的萤，有机会为人民服务呢。但在那十年浩劫中，连公园都几乎查封，那"萤苑"的构思，早也逃之夭夭了。

前几天，偶得机缘，和弟弟这个从小的同学往清华走了一遭。图书馆看去一次比一次小，早不是小时心目中的巍峨了。那肃穆的、勤奋的读书气氛依然，书库中的玻璃地板也还在；底层的报刊阅览室也还是许多人站着看报。弟弟说他常做一个同样的梦——到这里来借报纸。底层增加了检索图书用的计算机，弟弟兴致勃勃地和机上人员攀谈，也许他以后的梦，要改变途径了。我的萤火虫却在梦中也从未出现。行向小河那边时，因为在白天，本不指望看见萤火，但以为草坡上的"勿忘我"和"勿念我"总会显出了颜色。不料看见的，是一条干涸的沟，两岸干黄的土坡，春雨轻轻地飘洒，还没有一点绿意。那明净的、潺潺地不慌不忙流着的溪水，已不知何时流往何处了。我们旧日的家添盖了房屋，现在是幼儿园了。虽是假日，还有不少孩子，一个个转动着点漆般的眼睛看着我们。"你们这些黑眼睛的孩子！好黑的眼睛啊。"我不由得想。

事物总是在变迁，中心总要转移的。现在清华主楼的堂皇远非工字厅可比了。而那近代物理实验室中的元素光谱，使人感到科学的光辉，也是萤火虫们望尘莫及的。我们骑着车，淋着雨，高兴地到处留下校友的签名。二十世纪从一十年代到七十年代排过来的长桌前，那如同戴着雪帽般的白头发，那敦实可靠的中年的肩膀，那发亮的、润泽的皮肤和眼睛，俨然画出了人生的旅程。我以为，在这条漫长而又短促的道路上，那淡蓝色和纯白的花朵，"勿忘我"和"勿念我"，是必不可少的。因为人世间，有许多事应该永远记得，又有许多事是早该忘却了。

　　但总要尽力地发光，尤其在困境中。草丛中飘浮的、灵动的、活泼的萤火，常在我心头闪亮。

1980 年

风庐茶事

茶在中国文化中占特殊地位，形成茶文化。不仅饮食，且及风俗，可以写出几车书来。但茶在风庐，并不走红，不为所化者大有人在。

老父一生与书为伴，照说书桌上该摆一个茶杯。可能因读书、著书太专心，不及其他，以前常常一天滴水不进。有朋友指出"喝的液体太少"。他对于茶始终也没有品出什么味儿来。茶杯里无论是碧螺春还是三级茶叶末，一律说好，使我这照管供应的人颇为扫兴。这几年遵照各方意见，上午工作时喝一点淡茶。一小瓶茶叶，终久不灭，堪称节约模范。有时还要在水中夹带药物，茶也就退避三舍了。

外子仲擅长坐功，若无杂事相扰，一天可坐上十二小时。照说也该以茶为伴。但他对茶不仅漠然，更且敌视，说"一喝茶鼻子就堵住"。天下哪有这样的逻辑！真把我和女儿笑岔了气，险些儿当场送命。

女儿是现代少女，喜欢什么七喜、雪碧之类的汽水，可口又可乐。除在我杯中喝几口茶外，没有认真的体验。或许以后能够欣赏，也未可知，属于"可教育的子女"。近来我有切身体会，正好用作宣传材料。

前两个月在美国大峡谷，有一天游览谷底的科罗拉多河，坐橡皮筏子，穿过大理石谷，那风光就不用说了。天很热。两边高耸入云的峭壁也遮不住太阳。船在谷中转了几个弯，大家都燥渴难当。"谁要喝点什么？"掌舵的人问，随即用绳子从水中拖上一个大兜，满装各种易拉罐，熟练地抛给大家，好不浪漫！于是都一罐又一罐地喝了起来。不料这东西越喝越渴，到中午时，大多数人都不再接受抛掷，而是起身自取纸杯，去饮放在船头的冷水了。

要是有杯茶多好！坐在滚烫的沙岸上时，我忽然想，马上又联想到《孽海花》中的女主角傅彩云做公使夫人时，参加一游园会，各使节夫人都要布置一个点，让人参观。彩云布置一个茶摊。游人走累了，玩倦了，可以饮一盏茶，小憩片刻。结果茶摊大受欢迎，得了冠军。摆茶摊的自然也大出风头。想不到我们的茶文化，泽及一位风流女子，由这位女子一搬弄，还可稍稍满足我们民族的自尊心。

但是茶在风庐，还是和者寡，只有我这一个"群众"。虽然孤立，却是忠实，从清晨到晚餐前都离不开茶。以前上班时，经过长途跋涉，好容易到办公室，已经像只打败了的鸡。只要有一盏浓茶，便又抖擞起来。所以我对茶常有从功利出发的感激之情。如今坐在家里，成为名副其实的两个小人在土上的"坐"家，早餐后也必须泡一杯茶。有时天不佑我，一上午也喝不上一口，搁在那儿也是精神支援。

至于喝什么茶，我很想讲究，却总做不到。云南有一种雪山茶，白色的，秀长的细叶，透着草香，产自半山白雪半山杜鹃花的玉龙雪山。离开昆明后，再也没有见过，成为梦中一品了。有一阵很喜欢碧螺春，毛茸茸的小叶，看着便特别，茶色碧莹莹的。喝起来有点像《小五义》中那位壮士对茶的形容："香喷喷的，甜丝丝的，苦因因的。"这几年不知何故，芳踪隐匿，无处寻觅。别的茶像珠兰茉莉大方六安之类，要记住什么味道归在谁名下也颇费心思。有时想优待自己，特备一小罐，装点龙井什么的。因为瓶瓶罐罐太多，常常弄混，便只好摸着什么是什么。一次为一位素来敬爱的友人特找出东洋学子赠送的"清茶"，以为经过茶道台面的，必为佳品。谁知其味甚淡，很不合我们的口味。生活中各种阴错阳差的事随处可见，茶者细微末节，实在算不了什么。这样一想，更懒得去讲究了。

妙玉对茶曾有妙论，一杯曰品，二杯曰解渴，三杯就是饮驴了。茶有冠心苏合丸的作用，那时可能尚不明确。饮茶要谛应在那只限一杯的"品"，从咂摸滋味中蔓延出一种气氛。成为"文化"，成为"道"，都少不了气氛，少不了一种捕捉不着的东西，而那捕捉不着，又是实际中来的。

若要捕捉那捕捉不着的东西，需要富裕的时间和悠闲的心境，这两者我都处于"第三世界"，所以也就无话可说了。

星期三的晚餐

去年春来时，我正在医院里。看见小花园中的泥土变得湿润，小草这里那里忽然绿了起来，真有说不出的安慰和兴奋。"活着真好。"我悄悄对自己说。

那时每天想的是怎样配合治疗。为补元气，饮食成为一件大事。平常我因太懒，奉行"宁可不吃也不做"的原则。当然别人做了好吃的，我也有兴趣，但自己是懒得动手的。得了病，别人做来我吃，成为天经地义，还唯恐不合口味。做者除了仲和外甥女冯枚，扩及住得近的表弟、妹和多年老友立雕（韦英）夫妇。

立雕是闻一多先生次子，和我同岁。我和他的哥哥立鹤同班，可不知为什么我和闻老二比闻老大熟得多。立雕知道我的病况后，认下了每星期三的晚餐，把探视的日子留给仲。因为星期三不能探视，就需要花言巧语费尽周折才能进到病房。每次立雕都很有兴致地形容他的胜利。后来我身体渐好，便到楼下去"接饭"。见他提着饭盒沿着通道走来，总要微惊，原来我们都是老人了。

好一碗鸡汤面！油已去得干净，几片翠绿的菜叶，让人看了胃口大开。又一次是煮米粉，不知都放了什么佐料，我居然把一碗吃完。立雕还征求意见："下次想吃什么？"

"酿皮子。"我脱口而出，因为知道春华弟妹是陕西人。

"你真会挑！"又笑加一句，"你这人天生的要人侍候。"

又是一个星期三，果然送来了酿皮子。那东西做起来很麻烦，要用特制的盘子盛了面糊，在开水里搅来搅去。味道照例是浓重的。饭盒里还有一个小碟，放了几枚红枣。立雕说这是因为佐料里有蒜，餐后吃点枣可以化解蒜味儿，是春华预备的。

我当时想，我若不痊愈，是无天理。

立雕不只拿来晚饭，每次还带些书籍来。多是关于抗战时昆明生活的。一次说起 1945 年 1 月我们随闻一多先生到石林去玩。闻先生那张口衔烟斗的照片就是在石林附近尾泽小学操场照的。

"说起来，我还没有这张照片呢。"我说。

"洗一张就是了。"果然下次便带来了那照片。比一般常见的大些。闻先生浓眉下双目炯炯有神，正看着我们，烟斗中似有轻烟升起。

闻先生身后有个瘦瘦的小人儿，坐在地上，衣着看不清，头发略长，弯弯的。

"呀！"我叫了一声，"这是谁呀？"

素来反应迟钝的仲这次居然一眼看清，虽然他从未见过少年时的我："这是谁？这不是我们的病号吗！"

立雕原来没有注意，这时鉴定认可。我身旁还有一个年轻人，不是立雕，也不是小弟，总是当时的熟人吧。

素来自命清高，不喜照相，人多时便躲到一边去。这回怎么了！我离闻先生不近，却正好照上了。而且在近五十年后才发现。看见自己陪侍闻先生在照片里，觉得十分地快乐。

在昆明有一段时间，我们和闻家住隔壁。家门前都有西餐桌面大的一小块土地，都种了豌豆什么的，好掐那嫩叶尖。母亲和闻伯母常各自站在菜地里交谈。小弟向立鹤学得站立洗脚法，还向我传授。盆放在凳子上，人站在地下，两脚轮流做金鸡独立状。我们就一面洗一面笑。立鹤很有才华，能绘画、善演戏，英语也不错，若是能够充分发挥，应也像三弟立鹏一样是位艺术家。可叹他在 1946 年的灾难中陪同闻先生在鬼门关走了一遭；1957 年又被错误地批判，并受了处分，经历甚为坎坷，心情长期抑郁不畅。他 1981 年因病去世，似是同辈人中最早离去的。

那次去石林是西南联大学生组织的，请闻先生参加。当时立鹤、立雕兄弟，小弟和我都是联大附中学生，是跟着闻先生去的。先乘火车到路南，再骑一种矮脚马。我们那时都没有棉衣，记得在旷野中迎风骑马，觉得寒气沁人。骑马到尾泽后，住在尾泽小学。以后无论到哪里都是步行了。先赏石林的千姿百态，为那鬼斧神工惊叹不止。再访瀑布大叠水、小叠水。给我印象最深的是尾泽附近的长湖。湖边的石奇巧秀丽，树木品种很多，一片绿影在水中，反照出来，有一种淡淡的幽光。水面非常安详闲在，妩媚极了。我以后再没有见到这样纯真妩媚的湖。1980 年回昆明，再去石林，见处处是人为的痕迹，鬼斧神工的感觉淡得多了。没有人提到长湖，我也并不想再去，怕见到那本是不食人间烟火的天真烂漫，也沾惹上市井之气。

这张照片中没有风景，那时大同学组织活动，目的也不在风景。只是我太懵懂了，只记得在操场围成一个大圈子，学阿细跳月。闻先生讲话，大同学朗诵诗、唱歌，内容都不记得了。

1980 年曾为衣冠冢写了一首诗，后半段有这样几句：“亲眼见那燃着的烟斗/照亮了长湖边的苍茫暮霭/我知道这冢内还有它/除了衣冠外。”原来照片中不只有它，还有我。

闻先生罹难后，清华不再提供住宅。父母亲邀闻伯母带领孩子们到白米斜街家中居住。我们住后院，立雕一家住前院。常和小弟三人一道骑车。那时街上车辆不像现在这样拥挤，三人并排而行，也无人干涉。现存有几张当时在北海拍摄的相片，一张是立雕和我在白塔下，我的头发和在闻先生背后这一张还是一模一样。后来我们迁到清华住了，他们一家经组织安排到了解放区。一晃便是几十年过去了。

在昆明时，教授们为生活所迫，不得不做点能贴补家用的营生。闻先生擅长金石，对美学和古文字又有很高的造诣，这时便镌刻图章，石章每字一千二百元，牙章每字三千元。立雕、立鹤兄弟两人有很好的观摩机会，渐得真传，有时也分担一些。立雕参加革命后长期做宣传工作，1988 年离休，在家除编辑新编《闻一多全集》的《书信卷》之外，还应邀为浠水闻一多纪念馆设计和编写展览脚本。近期又将着手编闻先生的影集《人民英烈闻一多》。看样子他虽离休了，事情还很多，时间仍是不敷分配。

看来子孙还是非常重要，闻先生不只有子，而且有孙。《闻一多年谱长编》是由立雕之子闻黎明编写的。黎明查找资料很仔细，到昆明看旧报，见到冯爷爷的材料也都摘下。曾寄来蒙自"故居"的照片，问"璞姑"是不是这栋房子。房子不是，但在第三代人心中存有关切，怎不让人感动！

父亲前年去世后，立雕写了情意深重的信。信中除要以他们兄妹四人名义敬献花圈外，还说："伯父去世是我们国家和人民的重大损失。我永远忘不了在我们最困难的时候，伯父、伯母给我们的关怀、帮助和安慰。我们两家两代人的友谊，是我脑海中永不会消失的美好记忆与回忆。"

从那桌面大的豌豆地，从那长湖上的暮霭，友谊延续着，通过了星期三的晚餐，还在延续着。我虽伶仃，却仍拥有很多。我有知我、爱我的朋友，有众多的堂兄弟姊妹、表兄弟姊妹，还有因上一代友情延续下来的诸家准兄弟姊妹。

比起"文革"间那一次重病的惨淡凄凉，这次生病倒是满风光的。怎舍得离开这个世界呢。

活着真好。

变迁

二十世纪七十年代末，中关村出现了一家农贸市场，那是新事物。去看过吗？人们互相问。

我也去了。哎呀！只觉五光十色。各种各样的农产品，大葱雪白，青菜碧绿，黄瓜土豆西红柿，真是十分可爱。当时的欢喜，简直可以说是心花怒放！

不久，路边有了摊贩，又有了一些小杂货铺、小饭馆。人们从长久的束缚中解脱了，一点一点尝试着吸进新鲜空气。

转眼已是八十年代中叶。一个细雨蒙蒙的秋天下午，我和外子仲从颐和园出来，走过牌坊去乘公共汽车。"那里有一家西餐馆。"仲指着斜对面不远处。"我们去看看。"我说。那时的我，什么都要看看。

门口挂一个小牌——维兰西餐馆。院子很小，屋子也不大，只有三四张桌子。因时间还早，并没有客人。一位中年人迎出来，大概是店主了。"吃西餐吗？"他问。我们坐下来，那中年人自去厨房。

店内陈设简单，桌上倒是铺了台布。我的座位可以看见厨房，那中年人正带着一个助手在操作。菜做好了，中年人走出来，和我们攀谈。他姓郑，原在"法国府"任厨师，允许个体户开业后，出来开这家餐馆，已经两三年了。

"尼克松来参观过。"郑经理指指墙上的照片，那是尼克松第二次来华时的留影。

他的手艺很好。我和仲常记得那蒙蒙秋雨，那家小店和美味的汤。

当时，父亲已不大能出门，我托人到维兰买他喜欢的炸虾，告诉他今天有这个菜，他总是很高兴。他往往是知道要吃什么，比真的吃到还高兴。

九十年代初，又一次从颐和园出来，看见东宫门南边有一个大门，挂了很大的牌子，写着维兰西餐馆几个字。原来它迁到这里了，里面是两层楼，扩大多了。

一次，和王蒙贤伉俪游香山后，在此处同进午餐。那天，谈得较多的是义山诗，王蒙对义山诗的见解，多出于平常心。我以为只有这样才能理解感悟。若一矫情，就拐了弯，不对路了。

又过了些时，维兰又不见了。一个住在附近的亲戚告诉我们，它迁回原址。它确实迁回原址，不过气派已经大不一样。它和整个社会同步前进，已经不再是"乡镇企业"。从门脸到店内陈设，都有些洋了。唐稚松学长特邀我们一聚，选在维兰。饭间，稚松学长念了一首小令，我不大懂他的湖南口音，要他写在餐纸上，现在只记得结尾几句："无人赏，自家拍掌，唱得千山响。"我们都喜欢这首小令。

以后，没有人提起那西餐馆。一天，在报纸中夹了一份广告，通知维兰又搬迁了，迁到中关村一座楼内。这时的陈设已颇优雅，每张桌上有一个小花瓶，插了一朵康乃馨。郑经理坐在店角的一张椅上，已是老人了。

杨振宁先生的二弟振平，偕眷来京，来看望我。他是我的弟弟钟越中学时的挚友。他们常在昆明文林街上一起走。钟越瘦长，振平较矮。我还记得那景象。我们到维兰进餐，说起许多往事。他说一次在我家，他和钟越一起看一本笑话书，笑个不停。我问他们为什么笑，他们不肯说。自复原以后，他们从未见过面。

母亲没有看见中关村的农贸市场。后来农贸市场以早市的方式出现。畅春园附近有早市，后又迁到圆明园西侧。前几年偶尔去过，看着各种东西都很平常。想想二十世纪七十年代末的感觉，那时真是可怜。

早市之外有超市，超市里面的东西极多，又很方便。这应该都是母亲关心的喜欢的。母亲于 1977 年 10 月 3 日离开了我们。她完全没有赶上变迁。

以后，又一个亲戚说，她曾请人到维兰进餐，到了那座大楼却找不到。说是又搬迁了。

没有广告出现，我们几乎忘记了这家餐馆。一天，乘车经过万泉河路，同伴忽然说："维兰搬到这里了。"果然路边有一家店，几个顶端弧形的大窗连着。现在的门脸，不仅很大，而且极洋。

我又去了这家餐馆，桌椅陈设又升了一级。尼克松留影仍在壁上。墙上挂了大幅横标，他们正在举行 26 周年店庆。而且一定还会有所发展。遗憾的是，菠菜泥子汤已不如在那俭朴的小院，和着蒙蒙秋雨所尝了。

也许，这些年尝过的东西太多了。也许，一起品尝滋味的人没有了。也许，胃里虽然丰富了，头脑却还没有足够的自由驰骋的空间。我望着汤盘发愣。我不挑剔。

我有一张五人照片，上有父母小弟，还有仲和我。时光流逝，把他们都带走了。

只有我踽踽独行，在不断变迁的路上，向着生满野百合花的尽头。

三松堂断忆

转眼间父亲离开我们已经快一年了。

去年这时，也是玉簪花开得满院雪白，我还计划在向阳的草地上铺出一小块砖地，以便把轮椅推上去，让父亲在浓重的树荫中得一小片阳光。因为父亲身体渐弱，忙于延医取药，竟没有来得及建设。9月底，父亲进了医院，我在整天奔忙之余，还不时望一望那片草地，总不能想象老人再不能回来，回来享受我为他安排的一切。

哲学界人士和亲友们认为父亲的一生总算圆满，学术成就和他从事的教育事业使他中年便享盛名，晚年又见到了时代的变化，生活上有女儿侍奉，诸事不用操心，能在哲学的清纯世界中自得其乐。而且，他的重要著作《中国哲学史新编》八十多岁才从头开始写，许多人担心他写不完，他居然写完了。他是拼着性命支撑着，他一定要写完这部书。

在父亲的最后几年里，经常住医院，1989年下半年起更为频繁。一次是11月11日午夜，父亲突然发作心绞痛，外子蔡仲德和两个年轻人一起，好不容易将他抬上救护车。他躺在担架上，我坐在旁边，数着脉搏。夜很静，车子一路尖叫着驶向医院。好在他的医疗待遇很好，每次住院都很顺利。一切安排妥当后，他的精神好了许多，我俯身为他掖好被角，正要离开时，他疲倦地用力说："小女，你太累了！""小女"这乳名几十年不曾有人叫了。"我不累。"我说，勉强忍住了眼泪。说不累是假的，然而比起担心和不安，劳累又算得了什么呢。

过了几天，父亲又一次不负我们的劳累和担心，平安回家了。我们笑说："又是一次惊险镜头。" 12 月初，他在家中度过 94 寿辰。也是他最后的寿辰，这一天，民盟中央的几位负责人丁石孙等先生前来看望，老人很高兴，谈起一些文艺杂感，还说，若能汇集成书，可题名为《余生札记》。

这余生太短促了。中国文化书院为他筹办了庆祝九十五寿辰的 "冯友兰哲学思想国际研讨会"，他没有来得及参加。但他知道了大家的关心。

1990 年初，父亲因眼前有幻象，又住医院。他常常喜欢自己背诵诗词，每住医院，总要反复吟哦《古诗十九首》。有记不清的字，便是我们查对。"青青陵上柏，磊磊涧中石。人生天地间，忽如远行客。""浩浩阴阳移，年命如朝露。人生忽如寄，寿无金石固。"他在诗词的意境中似乎觉得十分安宁。一次医生来检查后，他忽然对我说："庄子说过，生为附赘悬疣，死为决疴溃痈。孔子说过，朝闻道，夕死可矣。张横渠又说，生，吾顺事，殁，吾宁也。我现在是事情没有做完，所以还要治病。等书写完了，再生病就不必治了。"我只能说："那不行，哪有生病不治的呢！"父亲微笑不语。我走出病房，便落下泪来。坐在车上，更是泪如泉涌。一种没有人能分担的孤单沉重地压迫着我。我知道，分别是不可避免的。

我们希望他快点写完《新编》，可又怕他写完。在住医院的间隙中，他终于完成了这部书。亲友们都提醒他还有本《余生札记》呢。其实老人那时不只有文艺杂感，又还有新的思想，他的生命是和思想和哲学连在一起的。只是来不及了。他没有力气再支撑了。

人们常问父亲有什么遗言。他在最后几天有时念及远在异国的儿子钟辽和唯一的孙儿冯岱。他用力气说出的最后的关于哲学的话是："中国哲学将来一定会大放光彩！"他是这样爱中国、这样爱哲学。当时有李泽厚和陈来在侧。我觉得这句话应该用大字写出来。

然后，终于到了 11 月 26 日那凄冷的夜晚，父亲那永远在思索的头脑进入了永恒的休息。

　　作为父亲的女儿，而且是数十年都在他身边的女儿，在他晚年又身兼几大职务，秘书、管家兼门房，医生、护士带跑堂，照说对他应该有深入的了解，但是我无哲学头脑，只能从生活中窥其精神于万一。根据父亲的说法，哲学是对人类精神的反思，他自己就总是在思索，在考虑问题。因为过于专注，难免有些呆气。他晚年耳目失其聪明，自己形容自己是"呆若木鸡"。其实这些呆气早已有之。抗战初期，几位清华教授从长沙往昆明，途经镇南关，父亲手臂触城墙而骨折。金岳霖先生一次对我幽默地提起此事，他说："当时司机通知大家，不要把手放在窗外，要过城门了。别人都很快照办，只有你父亲听了这话，便考虑为什么不能放在窗外，放在窗外和不放在窗外的区别是什么，其普遍意义和特殊意义是什么。还没考虑完，已经骨折了。"这是形容父亲爱思索。他那时正是因为在思索，根本就没有听见司机的话。

　　他的生命就是不断地思索，不论遇到什么挫折，遭受多少批判，他仍顽强地思考，不放弃思考。不能创造体系，就自我批判，自我批判也是一种思考。而且在思考中总会冒出些新的想法来。他自我改造的愿望是真诚的，没有经历过二十世纪中叶的变迁和六七十年代的各种政治运动的人，是很难理解这种自我改造的愿望的。首先，一声"中国人民站起来了"促使了多少有智慧的人迈上走向炼狱的历程。其次，知识分子前冠以"资产阶级"，位置固定了，任务便是改造，又怎知自是之为是，自非之为非？第三，各种知识分子的处境也不尽相同，有居庙堂而一切看得较为明白，有处林下而只能凭报纸和传达，也只能信报纸和传达。其感受是不相同的。

　　幸亏有了新时期，人们知道还是自己的头脑最可信。父亲明确采取了不依傍他人，"修辞立其诚"的态度。我以为，这个诚字并不能与"伪"相对。需要提出"诚"，需要提倡说真话，这是我们这个时代的大悲哀。

　　我想历史会对每一个人做出公允的、不带任何偏见的评价。历史不会忘记有些微贡献的每一个人，而评价每一个人时，也不要忘记历史。

　　父亲一生对物质生活的要求很低，他的头脑都让哲学占据了，没
有空隙再来考虑诸般琐事。而且他总是为别人着想，尽量减少麻烦。
一个人到 95 岁，没有一点怪癖，实在是奇迹。父亲曾说，他一生得力
于三个女子：一位是他的母亲、我的祖母吴清芝太夫人，一位是我的
母亲任载坤先生，还有一个便是我。1982 年，我随从父亲访美，在机
场父亲作了一首打油诗："早岁读书赖慈母，中年事业有贤妻。晚来
又得女儿孝，扶我云天万里飞。"确实得有人料理俗务，才能有纯粹
的精神世界。近几年，每逢我的生日，父亲总要为我撰寿联。1990 年
夏，他写最后一联，联云："鲁殿灵光，赖家有守护神，岂独文采传
三世；文坛秀气，知手持生花笔，莫让新编代双城。"父亲对女儿总
是看得过高。"双城"指的是我的长篇小说，第一卷《南渡记》出版
后，因为没有时间，没有精力，便停顿了。我必须以《新编》为先，
这是应该的，也是值得的。当然，我持家的能力很差，料理饭食尤其
不能和母亲相比，有的朋友都惊讶我家饭食的粗糙。而父亲从没有挑
剔，从没有不悦，总是兴致勃勃地进餐，无论做了什么，好吃不好吃，
似乎都滋味无穷。这一方面因为他得天独厚，一直胃口好，常自嘲
"还有当饭桶的资格"；另一方面，我完全能够体会，他是以为能做出
饭来已经很不容易，再挑剔好坏，岂不让管饭的人为难。

　　父亲自奉俭，但不乏生活情趣。他并不永远是道貌岸然，也有豪
情奔放，潇洒闲逸的时候，不过机会较少罢了。1926 年父亲 31 岁时，
曾和杨振声、邓以蛰两先生，还有一位翻译李白诗的日本学者一起豪
饮，四个人一晚喝去十二斤花雕。六十年代初，我因病常住家中，每
于傍晚随父母到颐和园包坐大船，一元钱一小时，正好览尽落日的绮
辉。一位当时的大学生若干年后告诉我说，那时他常常看见我们的船
在彩霞中飘动，觉得真如神仙中人。我觉得父亲是有些仙气的，这仙
气在于一切看得很开。在他的心目中，人是与天地等同的。"人与天
地参"，我不止一次听他讲解这句话。《三字经》说得浅显，"三才者，
天地人"。既与天地同，还屑于去钻营什么！那些年，一些稍有办法

的人都能把子女调回北京，而他，却只能让他最钟爱的幼子钟越长期留在医疗落后的黄土高原。1982年，钟越终于为祖国的航空事业流尽了汗和血，献出了他的青春和生命。

父亲的呆气里有儒家的伟大精神，"天行健，君子以自强不息"，自强不息到"知其不可而为之"的地步；父亲的仙气里又有道家的豁达洒脱。秉此二气，他穿越了在苦难中奋斗的中国的二十世纪。他的一生便是二十世纪中国文化的一个篇章。

据河南家乡的亲友说，1945年初祖母去世，父亲与叔父一同回老家奔丧，县长来拜望，告辞时父亲不送，而对一些身为老百姓的旧亲友，则一直送到大门，乡里传为美谈。从这里我想起和读者的关系。父亲很重视读者的来信，许多年常常回信。星期日上午活动常常是写信。和山西一位农民读者车恒茂老人就保持了长期的通信，每索书必应之。后来我曾代他回复一些读者来信，尤其是对年轻人，我认为最该关心，也许几句话便能帮助发掘了不起的才能。但后来我们实在没有能力做了，只好听之任之。把大家的千言信万言书束之高阁，起初还感觉不安，时间一久，则连不安也没有了。

时间会抚慰一切，但是去年初冬深夜的景象总是历历如在目前。我想它是会伴随我进入坟墓的了。当晚，我们为父亲穿换衣服时，他的身体还那样柔软，就像平时那样配合。他好像随时会睁开眼睛说一声"中国哲学将来一定会大放光彩"。我等了片刻，似乎听到一声叹息。

不得不离开病房了。我们围跪在床前，忍不住痛哭失声！仲扶着我，可我觉得这样沉重的孤单！在这茫茫世界中，再无人需我侍奉，再无人叫我的乳名了。这么多年，每天清晨最先听到的，是从父亲卧房传来的咳嗽，每晚睡前必到他床前说几句话。我怎样能从多年的习惯中走得出来！

然而日子居然过去快一年了。只好对自己说，至少有一件事稍可安慰。父亲去时不知道我已抱病。他没有特别的牵挂，去得安心。

文章将尽，玉簪花也谢尽了。邻院中还有通红的串红和美人蕉，记得我曾说串红像是鞭炮，似乎马上会噼噼啪啪响起来。而生活里又有多少事值得它响呢！

1991 年 9 月病中

那青草覆盖的地方

那青草覆盖的地方，藏着一段历史和我一生中最美好的记忆。

清华园内工字厅西南，有一座小树林。幼时觉得树高草密。一条小径弯曲通过，很是深幽，是捉迷藏的好地方。树林的西南有三座房屋，当时称为甲、乙、丙三所。甲所是校长住宅。最靠近树林的是乙所。乙所东、北两面都是树林，南面与甲所相邻，西边有一条小溪，溪水潺潺，流往工字厅后的荷花池。我们曾把折好的纸船涂上蜡，放进小溪，再跑到荷花池等候，但从没有一只船到达。

先父冯友兰先生作为哲学家、哲学史家已经载入史册。他自撰的茔联"三史释今古，六书纪贞元"，概括了自己的学术成就。他一生都在学校工作，从未离开教师的岗位，他对中国教育事业的贡献是和清华分不开的，是和清华的成长分不开的。这是历史。

1928年10月，他到清华工作，找到了"安身立命之地"。先在南院十七号居住，1930年4月迁到乙所。从此，我便在树林与溪水之间成长。抗战时，全家随学校去南方，复员后回来仍住在这里。我从成志小学、西南联大附中到清华大学，已不觉是树林有多么高大，溪水也逐渐干涸，这里已不再是儿时的快乐天地，而有着更丰富的内容。1952年院系调整，父亲离开了清华，以后不知什么时候，乙所被拆掉了，只剩下这一片青草覆盖的地方。

清华取消了文科，不只是清华，也是整个教育界、学术界的重大损失。同学们现在谈起还是非常痛心。那时清华的人文学科，精英荟萃。也许不必提出什么学派之说，也许每一位先生都可以自成一家。但长期在一起难免互有熏陶，就会有一些特色。不要说一个学科，就是文、理、法、工各个方面也是互相滋养的。单一的训练只能培养匠气。这一点越来越得到共识。

父亲初到清华就参与了一件大事，那就是清华的归属问题，从隶属外交部改为隶属教育部。他曾作为教授会代表到南京，参加当时的清华董事会，进行力争，经过当时的校长罗家伦和大家的努力，最后清华隶属教育部。我记得以前悬挂在西校门的牌子上就赫然写着"国立清华大学"。了解历史的人走过门前都会有一种自豪感。因为清华大学的成长，是中国近代学术独立自主的发展过程的标志。

在乙所的日子是父亲最有创造性的日子。除教书、著书以外，他一直参与学校的领导工作。1929 年任哲学系主任，从 1931 年起任文学院院长。当时各院院长由教授会选举产生，每两年改选一次。父亲任文学院院长达十八年，直到解放才卸去一切职务。十八年的日子里，父亲为清华文科的建设和发展做出了哪些贡献，现在还少研究。我只是相信学富五车的清华教授们是有眼光的，不会一次又一次地选出一个无作为、不称职的人。

在清华校史中有两次危难时刻。一次是 1930 年，罗家伦校长离校，校务会议公推冯先生主持校务，直至 1931 年 4 月，吴南轩奉派到校。又一次是 1948 年底，临近解放，梅贻琦校长南去，校务会议又公推冯先生为校务会议代理主席，主持校务，直到 1949 年 5 月。世界很大，人们可以以不同的政治眼光看待事物，冯先生后来的日子是无比艰难的，但他在清华所做的一切无愧于历史的发展。

作为一个教育工作者，他爱学生。他认为清华学生是最可宝贵的，应该不受任何政治势力的伤害。他居住的乙所曾使进步学生免遭逮捕。1936 年，国民党大肆搜捕进步学生，当时的学生领袖黄诚和姚依林躲在冯友兰家，平安度过了搜捕之夜，最近出版的《姚依林传》也记载了此事。据说当时黄诚还作了一首诗，可惜没有流传。临解放时，又有一次逮捕学生，女学生裴毓荪躲在我家天花板上。记得那一次军警

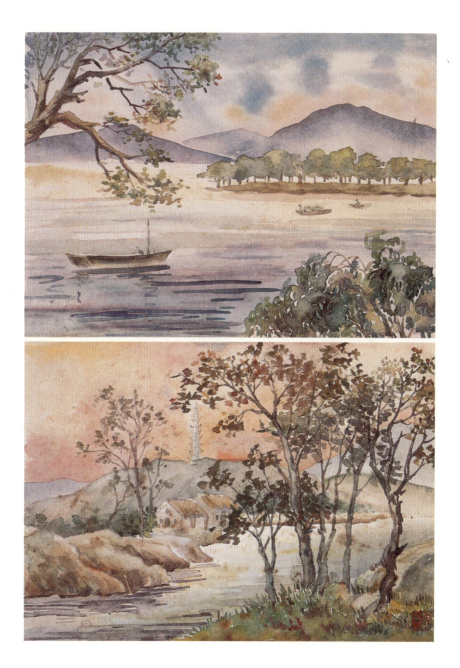

西　湖

西湖在半睡半醒，空气中弥漫着经了雨的栀子花的甜香。

远山青中带紫，如同凝住了一段烟霞。

深入内室，还盘问我是什么人。后来为安全计，裴毓荪转移到别处。七十年代中，毓荪学长还写过热情的信来。这样念旧的人，现在不多了。

学者们年事日高，总希望传授所学，父亲也不例外。解放后他的定位是批判对象，怎敢扩大影响，但在内心深处，他有一个感叹、一种悲哀，那就是他说过的八个字"家藏万贯，膝下无儿"，形象地表现了在一个时期内，我们文化的断裂。可以庆幸的是这些年来，"三史""六书"俱在出版。一位读者写信来，说他明知冯先生已去世，但他读了《贞元六书》，认为作者是不死的，所以信的上款要写作者的名字。

父亲对我们很少训诲，而多在潜移默化。他虽然担负着许多工作，和孩子们的接触不很多，但我们却感到他总在看着我们、关心我们。记得一次和弟弟还有小朋友们一起玩。那时我们常把各种杂志放在地板上铺成一条路，在上面走来走去。不知为什么他们都不理我了，我们可能发出了什么声响。父亲忽然叫我到他的书房去，拿出一本唐诗命我背，那就是我背诵的第一首诗，白居易的《百炼镜》。这些年我一直想写一个故事，题目是"铸镜人之死"。我想，铸镜人也会像铸剑人投身入火一样，为了镜的至极完美，纵身跳入江中（"江心波上舟中制，五月五日日午时"），化为镜的精魂。不过又有多少人了解这铸镜人的精神呢。但这故事大概也会像我的很多想法一样，埋没在脑海中了。

此后，背诗就成了一个习惯。父母分工，父亲管选诗，母亲管背诵，短诗一天一首，《长恨歌》《琵琶行》则分为几段，每天背一段。母亲那时的住房，三面皆窗，称为玻璃房。记得早上上学前，常背着书包，到玻璃房中，站在母亲镜台前，背过了诗才去上学。

乙所中的父亲工作顺利，著述有成。母亲持家有方，孩子们的读书笑语声常在房中飘荡。这是一个温暖幸福的家。这个家还和社会联系着，和时代联系着。不只父亲在复杂动乱的局面前不退避，母亲也不只关心自己的小家。1933年，日军侵犯古北口，教授夫人们赶制寒衣，送给抗日将士。1948年冬，清华师生员工组织了护校团，日夜巡逻，母亲用大锅煮粥，给护校的人预备夜餐。一位从联大到清华的学生，许多年后见到我时说："我喝过你们家的粥，很暖和。"煮粥是小事，不过确实很暖和。

那青草覆盖的地方，虽然现在草也不很绿，我还是感觉到暖意。这暖意是从逝去了而深印在这片土地上的岁月来的，是从父母的根上来的，是从弥漫在水木清华间的一种文化精神的滋养和荫庇来的。我倚杖站在小溪边，惊异于自己的老而且病，以后连记忆也不会有了。这一片青草覆盖的地方，又会变成什么模样？

1999 年 4 月中旬

农历 2 月 12 日，是百花出世的日子，为花朝节。节后十日，即农历 2 月 22 日，从一八九四年起，是先母任载坤先生的诞辰。迄今已九十九年。

外祖父任芝铭公是光绪年间举人。早年为同盟会员，奔走革命，晚年倾向于马克思主义。他思想开明，主张女子不缠足，要识字。母亲在民国初年进当时的女子最高学府北京女子师范学校读书。1918 年毕业。同年，和我的父亲冯友兰先生在开封结婚。

家里有一个旧印章，刻着"叔明归于冯氏"几个字。叔明是母亲的字。以前看着不觉得怎样，父母都去世后，深深感到这印章的意义。它标志着一个家族的繁衍，一代又一代来到世上扮演各种角色，为社会做一点努力，留下了各种不同的色彩的记忆。

在我们家里，母亲是至高无上的守护神。日常生活全是母亲料理。三餐茶饭，四季衣裳，孩子的教养，亲友的联系，需要多少精神！我自幼多病，常在和病魔作斗争，能够不断战胜疾病的主要原因是我有母亲。如果没有母亲，很难想象我会活下来。在昆明时严重贫血，上纪念周站着站着就晕倒。后来索性染上肺结核休学在家。当时的治法是一天吃五个鸡蛋，晒太阳半小时。母亲特地把我的床安排到有阳光的地方，不论多忙，这半小时必在我身边，一分钟不能少。我曾由于各种原因多次发高烧，除延医服药外，母亲费尽精神护理。用小匙喂水，用凉手巾敷在额上。有一次高烧昏迷中，觉得像是在一个狭窄的洞中穿行，挤不过去，我以为自己就要死了，一抓到母亲的手，立刻知道我是在家里，我是平安的。后来我经历名目繁多的手术，人赠雅号"挨千刀的"。在挨千刀的过程中，也是母亲，一次又一次陪我奔走医院。医院的人总以为是我陪母亲，其实是母亲陪我。我过了四十岁，还是觉得睡在母亲身边最心安。

母亲的爱护，许多细微曲折处是说不完、也无法全捕捉到的。也就是有这些细微曲折才形成一个家。这个家处处都是活的，每一寸墙壁，每一寸窗帘都是活的。小学时曾以"我的家庭"为题作文。我写出这样的警句："一个家，没有母亲是不行的。母亲是春天，是太阳。至于有没有父亲，不很重要。"作业在开家长会时展览，父亲去看了。回来向母亲描述，对自己的地位似并不在意，以后也并不努力增加自己的重要性，只顾沉浸在他的哲学世界中。

古希腊文明是在奴隶制时兴起的，原因是有了奴隶，可以让自由人充分开展精神活动。我常说父亲和母亲的分工有点像古希腊。在父母那时代，先生专心做学问，太太操劳家务，使无后顾之忧，是常见的。不过父母亲特别典型。他们真像一个人分成两半，一半主做学问，一半主理家事，左右合契，毫发无间。应该说，他们完成了上帝的愿望。

母亲对父亲的关心真是无微不至，父亲对母亲的依赖也是到了极点。我们的堂姑父张岱年先生说："冯先生做学问的条件没有人比得上。冯先生一辈子没有买过菜。"细想起来，在昆明乡下时，有一阵子母亲身体不好，父亲带我们去赶过街子，不过次数有限。他的生活基本上是水来湿手，饭来张口。古人形容夫妇和谐用举案齐眉几个字，实际上就是孟光给梁鸿端饭吃，若问"是几时孟光接了梁鸿案"，应该是做好饭以后。

旧时有一副对联："自古庖厨君子远，从来中馈淑人宜。"放在我家正合适。母亲为一家人真操碎了心。在没有什么东西的情况下，变着法子让大家吃好。她向同院的外国邻居的厨师学烤面包，用土豆作引子，土豆发酵后力量很大，能"嘭"的一声，顶开瓶塞，声震屋瓦。在昆明时一次父亲患斑疹伤寒，这是当时西南联大一位校医郑大夫经常诊断出的病，治法是不吃饭，只喝流质，每小时一次，几天后改食半流质。母亲用里脊肉和猪肝做汤，自己擀面条，擀薄切细，下在汤里。有人见了说，就是吃冯太太做的饭，病也会好。

1964 年父亲患静脉血栓，在北京医院卧床两个月。母亲每天去送饭，有时从城里我的住处，有时从北大，都总是第一个到。我想要帮忙，却没有母亲的手艺。父亲暮年，常想吃手擀的面，我学做过几次，总不成功，也就不想努力了。

母亲把一切都给了这个家。其实母亲的才能绝不只限于持家。母亲结业于当时的女子最高学府，曾任河南女子师范学校预科算术教员。她有一双外科医生的巧手，还有很高的办事能力。外科医生的工作没有实践过，但从日常生活中，从母亲缝补、修理的功夫可以想见。办事能力倒是有一些发挥。

五十年代初至 1966 年，母亲做居民委员会工作，任北大燕南、燕东、燕农、镜春、朗润、蔚秀、承泽、中关八大园的主任。曾为家庭妇女们办起装订社、缝纫社等。母亲不畏辛劳，经常坐着三轮车来往于八大园间。这是在家庭以外为社会服务，她觉得很神圣，总是全心全意去做。居委会成员常在我家学习。最初贺麟夫人刘自芳、何其芳夫人牟决鸣等都是成员。后来她们迁往城内，又有吴组缃夫人沈淑园等参加。五十年代有一次选举区人民代表，不记得是哪一位曾对我说："任大姐呼声最高。"这是真正来自居民的声音。

我心中有几幅图像，愈久愈清晰。

一幅在清华园乙所，有一间平台加出的房间，三面皆窗，称为玻璃房。母亲常在其中办事或休息。一个夏日，三面窗台上摆着好几个宽口瓶和小水盆，记得种的是慈姑。母亲那时大概不到四十岁，身着银灰色起蓝花的纱衫，坐在房中，鬟发漆黑，肌肤雪白。常见外国油画有什么什么夫人肖像，总想怎么没有人给母亲画一幅。

另一幅在昆明乡下龙头村。静静的下午，泥屋、白木桌，母亲携我坐在桌前，为我讲解鸡兔同笼四则题。父亲从城里回来，笑说这是一幅《乡居课女图》。

龙头村旁小河弯处有一个小落差，水的冲力很大。每星期总有一两次，母亲把一家人的衣服装在箩筐里，带着我和小弟到河边去。还有一幅图像便是母亲弯着腰站在欢快的流水中，费力地洗衣服，还要看着我们不要跑远，不要跌进河里。近来和人说到洗衣的事，一个年轻人问，是给别人洗吗？还没到那一步，我答。后来想，如果真的需要，母亲也不怕。在中国妇女贤淑的性格中，往往有极刚强的一面，能使丈夫不气馁，能使儿女肯学好，能支撑一个家度过最艰难的岁月。孔夫子以为女人难缠，其实儒家人格的最高标准"富贵不能淫，贫贱不能移，威武不能屈"，用来形容中国妇女的优秀品质倒很恰当，不过她们是以家庭为中心罢了。

母亲六十二岁时患甲状腺癌，手术后一直很好。从六十年代末患胆结石，经常大发作，疼痛，发烧，最后不得不手术。那一年母亲 75 岁。夜里推进手术室，父亲和我在过厅里等，很久很久，看见手术室甬道那边推出一辆平车，一个护士举着输液瓶，就像一盏灯。我们知道母亲平安，仍能像灯一样给我们全家以光明，以温暖。这便是那第四幅图像了。握住母亲的手时，我的一颗心落在腔子里，觉得自己很有福气。

母亲虽然身体不好，仍是操劳家务，真没有过一天清闲的日子。她总是说，你们专心做你们的事。我们能专心做事，都因为有母亲，操劳一生的母亲！

1977 年 9 月 10 日左右母亲忽然吐血，拍片后确诊为肺门静脉瘤。当时小弟在家，我们商量说，母亲虽然年迈，病还是该怎么治就怎么治，不可延误。在奔走医院的过程中，受到许多白眼。一家医院住院部一位女士说："都八十三岁了，还治什么！我还活不到这岁数呢。"可以说，母亲的病没有得到治疗，发展很快。最后在校医院用杜冷丁控制疼痛，人常在昏迷状态。一次忽然说："要挤水！要挤水！"我俯身问什么要挤水，母亲睁眼看我，费力地说："白菜做馅要挤水。"我的眼泪一下涌了出来，滴在母亲脸上。

母亲没有让人多伺候，不过三周便抛弃了我们。当时父亲还在受审查，她走时很不放心，非常想看个究竟，但她拗不过生死大限。她曾自我排解说，知道儿女是好的，还有什么别的可求呢。10月3日上午6时3刻，我们围在母亲床前，眼见她永远阖上了眼睛。我知道，我再不能睡在母亲身边讨得那样深的平安感了；我们的家从此再没有春天和太阳了。我们的家像一叶孤舟忽然失了掌舵的人，在茫茫大海中任意漂流。我和小弟连同父亲，都像孤儿一样不知漂向何方。

因为政治形势，亲友都很少来往。没有足够的人抬母亲下楼，幸亏那天来了一位年轻的朋友，才把母亲抬到太平间。当晚哥哥自美国飞回，到家后没有坐下，立刻要"看娘去"，我不得不告诉他母亲已去。他跌坐在椅上，停上半响，站起来还是说"看娘去"。

父亲为母亲撰写了一副挽联："忆昔相追随，同荣辱，共安危，期颐望齐眉，黄泉碧落君先去；从今无牵挂，斩名缰，破利锁，俯仰无愧怍，海阔天空我自飞。"自己一半的消失使父亲把一切都看透了。以后母亲的骨灰盒，一直放在父亲卧室里。每年春节，父亲必率领我们上香。如此凡十三年。直到1990年初冬那凄惨的日子父母相聚于地下。又过了一年，1991年冬我奉双亲归窆于北京万安公墓。一块大石头作为石碑，隔开了阴阳两界。

我曾想为母亲百岁冥寿开一个小小的纪念会，又想到老太太们行动不便最好少打扰，便只就平常的了解或电话上交谈，记下几句话。

姨母任均是母亲最小的妹妹。姨父母在驻外使馆工作时，表弟妹们读住宿小学，周末假日接回我家，由母亲照管。姨母说，三姐不只是你们一家的守护神，也是大家的贴心人。若没有三姐，那几年我真不知怎么过。亲戚们谁没有得过她关心照料？人人都让她费过心血。我们心里是明白的。

牟决鸣先生已很久不见了。前些时打电话来，说："回想起在北大居住的那段日子，觉得很有意思。任大姐那时是活跃人物，她做事非常认真，总是全力以赴。而且头脑总是很清楚。"

在昆明时赵萝蕤先生和我家几次为邻居。那时她还很年轻，她不止一次对我说很想念冯太太。她说在人际关系的战场上，她总是一败涂地当俘虏。可是和冯太太相处，从未感到战场问题。是母亲教她做面食，是母亲教她用布条打纽扣结。有什么事可以向母亲倾诉。记得在昆明乡下龙头村时，有一次赵先生来我家，情绪不大好，对母亲说，一位军官太太要学英语，又笨又俗又无礼，总问金刚钻几克拉怎么说，她不想教，来躲一躲。母亲安慰她，让她一起做家务事。赵先生走时，已很愉快。

　　另一位几十年的邻居是王力夫人夏蔚霞。现在我们仍然对门而居。夏先生说："你千万别忘记写上我的话。我的头生儿子缉志是你母亲接生的。当时昆明乡下缺医少药，那天王先生进城上课去了。半夜时分我遣人去请你母亲。冯先生一起来的，然后先回去了。你母亲留下照顾我，抱着我坐了一夜。次日缉志才出世。若没有你母亲，我和孩子会吃许多苦！"

　　像春天给予百花诞辰一样，母亲用心血哺育着，接引着——
　　亲爱的母亲的诞辰，是花朝节后十日。

猫 冢

10月份到南方转了一圈，成功地逃避了气管炎和哮喘——那在去年是发作得极剧烈的。月初回到家里，满眼已是初冬的景色。小径上的落叶厚厚一层，树上倒是光秃秃的了。风庐屋舍依旧，房中父母遗像依旧，我觉得一切似乎平安，和我们离开时差不多。

见过了家人以后，觉得还少了什么。少的是家中另外两个成员——两只猫。"媚儿和小花呢？"我和仲同时发问。

回答说，它们出去玩了，吃饭时会回来。午饭之后是晚饭，猫儿还不露面。晚饭后全家在电视机前小坐，照例是少不了两只猫的，媚儿常坐在沙发扶手上，小花则常蹲在地上，若有所思地望着我，我总是和它说话，问它要什么，一天过得好不好。它以打呵欠来回答。有时就试图坐到膝上来，有时则看看门外，那就得给它开门。

可这一天它们不出现。

"小花，小花，快回家！"我开了门灯，站在院中大声召唤。因为有个院子，屋里屋外，猫们来去自由，平常晚上我也常常这样叫它，叫过几分钟后，一个白白圆圆的影子便会从黑暗里浮出来，有时快步跳上台阶，有时走两步停一停，似乎是闹着玩。有时我大开着门它却不进来，忽然跳着抓小飞虫去了，那我就不等它，自己关门。一会儿再去看时，它坐在台阶上，一脸期待的表情，等着开门。

小花被家人认为是我的猫。叫它回家是我的差事，别人叫，它是不理的，仲因为给它洗澡，和它隔阂最深。一次仲叫它回家，越叫它越往外走，走到院子的栅栏门了，忽然回头见我出来站在屋门前，它立刻转身飞箭也似跑到我身旁。没有衡量，没有考虑，只有天大的信任。

对这样的信任我有些歉然，因为有时我也不得不哄骗它，骗它在家等着，等到的是洗澡。可它似乎认定了什么，永不变心，总是坐在我的脚边，或睡在我的椅子上。再叫它，还是高兴地回家。

可是现在，无论怎么叫，只有风从树枝间吹过，好不凄冷。

二十世纪七十年代初，一只雪白的、蓝眼睛的狮子猫来到我家，我们叫它狮子，它活了五岁，在人来讲，约三十多岁，正在壮年。它是被人用鸟枪打死的。当时正生过一窝小猫，好的送人了，只剩一只长毛三色猫，我们便留下了它，叫它花花。花花五岁时生了媚儿，因为好看，没有舍得送人。花花活了十岁左右，也还有一只小猫没有送出。也是深秋时分，它病了，不肯在家，曾回来有气无力地叫了几声，用它那妩媚温顺的眼光看着人，那是它的告别了。后来忽然就不见了。猫不肯死在自己家里，怕给人添麻烦。

孤儿小猫就是小花，它是一只非常敏感，有些神经质的猫，非常注意人的脸色，非常怕生人。它基本上是白猫，头顶、脊背各有一块乌亮的黑，还有尾巴是黑的。尾巴常蓬松地竖起，如一面旗帜招展，很有表情。它的眼睛略呈绿色，目光中常有一种若有所思的神情。我常常抚摸它，对它说话，觉得它不知什么时候就会回答。若是它忽然开口讲话，我一点不会奇怪。

小花有些狡猾，心眼儿多，还会使坏。一次我不在家，它要仲给它开门，仲不理它，只管自己坐着看书。它忽然纵身跳到仲膝上，极为利落地撒了一泡尿，仲连忙站起时，它已方便完毕，躲到一个角落去了。"连猫都斗不过"，成了一个话柄。

小花也是很勇敢的，有时和邻家的猫小白或小胖打架，背上的毛竖起，发出和小身躯全不相称的吼声。"小花又在保家卫国了。"我们说。它不准邻家的猫践踏草地。猫们的界限是很分明的，邻家的猫儿也不欢迎客人。但是小花和媚儿极为友好地相处，从未有过纠纷。

媚儿比小花大四岁，今年已快九岁，有些老态龙钟了。它浑身雪白，毛极细软柔密，两只耳朵和尾巴是一种娇嫩的黄色。小时可爱极了，所以得一"媚儿"之名。它不像小花那样敏感，看去有点儿傻乎乎的。它曾两次重病，都是仲以极大的耐心带它去小动物门诊，给它打针服药，终得痊愈。两只猫洗澡时都要放声怪叫。媚儿叫时，小花东藏西躲，想逃之夭夭。小花叫时，媚儿不但不逃，反而跑过来，想助一臂之力。其憨厚如此。它们从来都用一个盘子吃饭。小花小时，媚儿常让它先吃。小花长大，就常让媚儿先吃，有时一起吃，也都注意谦让。我不免自夸几句："不要说郑康成婢能诵毛诗，看看咱们家的猫！"

　　可它们不见了！两只漂亮的、各具性格的、懂事的猫，你们怎样了？

　　据说我们离家后几天中，小花在屋里大声叫，所有的柜子都要打开看过。给它开门，又不出去。以后就常在外面，回来的时间少，以后就不见了，带着爱睡觉的媚儿一起不见了。

　　"到底是哪天不见的？"我们追问。

　　都说不清，反正好几天没有回来了。我们心里沉沉的，找回的希望很小了。

　　"小花，小花，快回家！"我的召唤在冷风中，向四面八方散去。

　　没有回音。

　　猫其实不仅是供人玩赏的宠物，它对人是有帮助的。我从来没有住过新造成的房子，旧房就总有鼠患。在城内乃兹府居住时，老鼠大如半岁的猫，满屋乱窜，实在令人厌恶，抱回一只小猫，就平静多了。风庐中鼠洞很多，鼠们出没自由。如有几个月无猫，它们就会偷粮食，啃书本，坏事做尽。若有猫在，不用费力去捉老鼠，只要坐着，甚至睡着喵呜几声，鼠们就会望风而逃。一次父亲和我还据此讨论了半天"天敌"两字。猫是鼠的天敌，它就有灭鼠的威风！驱逐了鼠的骚扰，面对猫的温柔娇媚，感到平静安详，赏心悦目，这多么好！猫实在是人的可爱而有力的朋友。

　　小花和媚儿的毛都很长，很光亮。看惯了，偶然见到紧毛猫，总觉得它没穿衣服。但长毛也有麻烦处，它们好像一年四季都在掉毛，又不肯在指定的地点活动，以致家里到处是猫毛。有朋友来，小坐片刻，走时一身都是毛，主人不免尴尬。

一周过去了，没有踪影。也许有人看上了它们那身毛皮——亲爱的小花和媚儿，你们究竟遇到了什么！

我们曾将狮子葬在院门内枫树下，大概早融在春来绿如翠、秋至红如丹的树叶中了。狮子的儿孙们也一代又一代地去了，它们虽没有葬在冢内，也各自到了生命的尽头。"前不见古人，后不见来者。"生命只有这么有限的一段，多么短促。我亲眼看见猫儿三代的逝去，是否在冥冥中，也有什么力量在看着我们一代又一代消逝呢。

鲁鲁

鲁鲁坐在地上，悲凉地叫着。树丛中透出一弯新月，院子的砖地上洒着斑驳的树影和淡淡的月光。那悲凉的嗥叫声一直穿过院墙，在这山谷的小村中引起一阵阵狗吠。狗吠声在深夜本来就显得凄惨，而鲁鲁的声音更带着十分的痛苦、绝望，像一把锐利的刀，把这温暖、平滑的春夜剪碎了。

他大声叫着，声音拖得很长，好像一阵阵哀哭，令人不忍卒听。他那离去了的主人能听见么？他在哪里呢？鲁鲁觉得自己又处在荒野中了，荒野中什么也没有，他不得不用嗥叫来证实自己的存在。

院子北端有三间旧房，东头一间还亮着灯，西头一间已经黑了。一会儿，西头这间响起窸窣的声音，紧接着房门开了，两个孩子穿着本色土布睡衣，蹑手蹑脚走了出来。十岁左右的姐姐捧着一钵饭，六岁左右的弟弟走近鲁鲁时，便躲在姐姐身后，用力揪住姐姐的衣服。

"鲁鲁，你吃饭吧，这饭肉多。"姐姐把手里的饭放在鲁鲁身旁。地上原来已摆着饭盆，一点儿不曾动过。

鲁鲁用悲哀的眼光看着姐姐和弟弟，渐渐安静下来了。他四腿很短，嘴很尖，像只狐狸；浑身雪白，没有一根杂毛。颈上套着皮项圈，项圈上拴着一根粗绳，系在大树上。

鲁鲁原是一个孤身犹太老人的狗。老人住在村上不远，前天死去了。他的死和他的生一样，对人对世没有任何影响。后事很快办理完毕。只是这矮脚的白狗守住了房子悲哭，不肯离去。人们打他，他只是围着房子转。房东灵机一动说："送给范先生养吧。这洋狗只合下江人养。"这小村中习惯地把外省人一律称作下江人。于是他给硬拉到范家，拴在这棵树上，已经三天了。

姐姐弟弟和鲁鲁原来就是朋友。他们有时到犹太老人那里去玩。他们大概是老人唯一的客人了。老人能用纸叠出整栋的房屋，各房间里还有各种摆设。姐姐弟弟带来的花玻璃球便是小囡囡，在纸做的房间里滚来滚去。老人还让鲁鲁和他们握手，鲁鲁便伸出一只前脚，和他们轮流握上好几次。他常跳上老人座椅的宽大扶手，把他那雪白的头靠在老人雪白的头旁边，瞅着姐姐和弟弟。他那时的眼光是驯良、温和的，几乎带着笑意。

现在老人不见了，只剩下了鲁鲁，悲凉地嗥叫着的鲁鲁。

"鲁鲁，你就住在我们家。你懂中国话吗？"姐姐温柔地说，"拉拉手吧？"三天来，这话姐姐已经说了好几遍。鲁鲁总是突然又发出一阵悲号，并不伸出脚来。

但是鲁鲁这次没有哭，只是咻咻地喘着，好像跑了很久。姐姐伸手去摸他的头，弟弟忙拉住姐姐。鲁鲁咬人是出名的，一点不出声音，专门咬人的脚后跟。"他不会咬我。"姐姐说，"你咬吗？鲁鲁？"随即把手放在他头上。鲁鲁一阵战栗，连毛都微耸起来。老人总是抚摸他，从头摸到脊背。那只大手很有力，这只小手很轻，但是这样温柔，使鲁鲁安心。他仍咻咻地喘着，向姐姐伸出了前脚。

"好鲁鲁！"姐姐高兴地和他握手，"妈妈！鲁鲁愿意住在我们家了！"

妈妈走出房来，在姐姐介绍下和鲁鲁握手，当然还有弟弟。妈妈轻声责备姐姐说："你怎么把肉都给了鲁鲁？我们明天吃什么？"

姐姐垂了头，不说话。弟弟忙说："明天我们什么也不吃。"

妈妈叹息道："还有爸爸呢，他太累了。你们早该睡了，鲁鲁今晚不要叫了，好么？"

范家人都睡了。只有爸爸仍在煤油灯下著书。鲁鲁几次又想哭一哭，但是望见窗上几乎是趴在桌上的黑影，便把悲声吞了回去，在喉咙里咕噜着，变成低低的轻吼。

鲁鲁吃饭了。虽然有时还免不了嗥叫，情绪显然已有好转。妈妈和姐姐解掉拴他的粗绳，但还不时叮嘱弟弟，不要敞开院门。这小院是在一座大庙里，庙里复房别院，房屋很多，许多城里人迁乡躲空袭，原来空荡荡的古庙，充满了人间烟火。

姐姐还引鲁鲁去见爸爸。她要鲁鲁坐起来，把两只前脚伸在空中拜一拜。"作揖，作揖！"弟弟叫。鲁鲁的情绪尚未恢复到可以玩耍，但他照做了。"他懂中国话！"姐弟两人都很高兴。鲁鲁放下前脚，又主动和爸爸握手。平常好像什么都视而不见的爸爸，把鲁鲁前后打量一番，说："鲁鲁是什么意思？是意绪文吧？它像只狐狸，应该叫银狐。"爸爸的话在学校很受重视，在家却说了也等于没说，所以鲁鲁还是叫鲁鲁。

鲁鲁很快也和猫儿菲菲做了朋友。菲菲先很害怕，警惕地弓着身子向后退，一面发出"呲——"的声音，表示自己也不是好惹的。鲁鲁却无一点敌意。他知道主人家的一切都应该保护。他伸出前脚给猫，惹得孩子们笑个不停。终于菲菲明白了鲁鲁是朋友，他们互相嗅鼻子，宣布和平共处。

过了十多天，大家认为鲁鲁可以出门了。他总是出去一会儿就回来，大家都很放心。有一天，鲁鲁出了门，踌躇了一下，忽然往犹太老人原来的住处走去了。那里锁着门，他便坐在门口嗥叫起来。还是那样悲凉，那样哀痛。他想起自己的不幸，他的心曾遗失过了，他努力思索老人的去向。这时几个人围过来。"嗥什么！畜生！"人们向他扔石头。他站起身跑了，却没有回家，一直下山，向着城里跑去了。

鲁鲁跑着，伸出了舌头，他的腿很短，跑不快。他尽力快跑，因为他有一个谜，他要去解开这个谜。

乡间路上没有车，也少行人。路两边是各种野生的灌木，自然形成两道绿篱。白狗像一片飘荡的羽毛，在绿篱间移动。间或有别的狗跑来，那大都是笨狗，两眼上各有一小块白毛，乡人称为"四眼狗"。他们想和鲁鲁嗅鼻子，或打一架，鲁鲁都躲开了。他只是拼命地跑，跑着去解开一个谜。

　　他跑了大半天，黄昏时进了城，在一座旧洋房前停住了。门关着，他就坐在门外等，不时发出长长的哀叫。这里是犹太老人和鲁鲁的旧住处。主人是回到这里来了罢？怎么还听不见鲁鲁的哭声呢？有人推开窗户，有人走出来看，但都没有那苍然的白发。人们说："这是那洋老头的白狗。""怎么跑回来了！"却没有人问一问洋老头的究竟。

　　鲁鲁在门口蹲了两天两夜。人们气愤起来，下决心处理他了。第三天早上，几个拿着绳索棍棒的人朝他走来。一个人叫他："鲁鲁！"一面丢来一根骨头。他不动。他很饿，又渴，又想睡。他想起那淡黄的土布衣裳，那温柔的小手拿着的饭盆。他最后看着屋门，希望在这一瞬间老人会走出来。但是没有。他跳起身，向人们腿间冲过去，向城外跑去了。

　　他得到的谜底是再也见不到老人了。他不知道那老人的去处，是每个人，连他鲁鲁，终究都要去的。

　　妈妈和姐姐都抱怨弟弟，说是弟弟把鲁鲁放了出去。弟弟表现出男子汉的风度，自管在大树下玩。他不说话，可心里很难过。傻鲁鲁！怎么能离开爱自己的人呢！妈妈走过来，把鲁鲁的饭盆、水盆摞在一起，预备扔掉。已经第三天黄昏了，不会回来了。可是姐姐又把盆子摆开。刚刚才三天呢，鲁鲁会回来的。

　　这时有什么东西在院门上抓挠。妈妈小心地走到门前听。姐姐忽然叫起来冲过去开了门。"鲁鲁！"果然是鲁鲁，正坐在门口咻咻地望着他们。姐姐弯身抱着他的头，他舐姐姐的手。"鲁鲁！"弟弟也跑过去欢迎。他也舐弟弟的手，小心地绕着弟弟跑了两圈，留神不把他撞倒。他蹭蹭妈妈，给她作揖，但是不舐她，因为知道她不喜欢。鲁鲁还懂得进屋去找爸爸，钻在书桌下蹭爸爸的腿。那晚全家都高兴极了。连菲菲都对鲁鲁表示欢迎，怯怯地走上来和鲁鲁嗅鼻子。

　　从此鲁鲁正式成为这个家的一员了。他忠实地看家，严格地听从命令，除了常在夜晚出门，简直无懈可击。他会超出狗的业务范围，帮菲菲捉老鼠。老鼠钻在阴沟里，菲菲着急地跑来跑去，怕它逃了，鲁鲁便去守住一头，菲菲守住另一头。鲁鲁把尖嘴伸进盖着石板的阴沟，低声吼着。老鼠果然从另一头溜出来，落在菲菲的爪下。由此爸爸考证说，鲁鲁本是一条猎狗，至少是猎狗的后裔。

姐姐和弟弟到山下去买豆腐，鲁鲁总是跟着。他很愿意咬住篮子，但是他太矮了，只好空身跑。他常常跑在前面，不见了，然后忽然从草丛中冲出来。他总是及时收住脚步，从未撞倒过孩子。卖豆腐的老人有时扔给鲁鲁一块肉骨头，鲁鲁便给他作揖，引得老人哈哈大笑。姐姐弟弟有时和村里的孩子们一起玩，鲁鲁便耐心地等在一边，似乎他对那游戏也感兴趣。

村边有一条晶莹的小溪，岸上有些闲花野草，浓密的柳荫沿着河堤铺开去。他们三个常到这里，在柳荫下跑来跑去，或坐着讲故事。住在邻省T市的唐伯伯，是爸爸的好友，一次到范家来，看见这幅画面，曾慨叹道他若是画家，一定画出这绿柳下、小河旁的两个穿土布衣裳的孩子和一条白狗，好抚一抚战争的创伤。唐伯伯还说鲁鲁出自狗中名门世族。但范家人并不关心这个。鲁鲁自己也毫无兴趣。

其实鲁鲁并不总是好听故事。他常跳到溪水里游泳。他是天生的游泳家，尖尖的嘴总是露在绿波面上。妈妈可不赞成他们到水边去。每次鲁鲁毛湿了，便责备他："你又带他们到哪儿去了！他们掉到水里怎么办！"她说着，鲁鲁抿着耳朵听着，好像他是那最大的孩子。

虽然妈妈责备，因姐姐弟弟保证决不下水，他们还是可以常到溪边去玩，不算是错误。一次鲁鲁真犯了错误。爸爸进城上课去了，他一周照例有三天在城里。妈妈到邻家守护一个病孩。妈妈上过两年护士学校，在这山村里义不容辞地成为医生。她临出门前一再对鲁鲁说："要是家里没有你，我不能把孩子扔在家。有你我就放心了。我把他们两个交给你，行吗？"鲁鲁懂事地听着，摇着尾巴。"你夜里可不能出去，就在房里睡，行吗？"鲁鲁觉得妈妈的手抚在背上的力量，他对于信任是从不辜负的。

鲁鲁常在夜里到附近山中去打活食。这里山林茂密，野兔、松鼠很多。他跑了一夜回来，总是精神抖擞，毛皮发出润泽的光。那是野性的、生命的光辉。活食辅助了范家的霉红米饭，那米是当作工资发下来的，霉味胜过粮食的香味。鲁鲁对米中一把把抓得起来的肉虫和米饭都不感兴趣。但这几天，他寸步不离地跟着姐姐弟弟，晚上也不出去。如果第四天不是赶集，他们三个到集上去了的话，鲁鲁禀赋的狗的弱点也还不会暴露。

这山村下面的大路是附近几个村赶集的地方，七天两头赶，每次都十分热闹。鸡鱼肉蛋，盆盆罐罐，还有鸟儿猫儿，都有卖的。姐姐来买松毛，那是引火用的，一辫辫编起来的松针，买完了便拉着弟弟的手快走。对那些明知没有钱买的好东西，根本不看。弟弟也支持她，加劲地迈着小腿。走着走着，发现鲁鲁不见了。"鲁鲁。"姐姐小声叫。这时听见卖肉的一带许多人又笑又嚷："白狗耍把戏！来！翻个筋斗！会吗?"他们连忙挤过去，见鲁鲁正坐着作揖，要肉吃。

"鲁鲁!"姐姐厉声叫道。鲁鲁忙站起来跑到姐姐身边，仍回头看挂着的牛肉。那里还挂着猪肉、羊肉、驴肉、马肉。最吸引鲁鲁的是牛肉。他多想吃！那鲜嫩的、带血的牛肉，他以前天天吃的。尤其是那生肉的气味，使他想起追捕、厮杀、自由、胜利，想起没有尽头的林莽和山野，使他晕头转向。

卖肉人认得姐姐弟弟，笑着说："这洋狗到范先生家了。"说着顺手割下一块，往姐姐篮里塞。村民都很同情这些穷酸教书先生，听说一个个学问不小，可养条狗都没本事。

姐姐怎么也不肯要，拉着弟弟就走。这时鲁鲁从旁猛地一蹿，叼了那块肉，撒开四条短腿，跑了。

"鲁鲁!"姐姐提着装满松毛的大篮子，上气不接下气地追，弟弟也跟着跑。人们一阵哄笑，那是善意的、好玩的哄笑，但听起来并不舒服。

等他们跑到家，鲁鲁正把肉摆在面前，坐定了看着。他讨好地迎着姐姐，一脸奉承，分明是要姐姐批准他吃那块肉。姐姐扔了篮子，双手捂着脸，哭了。

弟弟着急地给她递手绢，又跺脚训斥鲁鲁："你要吃肉，你走吧！上山里去，上别人家去!"鲁鲁也着急地绕着姐姐转，伸出前脚轻轻抓她，用头蹭她，对那块肉没有再看一眼。

姐姐把肉埋在院中树下。后来妈妈还了肉钱，也没有责备鲁鲁。因为事情过了，责备他是没有用的。鲁鲁竟渐渐习惯少肉的生活，隔几天才夜猎一次。和荒野的搏斗比起来，他似乎更依恋人所给予的温暖。爸爸说，原来箪食瓢饮，狗也能做到的。

鲁鲁还犯过一回严重错误，那是无可挽回的。他和菲菲是好朋友，常闹着玩。他常把菲菲一拱，让她连翻几个身，菲菲会立刻又扑上来，和他打闹。冷天时菲菲会离开自己的窝，挨着鲁鲁睡。这一年菲菲生了一窝小猫，对鲁鲁凶起来。鲁鲁不识趣，还伸嘴到她窝里，嗅嗅她的小猫。菲菲一掌打在鲁鲁鼻子上，把鼻子抓破了。鲁鲁有些生气，一半也是闹着玩，把菲菲轻轻咬住，往门外一扔。不料菲菲惨叫一声，在地上扑腾几下，就断了气。鲁鲁慌了，过去用鼻子拱她，把她连翻几个身，但她不像往日一样再扑上来，她再也不能动了。

妈妈走出房间看时，见鲁鲁坐在菲菲旁边，唧唧咛咛地叫。他见了妈妈，先是愣了一下，随即趴在地下，腹部着地，一点一点往妈妈脚边蹭，一面偷着翻眼看妈妈脸色。妈妈好不生气："你这只狗！不知轻重！一窝小猫怎么办！你给养着！"妈妈把猫窝杵在鲁鲁面前。鲁鲁吓得又往后蹭，还是不敢站起来。姐姐弟弟都为鲁鲁说情，妈妈执意要打。鲁鲁慢慢退进了里屋。大家都以为他躲打，跟进去看，见他蹭到爸爸脚边，用后腿站起来向爸爸作揖，一脸可怜相，原来是求爸爸说情。爸爸摸摸他的头，看看妈妈的脸色，乖觉地说："少打几下，行么？"妈妈倒是破天荒准了情，说绝不多打，不过鲁鲁是狗，不打几下，不会记住教训，她只打了鲁鲁三下，每下都很重，鲁鲁哼哼唧唧地小哭，可是服帖地趴着受打。房门、院门都开着，他没有一点逃走的意思，连爸爸也离开书桌看着鲁鲁说："小杖则受，大杖则走。看来你大杖也不会走的。"

鲁鲁受过杖，便趴在自己窝里。妈妈说他要忏悔，不准姐姐弟弟理他。姐姐很为菲菲和小猫难受，也为鲁鲁难受。她知道鲁鲁不是故意的。晚饭没有鲁鲁的份，姐姐悄悄拿了水和剩饭给他。鲁鲁呜咽着舐她的手。

和鲁鲁的错误比起来，他的功绩要大得多了。一天下午，有一家请妈妈去看一位孕妇。她本来约好往一个较远的村庄去给一个病人送药，这任务便落在姐姐身上。姐姐高兴地把药装好。弟弟和鲁鲁都要跟去，因为那段路远，弟弟又不大舒服，遂决定鲁鲁陪弟弟在家。妈妈和姐姐一起出门，分道走了。鲁鲁和弟弟送到庙门口，看着姐姐的土布衣裳的淡黄色消失在绿丛中。

妈妈到那孕妇家，才知她就要临盆。便等着料理，直到婴儿呱呱坠地，一切停妥才走。到家已是夜里十点多了，只见家中冷清清点着一盏煤油灯。鲁鲁哼唧着在屋里转来转去。弟弟一见妈妈便扑上来哭了。"姐姐，"他说，"姐姐还没回家——"

爸爸不在家。妈妈定了定神，转身到最近的同事家，叫起那家的教书先生，又叫起房东，又叫起他们认为该叫的人。人们焦急地准备着灯笼火把。这时鲁鲁仍在妈妈身边哼着，还踩在妈妈脚上，引她注意。弟弟忽然说："鲁鲁要去找姐姐。"妈妈一愣，说："快去！鲁鲁，快去！"鲁鲁像离弦的箭一样，一下蹿出好远，很快就被黑暗吞没了。

鲁鲁用力跑。姐姐带着的草药味，和着姐姐本身的气味，形成淡淡的芳香，指引他向前跑。一切对他都不存在。黑夜，树木，路旁汩汩的流水，都是那样虚幻，只有姐姐的缥缈的气味，是最实在的。可他居然一度离开那气味，不向前过桥，却抄近下河，游过溪水，又岔上小路。那气味又有了，鲁鲁一点没有为自己的聪明得意，只是认真地跑着，一直跑进了坐落在另一个山谷的村庄。

村里一片漆黑，人们都睡了。他跑到一家门前，着急地挠门。气味断了，姐姐分明走进门去了。他挠了几下，绕着院墙跑到后门，忽然又闻见那气味，只没有了草药。姐姐是从后门出来，走过村子，上了通向山里的蜿蜒小路。鲁鲁一刻也不敢停，伸长舌头，努力地跑。树更多了，草更深了。植物在夜间的浓烈气息使得鲁鲁迷惑，他仔细辨认那熟悉的气味，在草丛中追寻。草莽中的小生物吓得四面奔逃。鲁鲁无暇注意那是什么。那时便有最鲜美的活食在他嘴下，他也不会碰一碰的。

终于在一棵树下，一块大石旁，鲁鲁看见了那土布衣裳的淡黄色。姐姐靠在大石上睡着了。鲁鲁喜欢得横蹿竖跳，自己乐了一阵，然后坐在地上，仔细看着姐姐，然后又绕她走了两圈，才伸前爪轻轻推她。

姐姐醒了。她惊讶地四处看着，又见一弯新月，照着黑黝黝的树木、草莽、山和石。她恍然地说："鲁鲁，该回家了。妈妈急坏了。"她想抓住鲁鲁的项圈，但她已经太高了，遂脱下外衣，拴在项圈上。鲁鲁乖乖地引路，一路不时回头看姐姐，发出呜呜的高兴的声音。

"你知道么？鲁鲁，我只想试试，能不能也做一个吕克大梦①。"姐姐和他推心置腹地说，"没想到这么晚了。不过离二十年还差得远。"

他们走到堤上时，看见远处树丛间一闪一闪的亮光。不一会儿人声沸腾，是找姐姐的队伍来了。他们先看见雪白的鲁鲁，好几个声音叫他，问他，就像他会回答似的。他的回答是把姐姐越引越近，姐姐投在妈妈怀里时，他担心地坐在地上看。他怕姐姐要受罚，因为谁让妈妈着急生气，都要受罚的，可是妈妈只拥着她，温和地说："你不怕醒来就见不着妈妈了么？""我快睡着时，忽然害怕了，怕一睡二十年。可是已经止不住，糊里糊涂睡着了。"人们一阵大笑，忙着议论，那山上有狼，多危险！谁也不再理鲁鲁了。

爸爸从城里回来后，特地找鲁鲁握手，谢谢他。鲁鲁却已经不大记得自己的功绩，只是这几天饭里居然放了牛肉，使他很高兴。

又过些时，姐姐弟弟都在附近学校上学了。那也是城里迁来的。姐姐上中学，弟弟上小学。鲁鲁每天在庙门口看着他们走远，又在山坡下等他们回来。他还是在草丛里跑，跟着去买豆腐。又有一阵姐姐经常生病，每次她躺在床上，鲁鲁都很不安，好像要遇到什么危险似的。卖豆腐老人特地来说，姐姐多半得罪了山灵，应该到鲁鲁找到姐姐的地方去上供。爸爸妈妈向他道谢，却说什么营养不良，肺结核。鲁鲁不懂他们的话，如果懂得，他一定会代姐姐去拜访山灵的。

好在姐姐多半还是像常人一样活动，鲁鲁的不安总是短暂的。日子如同村边小溪潺潺的清流，不慌不忙，自得其乐。若是鲁鲁这时病逝，他就是世界上最幸福的狗了。但是他很健康，雪白的长毛亮闪闪

---

① 吕克大梦：指美国前期浪漫主义作家华盛顿·欧文（1783—1859）的著名作品。小说中写一个农民瑞·普凡·温克尔上山打猎，遇见一群玩九柱戏的人，温克尔喝了他们的酒，沉睡了二十年，醒来见城郭全非。

的，身体的线条十分挺秀。没人知道鲁鲁的年纪，却可以看出，他离衰老还远。

村边小溪静静地流，不知大江大河里怎样掀着巨浪。终于有一天，日本投降的消息传到这小村，整个小村沸腾了，赛过任何一次赶集。人们以为熬出头了。爸爸把妈妈一下子紧紧抱住，使得另外三个成员都很惊讶。爸爸流着眼泪说："你辛苦了，你太辛苦了。"妈妈呜呜地哭起来。爸爸又把姐姐弟弟也揽了过来，四人抱在一起。鲁鲁连忙也把头往缝隙里贴。这个经历了无数风雨艰辛的亲爱的小家庭，怎么能少得了鲁鲁呢。

"回北平去！"弟弟得意地说。姐姐蹲下去抱住鲁鲁的头。她已经是一个窈窕的少女了。他们决没有想到鲁鲁是不能去的。

范家已经家徒四壁，只有一双宝贝儿女和爸爸几年来在煤油灯下写的手稿。他们要走很方便。可是还有鲁鲁呢。鲁鲁留在这里，会发疯的。最后决定带他到 T 市，送给爱狗的唐伯伯。

经过一阵忙乱，一家人上了汽车。在那一阵忙乱中，鲁鲁总是很不安，夜里无休止地做梦。他梦见爸爸、妈妈、姐姐和弟弟都走了。只剩下他，孤零零在荒野中奔跑。而且什么气味也闻不见，这使他又害怕又伤心。他在梦里大声哭，妈妈就过来推醒他，然后和爸爸讨论："狗也会做梦么？""我想——至少鲁鲁会的。"

鲁鲁居然也上了车。他高兴极了，安心极了。他特别讨好地在妈妈身上蹭。妈妈叫起来："去！去！车本来就够颠的了。"鲁鲁连忙钻在姐姐弟弟中间，三个伙伴一起随着车的颠簸摇动，看着青山慢慢往后移；路在前面忽然断了，转过山腰，又显现出来，总是无限地伸展着……

上路第二天，姐姐就病了。爸爸说她无福消受这一段风景。她在车上躺着，到旅店也躺着。鲁鲁的不安超过了她任何一次病时。他一刻不离地挤在她脚前。眼光惊恐而凄凉。这使妈妈觉得不吉利，很不高兴。"我们的孩子不至于怎样。你不用担心，鲁鲁。"她把他赶出房门，他就守在门口。弟弟很同情他，向他详细说明情况，说回到北平可以治好姐姐的病，说交通不便，不能带鲁鲁去，自己和姐姐都很伤心；还说唐伯伯是最好的人，一定会和鲁鲁要好。鲁鲁不懂这么多话，但是安静地听着，不时舐舐弟弟的手。

T市附近，有一个著名的大瀑布。十里外便听得水声隆隆。车经这里，人们都下车到观瀑亭上去看。姐姐发着烧，还执意要下车。于是爸爸在左，妈妈在右，鲁鲁在前，弟弟在后，向亭上走去。急遽的水流从几十丈的绝壁跌落下来，在青山翠峦中形成一个小湖，水汽迷蒙，一直飘到观瀑亭上。姐姐觉得那白花花的厚重的半透明的水幔和雷鸣般的轰响仿佛离她很远。她努力想走近些看，但它们越来越远，她什么也看不见了，倚在爸爸肩上晕了过去。

从此鲁鲁再也没有看见姐姐。没有几天，他就显得憔悴，白毛失去了光泽。唐家的狗饭一律有牛肉，他却嗅嗅便走开，不管弟弟怎样哄劝。这时的弟弟已经比姐姐高，是撞不倒的了。一天，爸爸和弟弟带他上街，在一座大房子前站了半天。鲁鲁很讨厌那房子的气味，哼哼唧唧要走。他若知道姐姐正在楼上一扇窗里最后一次看他，他会情愿在那里站一辈子，永不离开。

范家人走时，唐伯伯叫人把鲁鲁关在花园里。他们到医院接了姐姐，一直上了飞机。姐姐和弟弟为了不能再见鲁鲁，一起哭了一场。他们听不见鲁鲁在花园里发出的撕裂了的、变了声的嗥叫，他们看不见鲁鲁因为一次又一次想挣脱绳索，磨掉了毛的脖子。他们飞得高高的，遗落了儿时的伙伴。

鲁鲁发疯似的寻找主人，时间持续得这样久，以致唐伯伯以为他真要疯了。唐伯伯总是试着和他握手，同情地、客气地说："请你住在我家，这不是已经说好了么，鲁鲁。"

鲁鲁终于渐渐平静下来。有一天，又不见了。过了半年，大家早以为他已离开这世界，他竟又回到唐家。他瘦多了，完全变成一只灰狗，身上好几处没有了毛，露出粉红的皮肤；颈上的皮项圈不见了，替代物是原来那一省的狗牌。可见他曾回去，又一次去寻找谜底。若是鲁鲁会写字，大概会写出他怎样戴露披霜，登山涉水；怎样被打被拴，而每一次都能逃走，继续他千里迢迢的旅程；怎样重见到小山上的古庙，却寻不到原住在那里的主人。也许他什么也写不出，因为他并不注意外界的凄楚，他只是要去解开内心的一个谜。他去了，又历尽辛苦回来，为了不违反主人的安排。当然，他究竟怎样想的，没有人，也没有狗能够懂得。

唐家人久闻鲁鲁的事迹，却不知他有观赏瀑布的癖好。他常常跑出城去，坐在大瀑布前，久久地望着那跌宕跳荡、白帐幔似的落水，发出悲凉的、撞人心弦的哀号。

1980 年 6 月

哭小弟

飞机强度研究所技术所长

冯钟越

　　我面前摆着一张名片，是小弟前年出国考察时用的。名片依旧，小弟却再也不能用它了。

　　小弟去了。小弟去的地方是千古哲人揣摩不透的地方，是各种宗教企图描绘的地方；也是每个人都会去，而且不能回来的地方。但是现在怎么能轮得到小弟！他刚五十岁，正是精力充沛，积累了丰富的学识经验，大有作为的时候，有多少事等他去做啊！医院发现他的肿瘤已相当大，需要立即做手术，他还想去参加一个技术讨论会，问能不能开完会再来。他在手术后休养期间，仍在看研究所里的科研论文，还做些小翻译。直到卧床不起，他手边还留着几份国际航空材料，总是"想再看看"。他也并不全想的是工作。已是滴水不进时，他忽然说想吃虾，要对虾。他想活，他想活下去呵！

　　可是他去了，过早地去了。这一年多，从他生病到逝世，真像是个梦，是个永远不能令人相信的梦。我总觉得他还会回来，从我们那冬夏一律显得十分荒凉的后院走到我窗下，叫一声"小姊——"。

可是他去了，过早地永远地去了。

我长小弟三岁。从我有比较完整的记忆起，生活里便有我的弟弟，一个胖胖的、可爱的小弟弟，跟在我身后。他虽然小，可是在玩耍时，他常常当老师，照顾着小朋友，让大家坐好，他站着上课，那神色真是庄严。他虽然小，在昆明的冬天里，孩子们都生冻疮，都怕用冷水洗脸，他却一点不怕。他站在山泉边，捧着一个大盆的样子，至今还十分清晰地在我眼前。

"小姊，你看，我先洗！"他高兴地叫道。

在泉水缓缓地流淌中，我们从小学、中学到大学，大部分时间都在一个学校。毕业后就各奔前程了。不知不觉间，听到人家称小弟为强度专家；不知不觉间，他担任了总工程师的职务。在那动荡不安的年月里，很难想象一个人的将来。这几年，父亲和我倒是常谈到，只要环境许可，小弟是会为国家做出点实际的事的。却不料，本是最年幼的他，竟先我们而去了。

去年夏天，得知他患病后无法得到更好的治疗，我于 8 月 20 日到西安。记得有一辆坐满了人的车来接我。我当时奇怪何以如此兴师动众，原来他们都是去看小弟的。到医院后，有人进病房握手，有人只在房门口默默地站一站，他们怕打扰病人，但他们一定得来看一眼。

手术时，有航空科学研究院、六二三所、六三一所的代表，弟妹、侄女和我在手术室外，还有一辆轿车在医院门口。车里有许多人等着，他们一定要等着，准备随时献血。小弟如果需要把全身的血都换过，他的同志们也会给他。但是一切都没有用。肿瘤取出来了，有一个半成人的拳头大，一面已经坏死。我忽然觉得一阵胸闷，几乎透不过气来——这是在穷乡僻壤为祖国贡献着才华、血汗、生命的人啊，怎么能让这致命的东西在他身体里长到这样大！

我知道在这黄土高原上生活的艰苦，也知道住在这黄土高原上的人工作之劳累，还可以想象每一点工作的进展都要经过十分恼人的迂回曲折。但我没有想到，小弟不但生活在这里，战斗在这里，而且把性命交付在这里了。他手术后回京在家休养，不到半年，就复发了。

那一段焦急的悲痛的日子，我不忍写，也不能写。每一念及，便泪下如缕，纸上一片模糊。记得每次看病，候诊室里都像公共汽车上一样拥挤。等啊等啊，盼啊盼啊，我们知道病情不可逆转，只希望能延长时间，也许会有新的办法。航空界从莫文祥同志起，还有空军领导同志都极关心他，各个方面包括医务界的朋友们也曾热情相助，我还往海外求医。然而错过了治疗时机，药物难再奏效。曾有个别的医生不耐烦地当面对小弟说，治不好了，要他"回陕西去"。小弟说起这话时仍然面带笑容，毫不介意。他始终没有失去信心，他始终没有丧失生的愿望，他还没有累够。

小弟生于北京，1952年从清华大学航空系毕业。他填志愿到西南，后来分配在东北，以后又调到成都、调到陕西。虽然他的血没有流在祖国的土地上，但他的汗水洒遍全国，他的精力的一点一滴都献给祖国的航空事业了。个人的功绩总是有限的，也许燃尽了自己，也不能给人一点光亮，可总是为以后的绚烂的光辉做了一点积累吧。我不大明白各种工业的复杂性，但我明白，任何事业也不是只坐在北京就能够建树的。

我曾经非常希望小弟调回北京，分我侍奉老父的重担。他是儿子，三十年在外奔波，他不该尽些家庭的责任么？多年来，家里有什么事，大家都会这样说"等小弟回来"，"问小弟"。有时只要想到有他可问，也就安心了。现在还怎能得到这样的心安？风烛残年的父亲想儿子，尤其这几年母亲去世后，他的思念是深的、苦的，我知道，虽然他不说。现在他永远失去他的最宝贝的小儿子了。我还曾希望在我自己走到人生的尽头，跨过那一道痛苦的门槛时，身旁的亲人中能有我的弟弟，他素来的可依可靠会给我安慰。哪里知道，却是他先迈过了那道门槛啊！

1982年10月28日上午7时，他去了。

这一天本在意料之中，可是我怎能相信这是事实呢！他躺在那里，但他已经不是他了，已经不是我那正当盛年的弟弟，他再不会回答我们的呼唤，再不会劝阻我们的哭泣。你到哪里去了，小弟！自1974年沆君姑母逝世起，我家屡遭丧事，而这一次小弟的远去最是违反常规，令人难以接受！我还不得不把这消息告诉当时也在住院的老父，因为我无法回答他每天的第一句问话："今天小弟怎么样？"我必须告诉他，这是我的责任。再没有弟弟可以依靠了，再不能指望他来分担我的责任了。

父亲为他写挽联："是好党员，是好干部，壮志未酬，洒泪岂止为家痛；能娴科技，能娴艺文，全才罕遇，招魂也难再归来！"我那唯一的弟弟，永远地离去了。

他是积劳成疾，也是积郁成疾。他一天三段紧张地工作，参加各式各样的会议。每有大型试验，他事先检查到每一个螺丝钉，每一块胶布。他是三机部科技委员会委员，他曾有远见地提出多种型号研究。有一项他任主任工程师的课题研制获国防工办和三机部科技一等奖。同时他也是六二三所党委委员，需要在会议桌上坦率而又让人能接受地说出自己对各种事情的意见。我常想，能够"双肩挑"，是我们二十世纪五十年代到六十年代初期出来的知识分子的特点。我们是在"又红又专"的要求下长大的。当然，有的人永远也没有能达到要求，像我。大多数人则挑起过重的担子，在崎岖的、荆棘丛生的，有时是此路不通的山路上行走。那几年的批判斗争是有远期效果的。他们不只是生活艰苦，过于劳累，还要担惊受怕，心里塞满想不通的事，谁又能经受得起呢！

小弟入医院前，正负责组织航空工业部系统的一个课题组，他任主任工程师。他的一个同志写信给我说，1981 年夏天，西安一带出奇的热，几乎所有的人晚上都到室外乘凉，只有"我们的老冯"坚持伏案看资料，"有一天晚上，我去他家汇报工作，得知他经常胃痛，有时从睡眠中痛醒，工作中有时会痛得大汗淋漓，挺一会儿，又接着做了。天啊，谁又知道这是癌症！我只淡淡地说该上医院看看。回想起来，我心里很内疚，我对不起老冯，也对不起您！"

这位不相识的好同志的话使我痛哭失声！我也恨自己，恨自己没有早想到癌症对我们家族的威胁，即使没有任何症状，也该定期检查。云山阻隔，我一直以为小弟是健康的。其实他早感不适，已去过他该去的医疗单位。区一级的说是胃下垂，县一级的说是肾游走。以小弟之为人，当然不会大惊小怪，惊动大家。后来在弟妹的催促下，趁工作之便到西安检查，才做手术。如果早一年有正确的诊断和治疗，小弟还可以再为祖国工作二十年！

往者已矣。小弟一生，从没有"埋怨"过谁，也没有"埋怨"过自己，这是他的美德之一。他在病中写的诗中有两句："回首悠悠无恨事，丹心一片向将来。"他没有恨事。他虽无可以彪炳史册的丰功伟绩，却有一个普通人的认真的、勤奋的一生。历史正是由这些人写成的。

小弟白面长身，美丰仪；喜文艺，娴诗词，且工书法、篆刻。父亲在挽联中说他是"全才罕遇"，实非夸张。如果他有三次生命，他的多方面的才能和精力也是用不完的；可就这一辈子，也没有得以充分地发挥和施展。他病危弥留的时间很长，他那颗丹心，那颗让祖国飞起来的丹心，顽强地跳动，不肯停息。他不甘心！

这样壮志未酬的人，不止他一个啊！

我哭小弟，哭他在剧痛中还拿着那本航空资料"想再看看"，哭他的"胃下垂""肾游走"；我也哭蒋筑英抱病奔波，客殇成都；我也哭罗健夫不肯一个人坐一辆汽车！我还要哭那些没有见诸报章的过早离去的我的同辈人。他们几经雪欺霜冻，好不容易奋斗着张开几片花瓣，尚未盛开，就骤然凋谢。我哭我们这迟开而早谢的一代人！

已经是迟开了，让这些迟开的花朵尽可能延长他们的光彩吧。

这些天，读到许多关于这方面的文章，也读到了《痛惜之余的愿望》，稍得安慰。我盼"愿望"能成为事实。我想需要"痛惜"的事应该是越来越少了。

小弟，我不哭！

1982 年 11 月

蔡仲德 （1937—2004），人本主义者

　　这是我为仲德设计的墓碑刻字，我想这是他要的。他在病榻上的最后几个月，想得最多的就是关于人本主义问题。如果他能多有些时日，会有正式的文章表达他的信念。但是天不佑人，他来不及了。只在为我写的一篇短文里提出市场经济、民主政治、人权观念等几个概念。虽然简单，却也清楚地表明了他的理想。现在又想，理想只能说明他追求的高和远，不能说明他生活的广和深。因为他的一生虽然不够长，却足够丰富。他是一个好教师，也是一个好学者。生活最丰满处是因为他有了我，我有了他。世上有这样的拥有，永远不能成为过去。

　　人人都以为，我最后的岁月必定有仲德陪伴，他会为我安排一切。谁也没有料到，竟是他先走了，飘然飞向遥远的火星。我们原说过，在那里有一个家。有时我觉得，他正在院中的小路上走过来，穿着那件很旧的夹大衣；有时在这边说话，总觉得他的书房里有回应，细听时，却又没有。他已经消失了，消失在蓝天白云，青山绿水，树木花草之间。也许真的能在火星上找到他，因为我们这里的事情，要在多

少多少光年以后，才能到达那里。他是一个怎样的人，在那里可以重现。

首先，他是一个教师。他在入大学前曾教过两年小学，又在中央音乐学院附中任教二十余年，以后调入中央音乐学院音乐学系。他四十六年的教学生涯里，在中央音乐学院任教四十四年。他教中学时，课本比较简单，他自己添加教材，开了很长的古典诗词目录，要求学生背诵。有的学生当时很烦，说蔡老师的课难上。许多年后却对他说，现在才知道老师教课的苦心，我们总算有了一点文学知识，比别人丰富多了。确实，这不仅是知识，更是对性情的陶冶，影响着一个人的生活。

七十年代初，在军营中经过政治磨难的音乐学院师生回到北京，附中在京郊苏家坨上课，虽然上课很不正常，仲德却没有缺过一次课。一次刮大风，我劝他不要去，他硬是骑自行车顶着西北风赶二十几里路去上课，回来成了一个土人儿。上课对于一个教师是神圣的。他在音乐学系开设两门课：中国音乐美学史和士人格研究。人说他的课讲得漂亮。我听过几次，一次在河南大学讲授中国古代音乐美学，一次在香港浸会大学讲"说郑声"。一节课的时间安排得十分恰当，有头有尾，宛如一篇结构严密的文章。更让人称道的是，下课铃响，他恰好讲出最后一个字，而且是节节课都如此，就连他出的考题也如一篇小文章。他在每次上课前都认真准备，做严谨的教案。他说要在四十五分钟以内给学生最多的东西，小学、中学、大学都是如此。一次我们在外边用餐，不知为什么，一个陌生的年轻人拿了一本唐诗，指出一首要我讲，不记得是哪一首了，其中有两个典故。我素来喜读书不求甚解，讲不出，仲德当时做了详细的讲解。他说做教师就要求甚解，要经得起学生问。学生问了，对教师会有启发。

他淹缠病榻两年有半，一直惦记着他的课和他指导的学生。就在他生病的这一个秋天，录取了一名硕士生。他在化疗期间仍要这个学生来上课，在北京肿瘤医院室内花园，在北大医院的病室，甚至是一面打着吊针，授课一面在进行。他对学生非常严格，改文章一个标点都不放过。学生怕来回课，说若是回答草率，蔡老师有时激动起来，简直是怒发冲冠，头发胡子都根根竖起。不是他指导的学生也请他看文章，他一视同仁，十分认真地提意见挑毛病改文字。同学们敬他爱他又怕他。

他做手术的那一天，走廊里站了许多我都不认识的音乐学院师生，许多人要求值班。那天清晨，有位老学生从很远的地方赶到我家，陪伴我。一个现在台湾的老学生在电话中哭着恳求我们收下他们的捐助。我们并不需要捐助，可是学生们的关心从四面八方把我们沉重的心稍稍托起。

一个大学教师在教的同时，自己必须做学问，才能带领学生前进，才能不仅仅是一个教书匠。他从七十年代末研究《乐记》的成书年代开始，对中国音乐美学做了考察，写出了《中国音乐美学史》这部巨著。这是我国的第一部音乐美学史。后来这本书要修订出版，那时他住在龙潭湖肿瘤医院。他坐一会儿躺一会儿，一字一字，一页一页，八百多页的书稿在不时插上又拔下针管的过程中修订完毕。

经过多年的努力，他对各种文献非常熟悉，却从不炫耀，从不沾沾自喜，总是尽力地做好他承担的事，而且不断地思考，不知不觉间又写出了多篇论文。音乐方面的结集为《音乐之道的探求》，由上海人民音乐出版社出版。文化方面的结集为《艰难的涅槃》，正像书名一样，这本书命运多舛，因为思想不合规矩，现在尚未能出版。

他能够连续十几小时稳坐书案之前，真有把板凳坐穿的精神。他从事学术研究不限于音乐美学，冯学研究也是重要的部分。其著述材料之翔实，了解之深切，立论之精当，为学界所推重。还是不知不觉间，他写出了六十六万字的《冯友兰先生年谱初编》，并整理、修订增补了七百余万字的《三松堂全集》第二版，又写出了《冯友兰先生评传》《教育家冯友兰》等。

对于我的父亲，他不只是一个研究者，而且也远远超过半子。幸亏有他，父亲才有这样安适的晚年。他推轮椅，抬担架，帮助喂饭、如厕。我的兄弟没有做到和来不及做的事，他做了。我自己承担不了的事，他承担了。从父母的墓地回来，荒寂的路上如果没有他，那会是怎样的日子？可是现在，他也去了。

桥

『虹的桥是美丽的，
虹的桥是相思的，
虹的桥是想要上去的，
虹的桥是想要过去的。』

在繁忙的教学、研究之余，他为我编辑了《宗璞文集》四卷本。他是我的第一读者，为我的草稿挑毛病。我用引文懒得查时，便去问他，他会仔细地查好。我称他为风庐图书馆馆长，并因此很得意。现在我去问谁？

　　父亲去世以后，我把家中藏书赠给清华大学思想文化研究所，设立了"冯友兰文库"，但留了《四部丛刊》和一些线装典籍，供仲德查阅。他阅读的范围，已经比父亲小多了。现在他走了，我把留下的最后的书也送出。我已经告别阅读，连个范围也没有了。他自己几十年收集的关于音乐美学方面的书，我都送给了中央音乐学院图书馆。学生们从这些书中得到帮助时，我想他会微笑。

　　他喜欢和人辩论，他的许多文章都在辩论。辩论就是各抒己见，当仁不让。他说思想经过碰撞会迸发出火花，互相启迪，得到升华，所谓真理愈辩愈明。如果只有"一言堂"，思想必然僵化，那是很可怕的。他看到的只是学问道理，从没有个人意气。

　　他关心社会，反对躲进象牙之塔。他认为每一个生命是独立的又是相联的。他在音乐学院做基层人民代表十年，总想多为别人做些事。他是太不量力了，简直有些多事，我这样说他。他说大家的事要大家管。音乐史学家毛宇宽说："蔡仲德是一位真正意义上的中国知识分子。"我觉得他是当得起的。

　　我们居住的庭院中有三棵松树，因三松堂之名得到许多人的关心。常有人来，有的是从很远的地方来，就为了要看一看这三棵松树。三棵松中有两棵高大，一棵枝条平展，宛如舞者伸出的手臂。仲德在时，这一棵松树已经枯萎，剩下一段枯木，我想留着，不料很不好看，挖去了。又栽上一棵油松，树顶圆圆的，宛如垂髫少女。仲德和我曾在这棵树前合影，他坐我立，这是他最后的一张室外照片，也是我们最后的合影。又一棵松树在一次暴风雨中折断了，剩下很高的枯干，有些凶相。现在这棵树也挖去了，仍旧补上一棵油松，姿态和垂髫少女完全不同，像是个小娃娃，人们说它是仙童。

　　仲德没有看见这棵新松。万物变迁，一代又一代，仲德留下了他的著作和理想，留下了他的爱心。爱心是和责任感连在一起的，我们家中从里到外许多事都是他管。他生病后的第一个冬天，在病房惦念着家里的暖气。他认为来暖气时应该打开暖气上的阀门，让水流出来，水才会通。他在病床上用电话指挥，每个房间依次打开不能搞乱。我们几个女流之辈，拎着水桶，被他指挥得团团转。其实我认为这是不必要的，可是我领头依令而行，泪滴在水桶里……

　　仲德和我在一起生活了三十五年，因为有了他，我的生活才这样丰满。我们可以彼此倾诉一切，意见不同可以辩论，但永远互相理解，互相尊重。在他最后的时刻，我们曾一起计算着属于我们两人的日子。他含泪低声说："我们相聚的时间太少了。"现在想起来，仍觉肝肠寸断！只要有他，我实在别无所求。可是，可是他去了。

　　再没有人能像他那样分担我的责任，化解我的烦恼；我的心得体会再无人分享，笑容、眼泪也再无人印证。但他留下的力量是这样大，可以支持我，一直走向火星。

　　蔡仲德，我的夫君，在那里等我相聚。

　　女儿告诉我，她做过一个梦，梦见我们三个人在一起，仲德不知为什么起身要走。我们哭着要拉住他，可是怎么也拉不住。

　　人生的变化是拉不住的。

从近视眼到远视眼

经过不到半小时的手术，我从近视眼一变而为远视眼。这是今年六月间的事。

我的眼睛近视由来已久。八九岁时看林译《块肉余生述》，暮色渐浓，还不肯放。现在还记得"大野沉沉如墨"的句子。抗战期间的菜油灯更是培养近视眼的好工具。五十几年，脸上从未脱离眼镜，老来患白内障，眼前更是一片迷茫，戴不戴眼镜也没有什么区别了。"老年花似雾中看"，以为这也是人必然要经过的"老"的滋味。

可是人太可尊敬了，太伟大了，能够修理自己，让自己重又处在明亮绚丽的世界中。手术后我透过眼罩的缝隙看到地上有许多花纹，还以为眼睛出了毛病，一问才知道病房里的地板本来就有花纹，只是我原来看不见。因为感到明亮，以为房间里换了电灯泡，其实也是自己的眼睛在作怪。取下眼罩时，我先看见横过窗前的树枝，每片叶子是那样清楚，医院门前的一树马缨花，原来由家人介绍过，现在也看到了颜色。近年来我看人都只见一个轮廓，这时眼前的医生有了眉眼，我不由得欢喜地对大夫说："我看见你了。"

本是最亲近的家人，这些年也是模糊的。现在看到老伴的头顶只剩下不多的头发，女儿的脸上已添了几道皱纹。我猛然觉得生活是这样实在，这样暖热，因为我看到了。

病房走廊外面，是那座尼泊尔式的白塔，以前我知道那里有这座塔，家人指着说："看呀，看呀，就在眼前。"我看不见。因为习惯了由别人代看，也不觉得懊恼。这时我特地到窗前去看，原来那塔很近、很大、很白，由蓝天衬着，看上去有几分俏皮，不是中国塔的风格。我在这塔的旁边从近视眼变成远视眼。它应该是我的朋友。

　　因为高度近视，将白内障取出后，不放人工晶体。结果是两眼各有几百度的远视，成了远视眼。我看不清东西时，习惯地把它拿近，反而更看不清。倒是远处的东西较清楚。虽不能像正常人，我已经很满足了。我们回家，进了西门，经过大片荷塘时，见朵朵红荷正在盛开，花瓣的线条都显得那样精神。露珠在荷叶上滚动，我几乎想走下车去摸一摸。燕南园好几栋房屋换过房顶。我第一次看清一层层的瓦。走进家门，院中的荒草好像在打招呼，说："看看我们，早该收拾了。"我本以为我的住处很整洁，却原来只是一种幻象。现在看到的是有裂纹和水迹的房顶，白粉剥落的墙壁，还有油漆差不多褪尽的地板。而且这里那里的角落，都积有灰尘。

　　我看着窗外一只灰尾巴喜鹊坐在丁香的一段枯枝上，它飞走了，又一只黑尾巴喜鹊飞来。这两种喜鹊是两个家庭，"文化大革命"前就居住在这里，"文革"时鸟儿也逃难，后来迁回。这几年，鸟丁兴旺，我只听见闹喳喳，这时看得清楚，恍如旧友重逢。它们似乎也在问我："嘿，你怎样了？"

　　我们素来阴暗的房间增加了亮度，我在镜中看到了自己，我有很长时间没有"自知之明"了。我相信通过爱心而做出的描述，总之是不显老。现在我看清了自己的额前沟壑，眼下丘陵。忽然想到了"不许人间见白头"这句话。看来，近视眼也有好处，让人不知道老态的存在。

　　我去医院复查，沿路大声念着街旁店铺的招牌："看，这个馆子叫湘菩提。""哦！这儿还有鱼翅宴。"司机很觉莫名其妙。他哪里知道看得见的快乐。

　　7月6日我们去游览白塔寺，也拜访我的朋友——那座白塔。这天下着小雨，家人说，他们来来去去看见正门是不开的。我们打着伞走过去，却见正门洞开，门不高大，有七七四十九颗门钉在微雨中闪闪发亮。我们走进去，见院中有一个新铸的鼎，为西城区金融界所献，鼎上有一条彩色的龙。这鼎似乎与佛法较远。前面的殿正举行万佛艺术展，因为离得近，我反而看不清每个塑像的姿态面目。正殿供奉据说是三世佛，居中是释迦牟尼不成问题，两旁是阿弥陀佛和药师佛。我有些疑惑，觉得在别处看到的未来佛和过去佛好像不是这两位。我们走到白塔下面，塔身高五十一丈，只能看见底座，又据说转塔一周可以祈福消灾。这时一位游人——我们之外唯一的游客，她对我们说："白塔寺正门从今天起正式开放，今天是阴历五月二十三日，好像和观音菩萨有什么关系。我们是第一批走进第一次开的正门，真是有福气。"我们绕塔一周，在塔后看到四株古老的楸树，不知有多少年了。我想如果世上真有福气，它应该属于驱逐病魔的医生们。他们使人的生命延长，他们使人离开黑暗。其实是他们给了病人福气。作为医学界代表的药师佛怎么能是过去佛呢，他应该属于未来。

医学是科学的一部分。我默默念诵，科学真是了不起！人类真是了不起！有了科学才有各种治疗，有了人的智慧才有科学。人类智慧的一大特点是有想象力，这样才能创造。千万不要扼杀想象力！人类另一个特点是能积累经验，在积累的经验上才能求得进步。不知多少治疗的经验，才捧出一双双明亮的眼睛。经验是最可宝贵的，怎能忘记！

最初的喜悦过去了，因两眼视力不平衡，我看到的世界不很端正，楼房、车辆都有些像卡通。想想也很有趣，是近视眼时，常常要犯错误。作为眼疾患者的日子，更是过得糊里糊涂。成为远视眼，又看不清近处的事，希望能逐渐得到调整。若是能够，也许日子会过得清醒些。

牛顿在他七十岁的时候，人问他得到了什么，他答道："不过在人生的海滩上拾到了一些蚌与螺。"我总觉得这句话很美，美得让我感动。

我已迈过了七十岁。回头一看，我拾到的不过是极小的石粒。如果我有一双较正常的眼睛，又不是那么糊涂，我还会多拾几颗小石粒，虽然它们很平凡，虽然它们终究都是要漏去的。

酒和方便面

　　酒，是艺术。酒使人陶陶然，飘飘然，昏昏然而至醉卧不醒，完全进入另一种境界。在那种境界中，人们可以暂时解脱人间各种束缚，自由自在；可以忘却劳碌奔波和做人的各种烦恼。所以善饮者称酒仙，耽溺于饮者称酒鬼。没有称酒人的。酒能使人换到仙和鬼的境界，其伟大可谓至矣。而酒味又是那样美，那样奇妙！许多年来，常念及酒的发明者，真是聪明。

　　因为酒的好味道，我喜欢，却不善饮。对酒文化，更无研究。那似乎是一门奢侈的学问。只有人问黄与白孰胜时，能回答喜欢黄的，而不误会谈论的是金银。黄酒需热饮，特具一种东方风格。以前市上有即墨老酒，带点烟尘味儿，很不错。现有的封缸、沉缸，也不错。只是我不能多喝。有人说我可能生来具有那根"别肠"，后因多次手术割断了。

　　就算存在那"别肠"，饮酒的机会也不多。有几次印象很深，但饮的都不是黄酒。

　　云南开远杂果酒，色殷红，味香甜。童年在昆明，常在中午大人午睡时，和兄、弟一起偷饮这种酒，蜜水一般，好喝极了。却不料它有后劲，过一会儿便头痛。宁肯头痛，还是偷喝。头痛时三人都去找母亲。母亲发现头痛原因，便将酒瓶藏过了。那时我和弟弟住一房间，窗与哥哥的窗成直角。哥哥在两窗间挂了两根绳子，可拉动一小篮，装上纸条，便成土电话。消息经过土电话而来，格外有趣。三人有话当面不说，偏忍笑回房写纸条。纸条上有各种议论，还有附庸风雅的饮酒诗。如今兄、弟一生离一死别。哥哥远在异域，倒是不时打越洋电话来，声音比本市还清楚。

海淀莲花白，有粉红淡绿两种颜色，味极醇远。在清华读书时，曾和要好的同学在校园中夜饮。酒从燕京东门外常三小馆买来。两人坐在生物馆高台阶上，望着馆前茂盛的灌木丛，丛中流过一条发亮的小溪。不远处是气象台，那时似乎很高。再往西就是圆明园了。莲花白的味道比杂果酒高明多了。我们细品美酒，作上下古今谈，觉得很是浪漫，对自己的浪漫色彩其实比对酒的兴趣大得多。若无那艳丽的酒，则说不上浪漫了。酒助了谈兴，谈话又成为佐酒的佳品。那时的谈话犀利而充满想象，若有录音，现在来听，必然有许多意外之处。这要好的同学现在是美国问题专家。清华诸友近来大都退化做老妪状，只有她还勇往直前，但也绝不饮酒了。

另一次印象深刻的饮酒经验是在1959年，当时我下放农村劳动锻炼。一年期满回京时，公社饯行，喝的，是高粱酒，白的，清水一般，度数却高。到农村确实增长了见识，很有益处，但若说长期留下改造，怕是谁也不愿意。那时，"不做一截子，要做一辈子"农民的壮志尚未时兴。饯行宴肯定我们能回京，使人如释重负；何况还带有公社赠送的大红锦旗，写着"上游干将，为民造福"，证明了我们改造的成绩。在高兴中，每人又有这一年不尽相同的经历和感受，喝起酒来，味道复杂多了。

公社干部豪爽热情，轮番敬酒。一般送行的题目喝过，便搬出至高无上的题目来。"为毛主席干杯！"大家都奋勇喝下。我则从开始就把酒吐在手绢上，已经换过若干条，难以为继了。到为这题目干过几次杯后，只好逃席。逃到住房，紧跟着追来一批人，举杯高呼"为毛主席健康"。话音未落，我忍不住哇地一声呕吐起来。

我们的队伍中醉倒几条好汉，躺在炕上沉沉睡去。公社书记关心地来视察，张罗做醒酒汤。那次饮酒颇有真刀真枪之感，现在想来犹觉豪迈。

　　酒是有不同喝法的。

　　据说一位词人有句云："到明朝重携残酒，来寻陌上花钿。"君主见了一笑，说，何必携残酒？提笔改做"到明朝重扶残醉，来寻陌上花钿"。果然清灵多了。这是因为皇帝不在乎残酒，那词人就显出知识分子的寒酸气了。

　　寒酸的知识分子，免不了操持柴米油盐。先勿论酒且说吃饭，这真是大题目。有时开不出饭来对付一家老小，便搬出方便面。所以我到处歌颂方便面，认为其发明者的大智慧不下于酒的发明者。后来知道方便面主乃一日籍之华人，已得过日本饮食业的大奖，颇觉安慰。

　　到我的工作单位去上班时，午餐便是一包方便面。几个人围坐进食，我总要称赞方便面不只方便，而且好吃。"我就爱吃方便面。"我边吃边说。

　　"那是因为你不常吃。"一位同事笑笑，不客气地说。

　　我愕然。

　　此文若在 1987 年底交卷，到这里会得出结论云，人需要方便面，酒则可有可无。再告一番煞风景罪，便可结束了。但拖延至今，便有他望。

　　1988 年开始，我们吃了约十天的方便面，才知道无论什锦大虾何等名目的佐料，放入面中，其效果都差不多。"因为你不常吃"的话很有道理。常吃的结果是，所需量日渐减少。无怪嫦娥耐不住乌鸦炸酱面，奔往月宫去饮桂花酒了。

　　人生需要方便面充饥，也需要酒的欣赏。

　　什么时候，我要好好饮一次黄酒。

下辑　书乐·行路

恨书

写下这个题目，自己觉得有几分吓人。书之可宝可爱，尽人皆知，何以会惹得我恨？有时甚至是恨恨不已，恨声不绝，恨不得把它们都扔出去，剩下一间空荡荡的屋子。

显而易见，最先的问题是地盘问题。老父今年九十岁了，少说也积了七十年书。虽然屡经各种洗礼，所藏还是可观。原先集中摆放，一排一排，很有个小图书馆的模样。后来人口扩张，下一代不愿住不见阳光的小黑屋，见"图书馆"阳光明媚，便对书有些怀恨。"怕都把人挤得没地方了。"这意见母亲在世时便有。听说有位老学者一直让书住正房，我这一代人可没有那修养了，以为人为万物之灵，书也是人写的，人比书更应该得到阳光空气、推窗得见的好景致。

后来便把书化整为零，分在各个房间。于是我的斗室也摊上几架旧书，《列子》《抱朴子》《亢仓子》《淮南子》《燕丹子》……它们遥远又遥远，神秘又无用。还有《皇清经解》，想起来便觉得腐气冲天。而我的文稿札记只好塞在这些书缝中，可怜地露出一点纸边，几乎要遗失在悠久的历史的茫然里。

其次惹得人恨的是书柜。它们的年龄都已有半个世纪，有的古色古香，上面的大篆字至今没有确解。这我倒并无恶感。糟糕的是许多书柜没有拉手，当初可能没有这种"设备"（照说也不至于），以至很难开关，关时要对准榫头，关上后便再也开不开，每次都得起用改锥

117

（那也得找半天）。可是有的柜门却太松，低头屈身，找下面柜中书时，上面的柜门会忽然掉下，"啪"的一声砸在头上，真把人打得发昏！岂非关系人命的大事！怎不令人怀恨！有时晚饭后全家围坐笑语融融之际，或夜深梦酣之时，忽然一声巨响，使人心惊胆战，以为是地震或某种爆炸，惊走或披衣起来查看，原来是柜门掉了下来！

其实这些都不是解决不了的问题，只因我理家包括理书无方，才因循至此。可是因为书，我常觉惶惶然。这种惶惶然的感觉细想时可分为二：一是常感负疚，一是常觉遗憾。确是无法解决的。

邓拓同志有句云："闭户遍读家藏书。"谓是人生一乐。在家藏旧书中遇见一本想读的书，真令人又惊又喜。但看来我今生是不能有遍读之乐了。不要说读，连理也做不到。一因没有时间，忙里偷闲时也有比书更重要的人和事需要照管料理。二是没有精力，有时需要放下最重要的事坐着喘气儿。三是因有过敏疾病，不能接触久置积尘的书。于是大家推选外子为图书馆长。这些年我们在这座房子里搬来搬去，可怜他负书行的路约也在百里以上了。在每次搬动之余，也处理一些没有保存价值的东西。一次我从外面回来，见我们的图书馆长正在门前处理旧书。我稍一拨弄，竟发现两本"丛书集成"中的花卉书。要知道"丛书集成"约四千本一套的啊！于是我在怒火上升又下降之后，觉得他也太辛苦，哪能一本本都仔细看过。又怀疑是否扔去了珍贵的书，又责怪自己无能，没有担负起应尽的责任，如此怨天尤人，到后来觉得罪魁祸首都是书！

书还使我常觉遗憾。在我们磕头碰脑满眼旧书的居所中，常常发现有想读的或特别珍爱的书不见了。我曾遇一本英文的《杨子》，翻了一两页，竟很有诗意。想看，搁在一边，也找不到了。又曾遇一本陆志韦关于唐诗的五篇英文演讲，想看，搁在一边，也找不到了。后来大图书馆中贴出这一书目，当然也不会特意去借。最令人痛惜的是《四库全书》中萧云从《离骚全图》的影印本，很大的本子，极讲究的锦面，醒目的大字，想细细把玩，可是，又找不到了！也许"只在此山中，云深不知处"？据图书馆长说已遍寻无着——总以为若是我自己找，可能会出现。但是总未能找，书也未出现。

好遗憾啊！于是我想，还不如根本没有这些书，也不用负疚，也没有遗憾。

　　那该多么轻松，对无能如我者来说，这可能是上策。但我毕竟神经正常，不能真把书全请出门，只好仍时时恨恨，凑合着过日子。

　　是曰恨书。

卖书

几年前写过一篇短文《恨书》，恨了若干年，结果是卖掉。

这话说说容易，真到做出也颇费周折。

卖书的主要目的是扩大空间。因为侍奉老父，多年随居燕园，房子总算不小，但大部为书所占。四壁图书固然可爱，到了四壁容不下，横七竖八向房中伸出，书墙层叠，挡住去路，则不免闷气。而且新书源源不绝，往往信手一塞，混入历史之中，再难寻觅。有一天忽然悟出，要有搁新书的地方，先得处理旧书。

其实处理零散的旧书，早在不断进行。现在的目标，是成套的大书。以为若卖了，既可腾出地盘，又可贴补家用，何乐而不为。依外子仲的意见，要请出的首先是"丛书集成"，而我认为这部书包罗万象，很有用；且因他曾险些错卖了几本，受我责备，不免有衔恨的嫌疑，不能卖。又讨论了百衲本的《二十四史》，因为放那书柜之处正好放饭桌。但这书恰是父亲心爱之物，虽然他现在视力极弱，不能再读，却愿留着。我们笑说这书有大后台，更不能卖。仲屡次败北后，目光转向《全唐文》。《全唐文》有一千卷，占据了全家最大书柜的最上一层。若要取阅，须得搬椅子，上椅子，开柜门，翻动叠压着的卷册，好不费事。作为唯一读者的仲屡次呼吁卖掉它，说是北大图书馆对许多书实行开架，查阅方便多了。又不知交何运道，经过"文革"洗礼，这书无损污，无缺册，心中暗自盘算一定卖得好价钱，够贴补家用几个月。经过讨论协商，顺利取得一致意见。书店很快来人估看，出价一千元。

这部书究竟价值几何，实在心中无数。可这也太少了！因向北京图书馆馆长请教。过几天馆长先生打电话来说，《全唐文》已有新版，这种线装书查阅不便。经过调查，价钱也就是这样了。

书店来取书的这天，一千卷《全唐文》堆放在客厅地下等待捆扎，这时我才拿起一本翻阅，只见纸色洁白，字大悦目。随手翻到一篇讲音乐的文章："烈与悲者角之声，欢与壮者鼓之声；烈与悲似火，欢与壮似勇。"作者李磎。心想这形容很好，只是久不见悲壮的艺术了。又想知道这书的由来，特地找出第一卷，读到嘉庆皇帝的序文："天地大文日月山川万古昭著者也。人受天地之中以生，经世载道，立言牖民。观乎人文以化成天下。文之时义大矣哉！"又知嘉庆十二年，皇帝得内府旧藏唐文缮本一百六十册，认为体例未协，选择不精，命儒臣重加厘定，于十九年编成。古代开国皇帝大都从马上得天下，以后知道不能从马上治之，都要演习斯文，不敢轻渎知识的作用，似比很多现代人还多几分见识。我极厌烦近来流行的"宫廷热"，这时却对皇帝生出几分敬意，虽然他还说不出科学技术是生产力这样的话。

书店的人见我把玩不舍，安慰道，这价钱也就差不多。以前官宦人家讲究排场，都得有几部老书装门面，价钱自然上去。现在不讲这门面了，过几年说不定只能当废纸卖了。

为了避免一部大书变为废纸，遂请他们立刻拿走。还附带消灭了两套最惹人厌的《皇清经解》。《皇清经解》中夹有父亲当年写的纸签，倒是珍贵之物，我小心地把纸签依次序取下，放在一个信封内。可是一转眼，信封又不知放到何处去了。

虽然得了一大块地盘，许多旧英文书得以舒展，心中仍觉不安，似乎卖书总不是读书人的本份事。及至读到《书太多了》（《读书》杂志1988年7月号）这篇文章，不觉精神大振。吕叔湘先生在文中介绍一篇英国散文《毁书》，那作者因书太多无法处理，用麻袋装了大批初版诗集，午夜沉之于泰晤士河，书既然可毁，卖又何妨！比起毁书，卖书要强多了。若是得半夜里鬼鬼祟祟跑到昆明湖去摆脱这些书，我们这些庸人怕只能老老实实缩在墙角，永世也不得出来了。

最近在一次会上得见吕先生，因说及受到的启发。吕先生笑说："那文章有点讽刺意味，不是说毁去的是初版诗集么！"

可不是！初版诗集的意思是说那些不必再版，经不起时间考验的无病呻吟，也许它们本不应得到出版的机会。对大家无用的书可毁，对一家无用的书可卖，自是天经地义。至于卖不出好价钱，也不是我管得了的。

如此想过，心安理得。整理了两天书，自觉辛苦，等疲劳去后，大概又要打新主意。那时可能真是迫于生计，不只为图地盘了。

乐书

　　多年以前，读过一首《四时读书乐》，现在只记得四句，"读书之乐乐何如？绿满窗前草不除"，"读书之乐乐无穷，瑶琴一曲来熏风"。这是春夏的情景，也是读书的乐境。"绿满窗前草不除"一句，是形容生机盎然的自由自在的情趣。"瑶琴一曲来熏风"一句，是形容炎炎夏日中书会给人一个清凉的世界。这种乐境只有在读书时才会有。

　　作者写书总是把他这个人最有价值的一面放进书里，他在写书的时候，对自己已经进行了过滤。经常读书，接触的都是别人的精华。读书本身就是一件聪明的事，也是一件快乐的事。陶渊明说："每有会意，便欣然忘食。"金圣叹读到《西厢记》"不瞅人待怎生"一句，感动得三日卧床不食不语。这都是读书的至高境界。不只是书本身的力量，也需要读者的会心。

　　我不是一个做学问的读书人，读书缺少严谨的计划，常是兴之所至。虽然不够正规，也算和书打了几十年交道。我想，读书有一个分——合——分的过程。

　　"分"就是要把各种书区分开来，也就是要有一个选择的过程。现在书出得极多，有人形容，写书的比读书的还多，简直成了灾。我看见那些装帧精美的书，总想着又有几棵树冤枉地献身了。"开卷有益"可以说是一句完全过时的话。千万不要让那些假冒、伪劣的"精神产品"侵蚀。即便是列入必读书目的，也要经过自己的慎重选择。

有些书评简直就是一种误导，名实不符者极多，名实相悖者也有。当然可读的书更多。总的说来，有的书可精读，有的书可泛读，有的书浏览一下即可。美国教授老温德告诉我，他常用一种"对角线读书法"，即从一页的左上角一眼看到右下角。这种读书法对现在的横排本也很适用。不同的读法可以有不同的收获，最重要的是读好书，读那些经过时间圈点的书。

书经过区分，选好了，读时就要"合"。古人说读书得间，就是要在字里行间得到弦外之音，象外之旨，得到言语传达不尽的意思。朱熹说读书要"涵泳玩索，久之自有所见"，涵泳在水中潜行，也就是说必须入水，与水相合，才能了解水，得到滋养润泽。王国维谈读书三境界，第三种境界是"蓦然回首，那人却在灯火阑珊处"，这种豁然贯通，便是一种会心。在那一刻间，读者必觉作者是他的代言人，想到他所不能想的，说了他所不会说不敢说的，三万六千毛孔也都张开来，好不畅快。

古时有人自外回家，有了很大变化。人们议论，说他不是遇见了奇人，就是遇见了奇书。书对人的影响是非常大的。不过要使书真的为自己所用，就要从"合"中跳出来，再有一次"分"，把书中的理和自己掌握的理参照而行。虽然自己的理不断受书中的理影响，却总能用自己的理去衡量、判断、实践。用现在的话说就是活学活用，用文一点的话，就叫作"六经注我"。读书到这般地步不只有乐，而且有成矣。

其实，这些都是废话，每个人有自己的读书法，平常读书不一定都想得那么多，随意翻阅也是一种快乐。我从小喜欢看书，所以得了一双高度近视眼。小时候家里人形容我一看书就要吃东西，一吃东西就要看书，可见不是个正襟危坐的学者，最多沾染了些书呆子气，或美其名曰书卷气。因为从小在书堆中长大，磕头碰脑都是书，有一阵子很为其困扰，曾写了《恨书》《卖书》等文，颇引关注。后来把这些朋友都安排到妥当或不甚妥当的去处，却又觉得很为想念，眼皮子底下少了这一箱那一柜或索性乱堆着的书，确实失去了很多。原来走到房屋的每一个角落，都可以接触到各种宏论，感受到各种情感，这里那里还不时会冒出一个个小故事。虽然足不出户，书把我的生活从时空上都拓展了。因为思念，曾想写一篇《忆书》，也只是想想而已。近几年来眼疾发展，几乎不能视物，和书也久违了。幸好科学发达，经治疗后，忽然又看见了世界，也看见经过整顿后书柜里的书。我拿起几部特别喜爱的线装书抚摸着，一部《东坡乐府》，一部《李义山诗集》，一部《世说新语》。还有一部《温飞卿诗集》，字特别大，我随手翻到"捣麝成尘香不灭，拗莲作寸丝难绝"，不觉一惊，现在哪里还有这样的真诚和执着呢。

寒暑交替，我们的忙总无变化，忙着做各种有意义和无意义的事。我和老伴现在最大的快乐就是每晚在一起读书，其实是他念给我听。朋友们称赞他的声音厚实有力，我通过这声音得到书的内容，更觉得丰富。书房中有一副对联："把酒时看剑，焚香夜读书。"我们也焚香，不过不是龙涎香、鸡舌香，而是最普通的蚊香，以免蚊虫骚扰。古人焚香或也有这个用处？

四时读书乐，另两时记不得了。乃另诌了两句，曰"读书之乐何处寻？秋水文章不染尘"；"读书之乐乐融融，冰雪聪明一卷中"。聊充结尾。

1999 年 8 月上旬

书当快意

"书当快意"后面本来还有三个字"读易尽",说的是人生中的憾事。读书正读得高兴,却已经完了,令人若有所失。其实细想起来,书已尽也算不得什么,可以重读、再读、反复读。一本书,它该经得起反复读,才算得好书。这篇小文,除介绍我曾读得快意的书外,还想介绍两位老古董人物所嘉许的老古董书。这些书可能读起来并不顺利。

王国维在《静安文集续编·文学小言》中说:"三代以下之诗人,无过于屈子、渊明、子美、子瞻者。此四子,苟无文学之天才,其人格亦自足千古。故无高尚伟大之人格,而有高尚伟大之文学者,殆未之有也。"他提出必需"感自己之所感,言自己之所言",才能产生伟大的文学。又说:"宋以后之能感自己之感,言自己之所言者,其唯东坡乎!山谷可谓能言其言矣,未可谓能感所感也。"可见能言其言比能感所感要容易。言其言需要艺术的功力,感所感则需要人格的力量。在无法享有完整的人格时,是无法感自己所感的。

屈子的诗篇自以《离骚》为最,我却偏爱《九歌》。"若有人兮山之阿,被薜荔兮带女萝,既含睇兮又宜笑,子慕予兮善窈窕。"那神态多美!"嫋嫋兮秋风,洞庭波兮木叶下。"那景色多美。"带长剑兮挟秦弓,首身离兮心不惩""身既死兮魂以灵,魂魄毅兮为鬼雄!"那精神多么伟大,千载下仍然感人至深。综观我们文学的发展,实觉得对浪漫主义继承得太少了。

陶渊明和杜甫声名之高，影响之大，世所共和。我说不出什么新鲜话。手边有中华书局的《陶渊明集》（逯钦立校注）、人民文学出版社的《杜甫诗选注》（萧涤非选注），都是普及本，对把诗读懂很有帮助。

我从少年时便喜东坡文字，多次宣称愿为苏门弟子——假如考得上的话。今见静安居士"宋以后之能感自己之感，言自己之所言者，其唯东坡乎"之语，才知道这位老人也是东坡知己。而且现在似乎谈论苏学的人日见其多。东坡的一个特点是有仙气。他不同于"仙人摩我顶""餐霞漱瑶泉"的李白。他经受的苦难更深，和老百姓也更贴近，他的仙气从地下升起，贯穿于至情至性之中，贯穿于绝代才华创造的艺术意境之中。我总觉得这些文学作品有点像莫扎特的音乐作品。四川巴蜀书社出版了《苏轼全集》。若能有一个诗、词、文俱备的选本最好。

此四子外我想加一位，李义山。义山诗是另外一格。如果说他算是唯美主义，我举双手拥护唯美主义！

现在提到高尚、伟大、美等等字眼，好像有点不大时髦。不过我还是想说，在我们当今无比浮躁、无比实际的世界，最好读一读诗。莎士比亚通过他的一个人物说"最真的诗是最假的谎言"。诗是谎言，不错。可就凭这美丽的谎言，我们干枯的心灵，或可润泽一些。在没有能力把现实丑化为艺术美的时候，过于赤裸的描写，实在让人受不了。

叔本华在《论文学形式》一文中说，世间最好的四部小说是《唐·吉珂德》《项迪传》《新爱洛绮丝》和《维廉·迈斯特》。他的标准是愈能深入内心愈好，反之愈差。

《唐·吉珂德》是全世界的明星，不必说了。《项迪传》全名为《特利斯川的生平和见解》，英国劳伦斯·斯泰恩（1713—1768）所作。各文学史都说它的叙述时间颠倒、头绪纷出，以情感的变化为准，而不按照事态发展的逻辑。有时突然中断，留下空白让读者补充。斯泰恩认为文学的任务是描写人的内心世界，与叔本华正相合。数年前我向外文所借得第一卷（全书共四卷），至今没有读完。

《新爱洛绮丝》的作者是卢梭，全书以书信体写成，有很多感情的倾诉。据说写景亦是一绝。勃兰兑斯在《十九世纪文学主潮》中有一节专讲此书，说它有三点重要意义：打击了当时的风流时尚，以男女主人公的不平等地位代替门当户对，以道德信念确认婚姻神圣。遗憾的是，我没有看过这书，还不知什么时候有机会看。

《维廉·迈斯特》是歌德最重要的文学作品。写一个少年的成长。这类小说在德国文学史上称为修养小说或发展小说，也称教育小说。歌德曾对爱克曼说，这书的主要意义很难说，如果一定要找一个，可用书末一个人物对主角说的话："我觉得你像基士的儿子扫罗，他出去寻找他父亲的驴，而得到一个王国。""后来常有人从这比喻引申出一句话，'维廉寻求戏剧艺术，而得到人生艺术'。"（引自冯至译序）

也许有人会问，这些书有的你没有看完，有的你根本没有看过，凭什么写在这里？我想我们荐书不过是一种提示，可以荐自己之所见，也可以转转手荐他人之所见。也许哪一天，会从叔本华的见解中得到点什么。

希望每个人在出去找驴时，都得到一个王国。

我自己近几年读得最有兴趣的书，是冯友兰著"哲学三史"。"三史"者，《中国哲学史》（两卷本）、《中国哲学简史》、《中国哲学史新编》（七卷本）是也。

《中国哲学史》出版于三十年代，是我国第一部完整的用现代方法写作的哲学史。绪论中讲到，西方哲学史著述多用叙述，中国过去的哲学史多用选录。这部书则用叙述和选录相结合的方式。其叙述，经过潜心研究仔细梳理，把庞杂的历史讲得条理分明。譬如："合同异""离坚白"这六个字，原来哲学史上并没有，是作者钻研总结出来，让人一看就头脑清醒。其选录，于讲解时配合节选原著主要篇章，使读者能看到本来面目。有人以引文多为此书病，孰知这正是作者有意为之，俾使一书在手，整个中国哲学思想的来龙去脉全在目前。

《中国哲学简史》原用英文写作，于 1948 年在美国出版，1985 年由华中理工大学教育研究所涂又光教授译为中文。我曾将中、英文对照通读，译文流利。这是一本有趣味、省时间的书。全书不过二十万字，却能不只勾画出中国哲学发展的轮廓，还使读者品味到中国哲学的真髓，可谓出神入化。我常想这本书像是太上老君炼出来的仙丹，经过熔炼，把浩繁的史册浓缩得可以一口吞，我们怎能不感谢作者呢！北大哲学系博士生导师陈来教授最近在电视台荐书时说："冯先生用这样一个不大的篇幅，把几千年中国哲学的历史内容，深入浅出，讲得非常透彻、非常精彩。这样的著作，我在世界上还没有见过第二本。"想来我的欣赏不能算是外行。

《中国哲学史新编》约一百五十万字，写作用时十二年。七卷各卷的内容是：先秦诸子、两汉经学、魏晋玄学、隋唐佛学、宋明道学、近代变法、现代革命。不只较两卷本详尽，且时有新意。实在是一部大文化史。作者在第四册自序中说，因为抓住了主题，对玄学和佛学的分析比以前加深了。第六册中提出大胆的看法：太平天国向西方学习的不是长处，而是中世纪神权政治。推而论之，对曾国藩的评价也一反时贤，认为他阻止了中国的倒退。作者曾说写此书愈到后来愈感自由。可谓"感自己之所感，言自己之所言"了。第七册中更有许多新论，惜乎此卷迄今尚未在内地出版。①

记得似乎是列宁说过，读书要有计划，不然不如不读。这和我们"开卷有益"的想法大不同。我想两者可以相互补充，也不必做太功利的打算，只要"书当快意"便是了。

---

① 作者作此文时《中国哲学史新编》尚未在内地出版，现已于2001年由人民出版社出版。（编者注）

　　2000年，正逢阴历龙年。春节前，看到各种颜色鲜艳、印刷精美的贺卡，写着千禧龙年，街上挂着红灯，摆着花篮，真觉得辉煌无比。

　　龙年是我的本命年，还未进入龙年，便有人说，你要准备一条红腰带。我笑笑说，才不信那些呢。临近兔年除夕，我站在窗前，突然眼前一黑，左眼中仿佛遮上了一层黑纱帘，它是我依靠的那只眼睛，右眼早已不大能用。现在一切都变得朦胧，这是怎么了？我很奇怪。自从去年夏天，做过白内障手术后，我已经习惯了过明白日子，而且以为再不会糊涂，现在的情况显然是眼睛又出了问题。因为就要过节，只好等到春节后再去就医。

　　龙年的第一件大事便是去医院。诊断是我没有想到的：视网膜脱落。医言只要做一个小手术，打气泡到眼睛里，即可复位。我便听医生的话住院，做手术。手术后真有两周令人兴奋的时光，眼前的纱帘没有了，一切和以前差不多，头脑似乎还更清楚些。

　　不料十几天后，气泡消尽，再加上我患喘息性支气管炎，咳嗽得山摇地动。2月27日，视网膜再次脱落。

　　我只有再次求医，医生还是说要打气泡。我想这次脱落的范围大了，气泡是否顶得住。经过劝说，还是做了打气泡的决定。

　　当时我认为咳嗽是大敌，特住进医院求保护，果然咳嗽是躲过了，但仍然没有躲过网脱。

3月20日，气泡快消尽时，视网膜第三次脱落。气泡果然不能完成任务。我清楚地看见，视网膜挂在眼前，不再是黑纱，而像是布片。夜晚，我久不能寐，依稀看见窗下的月光，月光淡淡的，我很想去抚摸它。我怕自己再也不能感受光亮。查夜的护士问，为什么不睡，有什么不舒服。我只能说，我很不幸。

第三次手术，是把硅油打在眼睛里，是眼科的大手术。手术确定了，可是没有床位。一天天过去了，可以清楚地感觉到网脱的范围越来越大，后来，无论怎样睁大眼睛，眼前还是一片黑暗，无边无涯，没有人帮助我解脱。忽然，我仿佛看见了我的父亲，他也在睁大了他那视而不见的眼睛，手拈银须，面带微笑，安详地口授巨著。晚年的父亲是准盲人，可是他从未停止工作，以后父亲多次出现在黑暗中，像是在指点我，应该怎样面对灾祸。

终于熬到住进了医院，到了做手术的这天，上手术台前的诊断是，视网膜全脱。

在手术室里还和麻醉师有一番争论。麻醉师很年轻，很认真负责。她见我头晕，十分艰难地躺上手术台，便不肯用原订的麻醉计划，说："你这是要眼睛不要命。要我用麻醉最好再签一回字。"经主刀医生解释，已经过各科会诊，麻醉师最后同意用局麻进行手术。她怕我出问题，给麻药很吝啬。于是我向关云长学习，进行了一次刮骨疗毒。麻醉师也是有道理的，疼是小事，命是大事。就是手术安排的不恰当，时间的延误，我都没有什么好抱怨的，我只怪一个人，那就是上帝。他老人家造人造得太不完美了，好好的器官，怎么要擅离职守掉下来，而且还顽固地不肯复位。头在颈上，手在臂上，脚在腿上，谁曾见它们掉下来过，怎么视网膜这样特别。

其实，我自己也知道这不过是几句气话。网脱是一种病，高度近视是起因。我再一次被病魔擒获。

手术顺利，离战胜病魔还很远。接下来的是长期俯卧位——趴着。人是站立的动物，怎么能趴着呢？为了眼睛也渐习惯了。据说手术成功与否和是否认真趴着很有关系。硅油的作用是帮助视网膜重新长好。三个月到半年后，再做一次手术将油取出。油取出后常有网膜重落的病例。我真奇怪科学发达这样迅速，怎么对网脱的治疗没有完善的办法。用油或气顶住，气消失油取出后，重脱的可能性极大，也只能到时候再说了。希望我这是杞人忧天。

手术后，重又感觉到光亮。视力已经很可怜，但是能感觉光亮。光亮和黑暗是两个世界，就像阳间和阴间一样。我又回到了阳间，摆脱了黑暗，我很满足。回到家中，我在房间里走来走去，还可以指出窗帘该换，猫该洗了。丁香早已开过，草玉兰还剩几朵，我赶上了蔷薇花，有人家的蔷薇一直爬到楼上，几百朵同时开放，我看不清楚花朵，但能感受到那是一大幅鲜艳的画图。

但是我不再能阅读。

对于从小躲在被子里看小说的我来说，不能阅读真是残酷的事。文字给了我多么丰富，多么美妙的世界。小小的方块字，把社会和历史都摆在了面前。我曾长时期因患白内障不能阅读，但那时总怀有希望，总以为将来总是要看书的，午夜梦回，开出一长串书单，我要读丘吉尔的文章，感受他的文采，《维摩诘所说经》、苏曼殊文都想再读。白内障手术后，这些都未做到，但是希望并未灭绝。视网膜的叛变，扑灭了读书的希望，我不再能享受文字的世界，也不再能从随时随地磕头碰脑的书中汲取营养。我觉得自己好像孤零零地悬在空中，少了许多联系，变得迟钝了，干瘪了，奇怪的是我没有一点烦躁。既然我在健康上是这样贫穷，就只能安心地过一种清贫的生活。我的箪食瓢饮就是报刊上的大字标题，或书籍封面上的名字，我只有谨慎地保护维持目前的视力，不要变成盲人。

我的父亲晚年成为准盲人，但思想仍是那样丰富，因为他有储存，可以"反刍"。这一点我是做不到的。听人读书也是一乐，但和阅读毕竟是不一样的。幸好我还有一位真正可听的朋友，那就是音乐。

文学和音乐，伴随着我的一生。可以说，文学是已完嫁娶的终身伴侣，音乐是永不变心的情人（如果世界上有这种东西的话）。文学是土地，是粮食；音乐是泉水，是盐。文学的土地是我耕耘的，它是这样无比宽广，容纳万物。音乐的泉水流动着，洗涤着听者的灵魂，帮助我耕耘。

我又站在窗前，想起父亲在不能读写时，写出的那部大书，模糊中似乎看见老人坐在轮椅上，指一指院中的几朵蔷薇，粉红色的花瓣有些透亮。忽然间，"桃色的云"出现在花架边，他是盲诗人爱罗先珂笔下的精灵——春的侍者。我揉揉眼睛，"桃色的云"那翩翩美少年，手持蔷薇花，正含笑站在那里。

　　我不能读书，可是我可以写书。也许，我不读别人的书，更能写好自己的书。

　　我用大话安慰自己，平心静气地告别阅读。

没有名字的墓碑

上大学二年级英文课时，教师是英国人。他除文章外还随意讲一些诗。一次曾问我们喜欢哪一家。我立即回答：济慈（1795—1821）。哪几首呢？《夜莺曲》和《希腊古瓮曲》。当时读书不多，感受却强烈，回答爽快。以后见识虽稍广，感觉却似乎麻木多了。常常迟疑，弄不清自己究竟怎样想，更不要说别人了。也许因为诗句的本身的力量，也许因为读时年轻，后来的麻木并未侵吞以前的记忆。在杂乱的积累中，济慈的诗句有时会蓦地跳出，直愣愣地望着我。

1984年3月中旬，我们从英格兰西南部多切斯特返回伦敦。进市区后，车子经过一些僻静的街道，停在一座房屋的小绿门前。英国朋友说，济慈在这里住过，《夜莺曲》就是在这里写的。我们没有提过要参观济慈故居，大概是贤主人知道我的故居癖吧，顺路便到这里——恰巧不是别人，而是济慈住过的地方。

这是一座小巧舒适的房屋。原属于济慈的好友退休商人查理斯·布朗和布朗的朋友狄尔克。济慈6岁失怙，11岁失恃。1818年他的二弟病逝后，他应邀在这里居住前后约两年。供济慈使用的是一间卧室、一间起居室。起居室在楼下，有法国式落地窗可以坐看花园，那里现在有绿草地、郁金香和黄水仙。室内书橱中有他同时代人的作品。窗旁有莎士比亚肖像。莎翁是济慈最爱的诗人。无论走到哪里，他都带着莎翁的像和作品。展品中还有他手录的莎翁的诗。卧室在楼上，有带帐幔的床，帐顶弯起如船底，是照那时的样子仿制的。据说济慈病重时，讨厌这帐幔的花样，便总到布朗起居室的长沙发上休息。底层还有一间他自己用的小厨房，石壁石槽，阴冷潮湿，看去一点引不起家庭的温馨的感觉。

济慈短促一生实在没有尝过多少人间的温馨。他孤身一人，无倚无靠。虽然有友谊的支持，但总还是寄居。经济拮据，又不断生病。贫病交加，那日子也许非亲自经历不能体会。他为了生计，在1819年底曾谋求外科医生职位，他以前学过。布朗劝他继续写诗，并借钱给他维持生活。

1819年4月，布劳恩一家租住了这房子属于狄尔克的一部分。济慈和布劳恩家长女凡妮感情日笃。这一年的春和夏，大概是诗人最幸福的日子吧。5月的一个清晨，他在这个花园里写出《夜莺曲》。那时这里还是个小村庄，这一带名为汉普斯德荒原，可以想见其自然景色。除夜莺一首外，《致赛琪》《忧愁》和他诗歌的顶峰《希腊古瓮曲》都是这时写出的。

> 飞呵飞呵　我要飞向你
> 不驾酒神的车
> 而是凭借看不见的诗翼

在《夜莺曲》中，济慈凭借诗的翅膀，同夜莺的歌声一起高高飞翔，展开丰富的想象。他要飞离人世的痛苦和熬煎。他在温柔的夜色中感到许多美丽的花朵，在夜莺狂喜的歌声中，死亡也变得丰富甜美。然而歌声远去了，留下的只有孤独。

据记载，1820年春，有人看见济慈坐在小村外，对着眼前的自然景色痛哭。哪一位诗人不爱家乡、祖国，不爱家乡的田野、树木、溪水、花朵，不爱亲人朋友，不用全心拥抱生活？在知道自己不得不离开时，哭，恐怕也减轻不了他的痛苦吧。

老实说，去英国时，想到的都是小说家，还有一个莎士比亚。压根儿没有想起济慈。他的故居也不像勃朗特姊妹和哈代故居那样有当

时的气氛。但去过后，车子驶过越来越繁华的街道，他的两句诗忽然
闪出，直愣愣看着我：

> 美即是真，真即是美——这就是
> 　你们在地上所知和须知的一切。

　　如何解释这两句诗，已经有连篇累牍的文章。我当时联想到他不
幸的一生，只有一声叹息。
　　3月23日我们到诗会作客。诗会是诗歌爱好者自己组织的团体。
我们的老诗人方敬把我们的老诗人卞之琳翻译的《英国诗选》送给他
们一本。他们十分高兴，建议选一首来朗读。这首诗恰又是济慈的
《希腊古瓮曲》。诗会的前任会长，一位退休的中学校长朗诵英文原
诗，由我念卞译中文诗。

> 听见的乐调固然美，无从听见的
> 　却更美；——

　　我听着老人轻微而充满感情的声音，心里知道他是怎样热爱诗，
又怎样热爱济慈的诗。

> 呵，幸福的幸福的枝条！永不会
> 　掉叶，也永远都不会告别春天
>
> 幸福的乐师，永远也不会觉得累
> 永远吹着曲调，又永远新鲜

　　我念中文诗时，觉得卞先生的译文真是第一流的。我的"朗诵"
虽未入流，但我相信如果济慈听见，一定高兴。
　　回想他的故居展品中，有一个石膏画像，说是他死后从他脸上做
出来的。看着想着都很不舒服。据说经过解剖，发现他的肺已经一塌

糊涂，医生很奇怪他居然用这样的肺活了那么久。他是顽强的人。不顽强是无法作诗的。

1820 年秋，济慈的病日益严重。医生说只有到意大利过冬才有救。英国天气阴冷，一百多年前没有很好的取暖设备，确不利于有病之身。我这次到英国一行，才懂得为什么英国小说里有夏天生火取暖的描写。9 月 13 日，济慈离开伦敦。船经都赛时，他曾上岸，最后一次站在英国的土地上。回到甲板后，眼看着英格兰在眼前慢慢消失，他把自己的一首诗《明亮的星》写在随身携带的莎士比亚诗集里，在《一个情人的抱怨》旁边。这手迹陈列在他故居中，字迹秀丽极了。

意大利的天气没有能救他。1821 年 2 月 23 日他终于告别人世，再也不能回到他爱的土地，想来那美丽的风光一直印刻在他心中吧；再也不能见到他爱的人，她戴着他赠予的石榴石戒指一直到死。

两天后他葬在罗马新教徒墓地。照他自己的安排，墓碑上没有名字，只有他自己选的一句话：

> 这里长眠的人
> 他的名字写在水里。

1984 年 4 月下旬

他的心在荒原

——关于托马斯·哈代

在英格兰西南部多切斯特博物馆中，有一个小房间，参观者只能从窗口往里看。我们因为是中国作家代表团，破例获准入内。

这是托马斯·哈代（1840 1928）的书房，是照他在麦克斯门的家中书房复制的。据说一切摆设都尽量照原样。四壁图书，一张书桌，数张圈椅。圈椅上搭着他的大衣，靠着他的手杖。哈代的像挂在墙上，默默地俯视着自己的书房和不断的来访者。

他在这样一间房间里，就在这张桌上，写出许多小说、诗和一部诗剧。桌上摆着一些文具还有一个小日历，日历上是 3 月 7 日。据说这是哈代第一次见到他夫人的日子了，夫人去世以后，哈代把日历又掀到这一天，让这一天永远留着。馆长拿起三支象牙管蘸水笔，说就是用它们写出《林中人》《德伯家的苔丝》和《无名的裘德》。

书架上有他的手稿，有作品，还有很多札记，记下各种材料，厚厚的一册册，装订得很好。据说这一博物馆收藏哈代手稿最为丰富。馆长打开一本，是《卡斯特桥市长》，整齐的小字，涂改不多。我忽然想现在有了打字机，以后的博物馆不必再有收藏原稿的业务，人们也没有看手稿的乐趣了。这手稿中夹有一封信，是哈代写给当时博物馆负责人的。大意说：谢谢你要我的手稿，特送上。只是不一定值得保存。何不收藏威廉·巴恩斯的手稿？那是值得的！这最后的惊叹号给我印象很深。时间过了快一百年，证明了哈代自己的作品是值得的！

荒 原

哈代笔下的荒原是有生命的，它有表情，会嚷会叫，还操纵人物的生活。

哈代的心是留在荒原上了，和荒原的泥土在一起。

值得读，值得研究，值得在博物馆特辟一间——也许这还不够，值得我们远涉重洋，来看一看他笔下的威塞克斯、艾登荒原和卡斯特桥。

威廉·巴恩斯是多切斯特人，是这一带的乡土诗人。街上有他的立像，哈代很看重他，1908 年为他编辑出版了一本诗集。哈代自己在某种程度上也可以说是乡土作家。可是他和巴恩斯很不同。巴恩斯"从时代和世界中撤退出来，把自己包裹在不实际的泡沫中"，而哈代的意识"是永远向着时代和世界开放的"①。1912 年哈代自己在威塞克斯小说总序中说："虽然小说中大部分人所处的环境限于泰晤士之北，英吉利海峡之南，从黑令岛到温莎森林是东边的极限，西边则是考尼海岸，我却是想把他们写成典型的，并且在本质上属于任何地方，在那里'思想是生活的奴隶，生活是时间的弄人'。这些人物的心智中，明显的地方性应该是真正的世界性。"哈代把他的具有浓厚地方色彩的 14 部长篇小说、4 部短篇小说集总称为"威塞克斯小说"，但是这些小说反映的是社会，是人生，远远不只是反映那一地区的生活。小说总有个环境，环境总是局限的，而真正的好作品，总是超出那环境，感动全世界。

哈代的四大悲剧小说，《还乡》《德伯家的苔丝》《卡斯特桥市长》和《无名的裘德》，就是这样的小说。我在 40 年代初读《还乡》时，深为艾登荒原所吸引。后来知道，对自然环境的运用是哈代小说的一大特色，《还乡》便是这一特色的代表作。哈代笔下的荒原是有生命的，它有表情，会嚷会叫，还操纵人物的活动。它是背景，也是角色，而且是贯穿在每个角色中的角色。英国文学鸟瞰一类的选本常选《还乡》开篇的一段描写：

　　天上悬的既是这样灰白的帐幕，地上铺的又是那种最苍郁的灌莽，所以天边上天地交接的线道，划分得清清楚楚。……荒原的表面，仅仅由于颜色这一端，就给暮夜增加了半点钟。它能在同样的情形下，使曙色迟延，使正午惨淡；狂风暴雨，几乎还没

① 乔治·伍得考科：企鹅丛书《还乡》序。

踪影，它就预先现出风暴的阴沉面目了；三更半夜，没有月亮，它更加深那种咫尺难辨的昏暗，到了使人发抖、害怕的程度。

今天看到道塞郡的旷野，已经很少那时一片苍茫、万古如斯的感觉了。英国朋友带我们驱车前往荒原，地下的植物显然不像书中描写的那样郁郁苍苍，和天空也就没有那样触目的对比。想不出哪一个小山头上是游苔莎站过的地方。远望一片绿色，开阔而平淡。哈代在1895年写的《还乡》小序中说，他写的是1840—1850年间的荒原，他写序时荒原已经或耕种或植林，不大像了。我们在1984年去，当然变化更大。印象中的荒原气氛浓烈如酒，这酒是愈来愈多地掺了水了。也许因为原来那描写太成功，便总觉得不像。不过我并不遗憾。我们还获准到一个不向外国人开放的高地，一览荒原景色。天上地下只觉得灰蒙蒙的，像里面衬着黯淡，黯淡中又透着宏伟，还显得出这不是个轻松的地方。我毕竟看到有哈代的心在跳动着的艾登荒原了。

我们还到哈代出生地参观。经过一片高大的树林，到一座茅屋。这种英国茅屋很好看。总让人想起童话来。有一位英国女士的博士论文是北京四合院，也该有人研究这种英国茅屋。里面可是很不舒适，屋顶低矮，相当潮湿。这房屋和弥尔顿故居一样，有房客居住，同时负责管理。从出生地又去小村的教堂和墓地。——斯丁斯福墓地。哈代的父母和妻子都葬在这里。

葬在这里的还有哈代自己的心。

墓地很小，不像有些墓地那样拥挤。在一棵大树下，三个石棺一样的坟墓并排，中间一个写着"哈代的心葬此"。这也是他第一个妻子的坟墓。

据说哈代生前曾有遗嘱，死后要葬在家乡，但人们认为他应享有葬在西敏寺的荣耀。于是，经过商议，决定把他的心留在荒原。可是他的心有着很不寻常的可怕的遭遇。如果哈代自己知道，可能要为自己的心写出一篇悲愤的、也许是嘲讽的名作来。

没有人能说这究竟是不是真的，但是英国朋友说这是真的——我倒希望不是真的。哈代的遗体运走后，心脏留下来由一个农夫看守。

他把它放在窗台上，准备次日下葬。次日一看，心不见了，旁边坐着一只吃得饱饱的猫。

他们只好连猫葬了。所以在哈代棺中，有他的心，他的夫人，还有一只猫！我本来是喜欢猫的，听了这个故事以后，很久都不愿看见猫。但是哪怕是通过猫的皮囊，哈代的心是留在荒原上了，和荒原的泥土在一起。散发着荒原的芬芳，滋养着荒原的一切。

关于哈代作品的讨论已是汗牛充栋。尤其是其中悲观主义和宿命论的问题。他的人物受命运小儿播弄，无论怎样挣扎，也逃不出悲剧的结局。好像曼斯菲尔德晚期作品《苍蝇》中那只苍蝇，一两滴墨水浇下来，就无论怎样扑动翅膀再也飞不出墨水的深潭。哈代笔下的命运有偶然性因素，那似乎是无法抗拒、冥冥中注定的，但人物的主要挫折很明显是来自社会。作者在《德伯家的苔丝》中有一段议论，说"将来人类文明进化到至高无上的那一天，那人类的直觉自然要比现在更敏锐了，社会机构自然要比掀腾颠簸我们的这一种更密切地互相关联着的了"。他也希望有一个少些痛苦的社会。苔丝这美丽纯洁的姑娘迫于生活和环境，一步步做着本不愿意做而又不得不做的事，一次次错过自己的爱情，最后被迫杀人。这样的悲剧不只是控诉不合理的社会，在哈代笔下，还表现了复杂的性格，因为你高尚纯真，所以堕入泥潭。哈代把这一类小说名为"性格和环境小说"。在性格与环境冲突中（不只有善与恶的冲突，也包括善与善的冲突），人物一步步走向死亡。这正是黑格尔老人揭示的悲剧内容。

我们经过麦克斯门故居，因为不开放，只在院墙外看见里面一栋不小的房屋，那是哈代从1883年起自己照料修建的——他出身于建筑师家庭，自己也学过建筑。他于1885年迁入，直到逝世。据说现有人住，真不知何人胆敢占据哈代故居！

这次参观的最后一站是有名的悬日坛，这是一望无际的旷野上的大石群。据说是史前2800年左右祭祀太阳的庙。一块块约重50吨的大石，有的竖立，有的斜放，有的平架在别的大石上，像是这里曾有一个宏伟的巨人，现在只剩了骨架。冷风从没遮拦的旷野上四面刮来，在耳边呼呼响，好像不管历史怎样前进，这骨架还在向过去呼唤。

　　我站在悬日坛边，许久才悟过来这就是苔丝被捕的地方。她在后门中睡着了，安玑要求来人等一下，他们等了。苔丝自己醒了，安静地说："我停当了，走吧！"这些经历了数千年风雨的大石当然知道，在充满原始粗犷气息的旷野上，像苔丝这样下场的人，不止一个。

　　我的毕业论文是以哈代为题的，那是 35 年前的事了。那时我以为哈代的作品并非完全是悲观的，它有希望。举的例子是《苔丝》这书中最后安玑和苔丝的妹妹结合，这表示苔丝的生命的延续，她自己无法达到、无法获得的，她的妹妹可以达到、获得。最近听说很多本科生研究生都以哈代为题做论文，以致关于哈代的参考书全部借完。其中有我的一位青年朋友，他深爱哈代，论文题目是《苔丝》。他以为安玑和丽沙·露的结合是安玑对苔丝的背叛，表明人性不可靠。有些评论也持此观点。我则还是坚持原来看法。哈代自己在《晚期和早期抒情诗集》序中很明确地说过："我独自怀抱着希望。虽然叔本华、哈特曼及其他哲学家，包括我所尊敬的爱因斯坦在内，都对希望抱着轻蔑态度。"他还在日记中说："让每个人以自己的亲身生活经验为基础创造自己的哲学吧。"哈代自己创造的是有希望的哲学。他在作品中对资本主义社会的批判是无情的，但他给人留下的是生活中的希望。

　　关于悲观、乐观的问题，哈代还说他所写的是他的印象，没有什么信条和论点。他说：这些印象被指控为悲观的——这似乎是个恶谥——很为荒谬。"很明显，有一个更高级的哲学特点，比悲观主义，比社会向善论甚至比批评家们所持的乐观主义更高，那就是真实。"

　　能仔细地看清真实需要勇气和本事，看清了还要写出来，需要更大的勇气和本事。哈代因写小说被人攻击得体无完肤，《无名的裘德》还被焚毁示众。有人说他因此晚年改行写诗，也有人说改行是因家庭原因。我以为他一直想写诗，在写小说时，常有诗句在他心中盘旋，想落到他笔下，他便也分给诗一些时间。他也可能以为诗的形式更隐蔽，能说出他要说的话。事实上，他从年轻时就一直断断续续在写诗。

　　回伦敦后，从访古改为访今了。我却还时常想起多切斯特小城，星期天商店全关门，非常安静。旅馆外不远处斜坡下的那一幅画面：一座英国茅舍，旁边小桥流水，还有一轮淡黄色的圆月，从树梢照下来；我曾想哈代的铜像应该搬到这里。他现在大街上坐着，虽然小城中人不太多，也够吵闹的了。后来得知这茅舍有个名称，是刽子手宅。便想幸好哈代生在近代，生前便能知道得葬西敏寺（其实诗人角拥挤不堪，不如斯丁斯福墓地多矣），若在中古，难免会和刽子手打交道。

"如果为了真理而开罪于人，那么宁可开罪于人，也强似埋没真理。"这是哈代在《苔丝》第一版弁言中引的圣捷露姆的话。看来即使他有着和刽子手打交道的前途，也还是不会放下他那如椽的大笔的。

哈代出生地展有世界各国译本，但是没有来自中华人民共和国的中文译本，回来后托人带去一本《远离尘嚣》。这篇小文将成时，收到多切斯特博物馆馆长彼尔斯先生来信，他要我转告我的同行，他们永远盼着有欢迎中国客人的机会。

应该坦白的是，在博物馆中，我把哈代的手杖碰落了两次。也许是不慎，也许是太慎。英国朋友说哈代当然不会在乎。不过我还是要向他和全世界热爱他的读者道歉。

1984 年 5 月下旬

写故事人的故事
——访勃朗特姊妹的故居

在英格兰约克郡北部有一个小地方，叫做哈渥斯。一百多年前，谁也没有想到，它会举世闻名。有这么多人不远万里而来，只为了看看坐落在一个小坡顶的那座牧师宅，领略一下这一带旷野的气氛。

从利兹驱车前往哈渥斯，沿途起初还是一般英国乡间景色，满眼透着嫩黄的绿。渐渐地，越走越觉得不一般。只见丘陵起伏，绿色渐深，终于变成一种黯淡的陈旧的绿色。那是一种低矮的植物，爬在地上好像难于伸直，几乎覆盖了整个旷野。举目远望，视线常被一座座丘陵隔断。越过丘陵，又是长满绿色榛莽的旷野。天空很低，让灰色的云坠着，似乎很重。早春的冷风不时洒下冻雨。这是典型的英国天气！

车子经过一处废墟，虽是断墙破壁，却还是干干净净，整理得很好。有人说这是《呼啸山庄》中画眉田庄的遗址，有人说是《简·爱》中桑恩费尔得府火灾后的模样，这当然都不必考证。不管它的本来面目究竟如何，这样的废墟，倒是英国的特色之一，走到哪里都能看见，信手拈来便是一个。这一个冷冷地矗立在旷野上，给本来就是去寻访故居的我们，更添了思古之幽情。

到了哈渥斯镇上，在小河边下车，循一条石板路上坡，坡相当陡。路边不时有早春的小花，有一种总是直直地站着，好像插在地上。路旁有古色古香的小店和路灯。快到坡顶时，冷风中的雨忽然地变成雪花，飘飘落下。一两个行人撑着伞穿过小街。从坡顶下望，觉得自己已经回到百年前的历史中去了。

转过坡顶的小店，很快便到了勃朗特姊妹故居——当时这一教区的牧师宅。

这座房子是石头造的，样子很平板，上下两层，共八间。一进门就看见勃朗特三姊妹铜像。艾米莉（1818—1848）在中间，右面是显得幼小的安（1820—1849），左面是仰面侧身的夏洛蒂（1816—1855）。她们的兄弟布兰威尔有绘画才能，曾画过三姊妹像。据一位传记作者说，像中三人，神情各异。夏洛蒂孤独，艾米莉坚强，安温柔。这画现存国家肖像馆，我没有看到过。铜像三人是一样沉静——大概在思索自己要写的故事。眼睛不看来访者。其实该看一看的，在她们与世隔绝的一生里，一辈子见的人怕还没有现在一个月多。

三姊妹的父亲帕特里克·勃朗特年轻时全靠自学，进入剑桥大学圣约翰学院，毕业后曾任副牧师、牧师，后到哈渥斯任教区长。他在这里住到他的亲人全都辞世，自己在84岁上离开人间。他结婚9年，妻子去世，留下6个孩子，4个长大成人。他们是夏洛蒂、布兰威尔、艾米莉和安。会画的布兰威尔是唯一的儿子，善于言辞，镇上有人请客，常请他陪着说话。只是经常酗酒，后来还抽上鸦片，31岁时去世。

在原来孩子们的房间里，陈列着他们小时的"创作"。连火柴盒大小的本子上也密密麻麻写满了字，墙上也留有"手迹"。据说那时纸很贵。他们从小就在编故事。两个大的编一个安格利亚人的故事，两个小的编一个冈达尔人的故事。艾米莉在《呼啸山庄》前写的东西几乎都与冈达尔这想象中的国家有关。可惜"手迹"字太小，简直认不出来写的什么。

帕特里克曾对当时的英国女作家第一部夏洛蒂·勃朗特传的作者盖茨凯尔夫人说：孩子们能读和写时，就显示出创造的才能。他们常自编自演一些小戏。戏中常是夏洛蒂心目中的英雄威灵顿公爵最后征服一切。有时为了这位公爵和波拿巴、汉尼拔、恺撒究竟谁的功绩大，也会争论得不可开交，他就得出来仲裁。帕特里克曾问过孩子们几个问题，她们的回答给他印象很深。他问最小的安，她最想要什么。答："年龄和经验。"问艾米莉该怎样对待她的哥哥布兰威尔。答："和他讲道理，要是不听，就用鞭子抽。"又问夏洛蒂最喜欢什么书。答："圣经。"其次呢？"大自然的书。"

我想大自然的书也是艾米莉喜爱的，也许是最爱的，位于圣经之前。几十年来，我一直不喜欢《呼啸山庄》这本书，以为它感情太强烈，结构较松散。经过几十年人事沧桑，又亲眼见到哈渥斯的自然景色后，回来又读一遍，似乎看出一点它的深厚的悲剧力量。那灰色的云，那暗绿色的田野，她们从小到大就在其间漫游。作者把从周围环境中得到的色彩和故事巧妙地调在一起，极浓重又极匀净，很有些哈代威塞克斯故事的味道。这也许是英国小说的一个特色。这种特色在《简·爱》中也有，不过稍淡些。现在看来，《呼啸山庄》的结构在当时也不同一般。它不是从头到尾叙述，而是从叙述人看到各个人物的动态，逐渐交代出他们之间的关系。过去和现在穿插着，成为分开的一段段，又合成一个整体。

1835年，夏洛蒂在伍列女士办的女子学校任教员，艾米莉随去学习。她因为想家，不得不离开，由安来接替。艾20岁时到哈利费克斯任家庭教师，半年后又回家。离家最长的时间是和夏一起到布鲁塞尔学习9个月。她习惯家里隐居式的无拘束的生活。她爱在旷野上徘徊，让想象在脑子里生长成熟。她和旷野是一体的，离开家乡使她受不了，甚至生病。但她不是游手好闲的人，她协助女仆料理一家人的饮食。据说她擅长烤面包，烤得又松又软。她常常一面做饭一面看书。《呼啸山庄》总有一部分是在厨房里写的吧。夏洛蒂说她比男子坚强，比孩子单纯；对别人满怀同情，对自己毫不怜惜。她在肺病晚期时还坚持操作自己担当的一份家务。

夏洛蒂最初发现艾米莉写诗，艾很不高兴。她是内向的，本来就是诗人气质。她1846年写成《呼啸山庄》，次年出版，距今已一百多年了，读者还是可以感到这本书中喷射出来的滚沸的热情。她像一座火山，也许不太大。

从她的出版人的信中，我们知道她于1848年春在写第二本书，但是没有手稿的片纸只字遗留下来。一位传记作者说，也许她自己毁了，也许夏洛蒂没有保藏好，也许现在还在她们家的哪一个橱柜里。

1848年9月布兰威尔去世时，艾米莉已经病了，她拒绝就医服药，于12月19日逝世。可是勃朗特家的灾难还没有到头，次年5月，安又去世。安写过诗，和两个姐姐合出一本诗集，写过两本小说《艾格尼丝·格雷》和《野岗庄园房客》，俱未流传。她于1849年5月24日去往斯卡勃洛孚疗养，夏洛蒂陪着她。28日病逝，就近殡葬。

牧师宅中只有夏洛蒂和老父相依为命了。

陈列展品中有夏洛蒂的衣服和鞋，都很纤小，可以想见她小姑娘般的身材。她们三人写的书，曾被误认为是出于一个作者，出版人请她们证实自己的身份。夏和安不得已去了伦敦。见到出版人拿出邀请信来时，那位先生问她们从哪儿拿来的这信，完全没有想到这两个小女人就是作者。

三人中只有夏洛蒂生前得到作家之名。她活得比弟妹们长，也没有超过40岁。她在布鲁塞尔黑格学校住过一年多，先学习，后任教。这时她对黑格先生发生了爱情。她爱得深，也爱得苦，这是毫无回报的爱。这也是夏一生中唯一一次的充满激情的爱，结果是四封给黑格的信，在他的家里保存下来。夏于1854年6月和尼科尔斯副牧师结婚。她看重尼科尔斯的爱，对他也感情日深。勃朗特牧师宅中有一个房间原是女仆住的，后改为尼科尔斯的房间。

夏洛蒂于1855年3月，和她五个姊妹一样，死于肺病。

楼上较大的一间房原是勃朗特先生用，现在陈列着三姊妹著作的各种文字译本，主要是《简·爱》和《呼啸山庄》。但是没有中文本。这缺陷很容易弥补。要知道我们中国人读这两本书非今日始，上一代已经在读在译了。我们立刻允诺送几部中译本来陈列。

从窗中望去，可见近处教堂尖顶，据说墓地也不远。勃朗特全家除安以外都葬在那里。因为时间关系，我们不能去凭吊了。离开牧师宅时看见有人在三姊妹像旁拿了一张纸，我也去拿了一张。原来是捐款用的。这里的一切费用都是三姊妹的忠诚读者捐赠的。人生得一知己足矣，有这样多的人爱她们，关心她们的博物馆，真让人高兴——

当然不只是为她们。

我们又回到旷野上。风还在吹，雨还在飘。满地深绿色看不出一点摇动。仿佛天在动，而地却停着。车子驶过一座又一座丘陵，路一直伸向天边。这不是简·爱万分痛苦地离开桑恩费尔得的路么？这不是凯瑟琳·恩萧和希斯克利夫生前和死后漫游的荒野么？他们的游魂是否还在这里飘荡？勃朗特姊妹在这里永远与她们的人物为伴了。

听说这一带还有勃朗特瀑布，勃朗特桥，一块大石头是勃朗特座位，连这个县都以勃朗特命名了。人们说夏洛蒂是写云能手，而艾米莉笔下的风雪，也使人不忘。或许还该有勃朗特云和勃朗特风雪吧。

1984 年 5 月上旬

看不见的光
——弥尔顿故居及其他

这座小屋是约翰·弥尔顿（1608—1674）住过的，至少有三百余年历史了。据说有一部分重修过，还时常修葺，所以不很破旧。但那砖砌的烟囱和窄窗都表现出它的古老。低矮的门，狭窄的门道，不大的房间，这就是20年奔走革命以后弥尔顿老人活动的场所。进门左手一间是从前的厨房，壁炉里吊着旧式的锅、壶等，吊杆上有很多锯齿，可以移动容器，掌握离火的远近，还有个像大钟似的烤炉，很有田舍风味。右边一间是从前的起居室，现在陈列着弥尔顿的著作。据说老人每天清晨即起，在室内踱步，一面构思，等女儿起身后，便将腹稿口授给女儿笔录。

他44岁双目失明，在黑暗中过了20年。他的伟大诗篇《失乐园》《复乐园》和《力士参孙》都是在这一时期写成的。它们给人怎样灿烂的光辉！有的评论家说，人们常用崇高这一字眼，但真正当得起的，只有很少数的艺术品，弥尔顿的史诗是其中之一。

作为一个诗人，弥尔顿有两个特点，一是有生活，一是有学问。他用一生三分之一的时间参加政治斗争，为国为民也为他的教会，积极反对君主专制。他主张人人生而平等。最先大声疾呼支持处决查理一世。他担任克伦威尔共和国政府的拉丁文秘书，为共和国政府做了很多宣传方面的工作。他在《为英国人声辩正续篇》里说："基督教徒不应有任何国王，既已有了一个，他应是国民的公仆。"他在《失乐园》里歌颂了撒旦反对上帝的斗争，也对后来成为独裁者的克伦威尔有所批评。我想这是能写出称得上伟大、崇高作品的一个重要原因。

弥尔顿的政治生活使他取得直接的经验，他的博览群书使他取得间接的经验。《失乐园》里有这样三行诗：

> 途中，它（按——指撒旦）降落在塞利卡那
> 那是一片荒原，那里的中国人推着轻便的竹车，靠帆和风力前进

杨周翰先生从这三句诗出发，写了一篇文章《弥尔顿失乐园中的加帆车》，文中论及知识与创作的关系。说弥尔顿的学识使他的作品获得"高致"。"高致"是看不见的，也不是立竿见影能得到的。只能在读万卷书、行万里路中渐渐地"高"起来。"读万卷书，行万里路"这八个字不知出自何典，它形象地说出生活和学识对于创作的必要性。

小屋外是普通小花园，整洁宜人。这一切都由一个"房客"照管。这是英国管理故居的办法之一。由一家居住，也由这一家负责维护、接待参观。楼上原为弥尔顿卧室，现因这家主妇生产，参观者不准上楼。

我在小园中少立，觉得屋内外都给人寥落凄清之感。比较起来，弥尔顿比勃朗特姊妹的知音少得多了。也许最好的艺术总是曲高和寡？也许他太古老了？也许诗歌本身总是更受语言限制，不易翻译，不易理解？老实说，我就只读过《失乐园》的片段，还不是很认真，更不要说他的其他诗作。但是他的革命精神，他的政治活动，他的学识都融汇在他的诗里，发出看不见的光。他在英国文学史上的地位是不朽的。

这次带我出游的主人是三十多年前我在南开大学读书时的老师，刘荣恩贤伉俪。三十多年前他们离南开便在英国居住，对英国文化很了解，了解又加上热心，所以弥尔顿故居并非最后一站。再向西行，到一个16世纪古镇爱默先姆。这是一条很有趣的街，仿佛是故意搭起来拍电影用的。两旁房屋有的不免东倒西歪，但因维修仔细，不显风

雨侵蚀的痕迹，好像一张保养得很好的老人的脸。那大车店的窗户依旧古式样，黑框白底涂抹分明。门很宽，敞开着，似乎随时会有驿车进来。它使我想起我们涿鹿县的大车店，那门也是这样的。25 年前我还坐在马车上出入过。这里房屋不高，小门临街，以前都是黎民百姓的住所。现在据说租金越来越贵。街中有一座两层的石建筑，有柱无墙，是当时的粮食市场。主人引我进了旁边一个黑洞洞的门，里面弯弯曲曲有店铺。我们到一个香草店，店里全是各样加工过的香花香草，幽香沁人。据说现在又时兴用香草了。想是香水不够古雅吧。店主人是胖胖的妇女，知道我从中国来，立刻说她的叔叔到过中国，还上过万里长城呢。这样的寒暄我遇到多次了。很抱歉，我总怀疑他们当时是打仗去的。不过现在的笑容很是诚恳热情，不该勾起往事。最主要的是，我们自己已经不是一盘散沙，不可轻侮了。我们这东方的巨龙正奋力摆脱贫穷和愚昧的泥潭。因为坐在巨龙背上，世界对于我，才是一个自由的地方。

我们带着满身幽香到一个小饭馆吃饭。店门外有一株杨柳，就凭这一株柳树，店名就叫杨柳。店很小，但一进门便看见壁炉里烧得正旺的火，满屋暖洋洋的。那生菜真好。现在回想，店主人该把苔丝德蒙娜的杨柳歌贴在墙上作为装饰的。

英国有这个特点，到哪儿总能找出点古迹。他们深以悠久深厚的文化传统自豪，不遗余力地保护称得上是古迹的一切。从前有人说，英国人善于用旧瓶装新酒，中国人善于用新瓶装旧酒。他们的"新"，想是指资产阶级革命而言，现在也不见得新。我们的旧，想是指封建主义而言，也总该换掉了。人不能把自己束缚在过去。过去应该像弥尔顿的生活底子和学识一样，要在这上面写出伟大的史诗来，发出看不见的光。

归途中又下雨了，绿色的田野在薄暮的朦胧里，随着山坡起伏。弥尔顿故居的小村在田野间，很快就看不见了。

1984 年 5 月

感谢高鹗

初读《红楼梦》是在清华园乙所。应是在我九岁以前，因为九岁时抗战爆发，我们离开了清华园。以后在昆明，在那木香花的芬芳中又多次阅读，但都是断断续续。50 年代，我才读了人民文学出版社出版的由何其芳作序的《红楼梦》。这是一次完整的阅读，似乎比较懂了，不过还是在楼外行走，不是"痴"也没有"魇"，我甚至没有读过脂批，也弄不清程甲本、程乙本及各种手抄本的复杂性。读小说还是要读小说本身，研究小说是另外一回事，叫作做学问。我对所有的研究者都怀有敬意，他们对《红楼梦》感情深厚，各有贡献。各种研究作为《红楼梦》的辅助读物也很有趣，它们互相启发参照，可以使人读得的天地更广阔。我只是一个普通读者，有些读后感，便想说出来。

要说的主要是续书问题。近百年来，《红楼梦》后四十回一直是批判对象，说狗尾续貂是很客气的，甚至有人说它把一部伟大的作品毁坏了。全世界都在读这一百二十回《红楼梦》，亿万人为它哭坏了眼睛，高鹗却总在被批判，被否定，被讥讽嘲笑。这个现象很奇怪。续书究竟是好是坏，功过如何，值得探讨。

先说续书的功。首先在于它给了我们一个完整的故事。设想一部《红楼梦》到八十回就没有了，是何等光景？难道会有现在这样的影响么？我想是不会的。只因有了后四十回，《红楼梦》才成为一部伟大的小说；有了一百二十回，才有了《红楼梦》研究的大平台。我们说全部《红楼梦》的故事是完整的，因为它是忠实地沿着宝黛悲剧的线索发展开来的。《红梦楼》曲中"终身误""枉凝眉"，已把钗黛和宝玉的关系交代得十分清楚。"一个是阆苑仙葩，一个是美玉无瑕。"宝黛是木石姻缘，终成虚话。"空对着，山中高士晶莹雪；终不忘，世外仙姝寂寞林。"宝玉娶了宝钗而不能忘情黛玉，所以宝钗是误了自己终身。木石姻缘与金玉姻缘相对。书中从开始写木石感情节节发展，从来就在金玉威胁之下。"梦兆绛芸轩"一回写宝玉在梦中大喊不要金玉姻缘，只要木石姻缘时，宝钗就坐在床边。宝玉要回归木石本色，却逃不出金玉枷锁。续书给了宝钗坐在宝玉床边的地位，没有弄出四角、五角的多边关系，是十分忠实于雪芹的设计的。紧扣住这一根本设计从不偏离，是续书的最大成功处。应该说这就是雪芹要说的故事。

其次，它给我们的也不只是一个故事梗概，而是有高度艺术感染力的文字。宝玉说："我有一个心早已交给林妹妹了，她来时带了来，好歹装在我的肚子里。"照园中大众看，这是痴话，痴话表现的正是海枯石烂的一种至情。王国维在《红楼梦评论》中引了一段文字，是九十六回宝玉与黛玉最后相见那一节，并评论说"如此之文，此书中随处有之。其动吾人之感情何如，凡稍有审美的嗜好者，无人不经验之也"。九十六回到九十八回，关于黛玉死的描写，都是十分动人的文字。"竹梢风动，月影移墙，好不凄凉冷淡。"这样的描写，我在七八岁时读到，现在已过了七十年，它还是那么新鲜。俞平伯老先生竟说描写黛玉死的一段文字"一味肉麻而已"，林语堂则说俞老先生是"恶人之所好，好人之所恶"。照我看，俞老先生有这样一句话，也就很难让人相信他的俗、浊等等批评了。

黛玉死，二宝成婚，实为全书高潮。紫鹃试宝玉一段，宝玉的痴情已显露无遗，怎能让他接受他人？宝玉病到半昏迷状态，在这种状态中还是念念不忘黛玉，就只有移花接木一法了，这样的写法实在是不得已。不知作者怎样呕心沥血，才成就了这文学上的千古大悲剧。

宝玉的结局，也是让人永不能忘的。白雪中一个穿大红袈裟的僧人，似悲似喜并不言语，然后飘然作歌而去。我想这比做乞丐、采药、卖字都要来得干净。多有人批评宝玉出家前拜别父母是败笔，我却以为这是最近人情处。宝玉虽是封建礼教的逆子，却不是野人。他是大情种，这情不应限于男女之情，亲情也是重要的。拜别父母的描写是合理的，中举人也无不可，算是给父母的一个交代。他这交代是按照父母的标准，而不是按照他自己的标准。只是遗有一子不妥，"终身误"中已言空对，宝钗应该只是宝玉名分上的妻子，而且宝玉本是一块石头，何必有子。

书中次要人物的性格发展大都符合前文。最好的是对紫鹃的描写。她没有册子可循，写来不只符合人物性格，而且更突出了这个人物。紫鹃坚守在黛玉临终的病榻旁，不肯趋炎附势，令人于悲痛中感到一点安慰，很好地表现了紫鹃这样一个平凡丫头的可敬人格。儿时所读《红楼梦》版本，附有护花主人评，依稀记得有这样的评语："紫鹃于黛玉，在臣为羁旅，在子为螟蛉，而不渝其忠，其忠则更可贵。"近来海选《红楼梦》演员，谈话间不免戏言谁该演谁。一位音乐学院研究生郑重地说，我要演就演紫鹃。写紫鹃所以写黛玉，黛玉若是一味地尖酸刻薄，耍小性儿，哪里会有这样的侍女。《水浒》中林冲娘子坚贞不屈，金圣叹批曰："写娘子所以写林冲。"娘子被逼死，益增林冲悲剧之惨烈深刻。

妙玉的命运完全照册子安排，甚至有些呆板。她的断语明书"可怜金玉质，终陷淖泥中"；《红楼梦》曲子"世难容"中又明说她是"到头来，依旧是风尘肮脏违心愿"。妙玉是书中最矫情的人物。续书照着雪芹指出的方向走，却没有写出这矫情人物的丰富性。

第三，续书也反映了当时的社会。如：庄头送东西来，路上车子被官府截去，经人说情才发还，和乌进孝送年货遥遥呼应。若是现代人来编写，肯定写不出这样的情节文字。这些是续书的成功之处。

我曾设想，后四十回也是雪芹所作。后四十回的才气功力等等不及前八十回，也许是因为那时雪芹的精神才气都已用尽。写东西后面不如前面是常见的，何况这样大的长篇。有人指出，林黛玉吃五香大头菜加些麻油醋，简直不像黛玉的生活。我想那时雪芹举家食粥，吃多了咸菜，也可能写进书里。作者的生活很可能影响书中的人物。可是很快我就推翻了这种想法，后四十回为他人所续是显然的，可指出的例证很多。最大的问题是有些人物的结局不符合原意，而那结局在判词中已交代明白。如探春的判词中已说明她如断线的风筝，"千里东风一梦遥"，不会再回故土，续书中却写了回家的一段，还说她出挑得更好了。对她的远嫁描写很简单，也没有回应"日边红杏倚云栽"的签文。年未及笄，即能管理偌大家事的探春、给了王善宝家的一记响脆的巴掌的探春，结局似太草率，应有一段花团锦簇的文字才好。又如香菱的判词中写明"无端两地生枯木，至使芳魂返故乡"，比较清楚地说明了香菱受夏金桂虐待致死。香菱是全书第一个出现的薄命司中人，她原名英莲，照谐音讲该是"应怜"，她又姓甄，更是真应怜了。也就是说薄命司中的人都是那么可怜。而香菱的容貌又有些像"东府里小蓉奶奶"（秦可卿，警幻之妹）。所以香菱的命应该是薄而又薄，才有代表性，写她被扶正生子不合原意。这都是老生常谈了。这样明显地违反判词，可以证明后四十回为他人所作。从文字上讲，有些篇章固然很好，败笔也不少。最大的败笔是宝玉重游太虚幻境，第一次游让人感到扑朔迷离，有仙气。重游的一段就似乎有妖气了。宝玉看得清楚，记得清楚，知道各姐妹的命运，岂不像练了气功，有了特异功能，能看见人的五脏六腑一样，多么别扭。又如有几句形容黛玉过生日时的打扮，全是套话。前八十回对人物的描写或浓或淡或粗或细，绝少用套话。"丹凤眼，柳叶眉"本来是极一般的形容，但"一双丹凤三角眼，两片柳叶吊梢眉"就活灵活现地画出一位厉害人物。若要挑毛病，还有许多。也有人揣测高鹗得到雪芹残稿，编辑补缀成书。这也是一种说法。我们可以把精彩片断交还雪芹，平庸文字派给高鹗。不过，补缀整理也是一个大功夫。

其实，前八十回也有不合理处，指出的人很多。近见对小红的谈论，说她在后四十回没有得到发展塑造，成了一个毫不出色的普通丫头。在前八十回，小红出身的安排就不够妥当。小红是大管家林之孝的女儿，在贾府中应属于"干部子弟"。书中写她被秋纹等欺压，不大合理。她可以不必是林之孝的女儿，安排她是个家生女儿即可，更符合现在书中表现出来的她的地位、性格。又如贾赦索取鸳鸯，贾母迁怒于王夫人。书上写迎春老实、惜春小，提醒贾母"小婶怎知大伯的事"，照迎、惜的性格不见得会出头管事。电视剧改为探春来说这句话，倒是合适。

　　现在专门来谈史湘云。对史湘云命运的安排有许多种，有一种是她与宝玉最后结为夫妇，以应"因麒麟伏白首双星"的回目。我想这是最不真实的故事。"白首双星"是一个谜，却是可以解释的。"白首双星"出现在回目中，本来就不够合理，因为它不符合薄命。我想这是在小说的长期写作中应改而没有来得及改的地方。据张爱玲《红楼梦魇》说，早本有个时期写宝玉、湘云同偕白首，后来结局改了，于是第三十一回回目改为"撕扇子公子追欢笑，拾麒麟侍儿论阴阳"（全抄本），但是不惬意，结果还是把原来的一副回目保留了下来。后回添写射圃一节，拾麒麟的预兆指向卫若兰，而忽略了若兰、湘云并未白头到老，仍旧与"白首双星"回目不合。"脂批讳言改写，对早本向不认账，此处并且一再代为掩饰"。这一段话讲了两件事，一是"白首双星"曾被改过，留下是失误，一是卫若兰射圃与金麒麟有关，二者都较可信。

　　林语堂在《凭心论高鹗》一文中戏言，程伟元应悬赏征求两篇文字，一是小红在狱神庙，一是卫若兰射圃，每篇一千美金。（我建议再加一题：探春远嫁。多花一千美金。）有卫若兰射圃一段情节，似已为人接受。电视剧《红楼梦》里也安排了这一场面，但剧中人都变了哑巴，想来是台词难写。卫若兰就是湘云的夫婿，就是那才貌仙郎。怎样把卫若兰、金麒麟、史湘云联系起来，倒要动一番脑筋。

　　《红楼梦》曲子"乐中悲"说"她从未将儿女私情略萦心上"，最后说"云散高唐，水涸湘江"。若是我们尊重前八十回，应该知道，湘云和宝玉虽然自幼常在一起，早于黛玉，但并无"情"。而宝黛的木石前盟是大书特书的，怎能将湘云顶替黛玉？宝玉的人间知己只有黛玉一人。所以他说"林姑娘说过这些混账话么，如果说过这些混账话，我和她早生分了"。他还对湘云说，"姑娘请别的屋子坐坐吧。"宝玉在清虚观中将一个金麒麟饰物揣起，不过是好玩而已，也使得情节发展摇曳有致。在宝玉心上，湘云和黛玉的分量是不可同日而语的。又"云散高唐"一句指丈夫早死，"水涸湘江"一句指湘云的生命结束。判词也云："富贵又何为，襁褓之间父母违。展眼吊斜晖，湘江水逝楚云飞。"水逝云飞人何在？所以她不见得能活过宝钗。宝玉一娶宝钗已是违了初心，怎能再娶湘云。这样安排，把宝黛间海枯石烂、生死不渝的爱情降为普通的感情了。而书中已经说明木石姻缘是一种前盟，黛死钗嫁、宝玉出家，这最符合雪芹原意的安排。就这一安排，我们也应该感谢高鹗。

总之，后四十回虽不及前书，但它成就了全书。后书与前书血肉相连，功是根本的、主要的。有人要把后四十回割下来扔进字纸篓，那还有《红楼梦》存在么？我们可以提出更好的设想，甚至写出精彩的片断，但要写出超过高鹗文稿的《红楼梦》后半部，是不可能的。

我要说一句：感谢高鹗！这是胡适、顾颉刚说过的话，我想也是很多人心里要说而没有说出来的话。

全部《红楼梦》深刻表现了人生的悲凉，"乱哄哄，你方唱罢，我登场，反认他乡是故乡。"人总归是要回去的，回到那大荒山青埂峰下。功名利禄，不必挂心，是非功过也只在他人谈笑中。仿宝玉偈，编了几句，以为文尾：

> 你证我证，心证意证。
> 各有己证，是为立证。
> 各无己证，是为大证。
> 问何所证，红楼一梦。

2005 年 2 月初稿，2006 年 10 月改稿

耳读《苏东坡传》

平生最爱东坡文字。十来岁时，在昆明乡下，初读前后赤壁赋，那是父亲要求我们背的。文中情景"白露横江，水光接天。纵一苇之所如，凌万顷之茫然"，使人如置身其中；议论虽不太懂，却也易读易背，好文章总是容易记得。后来又迷上了东坡诗词，也深慕东坡为人。一首《江城子》"十年生死两茫茫，不思量，自难忘"，我玩味了几十年，到现在才真的体会了那分量。苏东坡除留给我们宝贵的文学遗产外，还留下了造福百姓的各种工程，我觉得他真是了不起。其实我的了解很不全面，今年初始，读了林语堂著《苏东坡传》，才了解到他伟大人格的精髓。

写古人的传记，很难。我们没有见过传主，不认识他，只能凭借文字材料，这就要用得准确。最怕的是，望文生义，断章取义，连编带造，幻想丰富，写出来的是传记作者想象的人物，与传主相距何止十万八千里。这本《苏东坡传》也是凭材料写的，但它把握了材料的真意（好在那时还不需要现在这样深奥的"辨伪学"），一幅幅历史画面都是真实可信的。一部好的传记需要驾驭材料的本领，从中也可以看出作者的见识，甚至显示出他自己的人格。

林语堂的名字也是大家熟悉的。惭愧得很，我以前以为，他只是写点中国文化给西方人看，小说也不见得是上乘。可是这本《苏东坡传》，给了我们一个真实的苏东坡。不只是他坎坷的遭遇，也写出了他的精神，他的性格。没有对中国文化的深刻理解，是写不出的。读完这本书，我对书的作者深生敬意。

苏东坡关心人，关心民间疾苦，这是他一生的底色。书中举出他的三件事情，说它们是人道主义的表现。他被贬谪黄州时，对当地百姓因贫穷而杀死婴儿的情况深为惊骇，写信给太守，呼吁制止杀婴。他在信中叙述了杀婴的情况，并作出建议："公更使令佐各以至意，诱谕地主豪户。若实贫甚不能举子者，薄有以绸之。人非木石，亦必乐从。但得出生数日不杀，后虽劝之使杀，亦不肯也。自今以往，缘公而得活者，岂可胜记哉！"

元祐七年，南方连日大雨，洪水成灾，百姓无衣食，在雨中奔走。而因为"青苗法"的关系，他们还背负了很重的债务，债主是朝廷。东坡亲眼看到这种情景，夜不能寐，接连七次上表太皇太后，请求宽免贫民的债务。这七次表章可以看做一个文件。

他被贬海南，遇赦回到北方时，知道章惇获罪流放，他给章惇之子的复信如下：

> 某与丞相定交四十余年，虽中间出处稍异，交情固无所增损也。闻其高年寄迹海隅，此怀可知。但已往者更说何益？惟论其未然者而已。主上至仁至信，草木豚鱼所知。建中靖国之意可恃以安。所云穆卜反复究绎，必是误听。纷纷见及已多矣，得安此行为幸。见今病状，死生未可必。自半月来食米不半合，见食却饱。今且连归毗陵，聊自憩我里。庶几少休，不即死。书至此，困惫放笔，太息而已。
>
> 一一零一年六月十四日

要知道章惇迫害元祐党人最厉害，把苏东坡一直放逐到海角天涯的琼州。旅途中，多次刁难，不准坐船，经过恳请才能坐一段，还要限定时间。到达目的地，又不准住官舍，东坡不得不结茅而居。连最初允许东坡暂住官舍的太守也被革职。现在，章惇获罪，也被放逐。东坡对他的态度是何等的宽容，充满了同情关心。"闻其高年寄迹海隅，此怀可知。——得安此行为幸"，关切之情，跃然纸上。

林公说这三个文件，是人道精神的三个文献。东坡的人道精神还有多方面表现。诸如修水利，建医院，舍药方，赈灾等。几乎贯穿了他为官和被贬的全部生活。

书中还着重指出了东坡的民主精神。在他给门人张耒的一封信里，他说："文字之衰，未有如今日者也，其源实出于王氏，王氏之文，未必不善也，而患在好使人同己。自孔子不能使人同颜渊之仁，子路之勇，不能以相移。而王氏欲以其学同天下。地之美者同于生物，不同于所生。惟荒瘠斥卤之地，弥望皆黄草白苇。此则王氏之同也。"又在给太皇太后的上书中说："人虽能言，上下隔绝，不能自诉，无异于马。"他主张每个人都应该能表达自己的意见，如果说出来，有关方面听不到，人不如马。如果根本没有说话的权利，岂非更不如马。他和司马光的意见不同，但都不要求别人"从己"。自由发表意见，不算民主，必须要能自己自由发表意见，又能尊重别人发表意见的权利，才是民主。有一位年轻人问我："西南联大的时期，三校合作无间。那些人都是学富五车，才高八斗的人物，怎么能彼此合作？"我高中毕业那年，正值复员，西南联大解散，我只是联大附中的学生。但因父兄辈在世者渐少，便也常被问及当时情况。我想，先生们大多对中西方文化都有了解，有很高的素养，知道民主的真谛在不只发展自己，也要尊重别人。也就是现在常说的不仅要做到少数服从多数，还要做到多数承认少数的存在。如果多数要消灭少数，就算不得民主。这种精神千年前的东坡已经具有，是何等的可钦敬。

东坡的乐观态度给后人精神的净化和鼓舞，在这本书中也得到很好的表现。无论是在黄州的穷乡僻壤或是在惠州瘴疠之地，甚至在大海的那一边的琼州，居无屋，食无米，却还兴致勃勃地和人谈神说鬼。在惠州，曾建议修建公共水利；在琼州，自己造墨，几乎把房子烧了。

东坡在黄州住了四年，又被调来调去，被任命为登州（今蓬莱）太守，只做了五天，就应召进京。这样短的时间里，他还向朝廷建议更改盐税。可惜出自何处，现在我记不得，也无力查，此传未提此事。这在东坡的诸多功绩中，也许不足道，但这也是一件为百姓造福的事，所以当地居民一直怀念他，编出了九朵莲花的传说。说是八仙过海的时候，来了九朵莲花，其中一朵是为东坡准备的，可是他没有去。看来，大家都觉得东坡是应该飘飘然坐在莲花上的。

从书中记述看到，东坡有多位女性知己。他得到几位皇后的关注，尤其是英宗的皇后，也是神宗的皇太后，又是哲宗的太皇太后高氏，极欣赏东坡的才华。东坡的政绩大多得到她的支持。东坡的原配和继配，两位王夫人都很贤德，侍妾朝云，虽然没有得到夫人的名分，但在东坡生活中却有极重要的地位。以前以为她是杭州名妓。此传中说，她是苏夫人在杭州买的小丫鬟，进府时只有十二岁。曾见东坡一篇文字，说朝云入府时并不识字，大概是丫鬟较确切。不管她的出身如何，朝云极美且有慧根，是无疑的。秦观说朝云"美如春园，目似晨曦"。《红楼梦》第二回，贾雨村论到异气凝聚，从而产生一些不平凡的人物，也提到朝云，把她和薛涛、崔莺、卓文君并论。朝云随侍东坡，远涉蛮荒，身染疟疾而亡，惠州现有朝云墓，上有一亭，名为六如亭。我曾想为朝云写一小说，题目就叫做《六如亭》，也曾想写一篇《五日太守》，讲登州事。像我的许多胡思乱想一样，只在脑中驰骋，永远不得出世。

林公写到东坡停止呼吸，便停了笔，没有写他葬在何处。我偶然得知，东坡和子由葬在河南郏县，今属平顶山市。不知什么缘分，他们长眠在那里。我很想去瞻仰，不过看来是无望了。现在只能在室中行走，以几步路当做万里之行。

环顾陋室，斑驳如抽象画的北墙，悬有东坡手书（拓片）"海山葱暗曨气佳哉"那首诗，尚称平展的南墙挂着高尔泰兄书写的《卜算子》："缺月挂疏桐，漏断人初静"——词是我点的。案上摊着《黄州寒食帖》："自我来黄州，已过三寒食。——空庖煮寒菜，破灶烧湿苇。——君门深九重，坟墓在万里。也拟哭途穷，死灰吹不起。"手里再拿着这样好的《苏东坡传》，我还有什么不知足呢。

本书原著是英文，林公的英文当然是十分漂亮的，可惜我不能读了，这是永远的遗憾。

2005 年 3 月上旬

耳读《朱自清日记》

前两年写过一篇文章《乐书》，即读书之乐。其实我现在是读不了书的，只能听书，是曰耳读。耳读感受不到字形的美，偶然用放大镜看到几句文章真觉舒畅极了，只是这机会越来越少。因为同音字多，听力也不是很好，便要常常追问到底是什么字，费时费力，也只能大体知道个意思。但我幸亏还有这点听的本事，能有耳读之乐。

那大概已是前年的事了，仲为我读《朱自清日记》，从头到尾。日记从 1924 年 7 月 28 日开始，到 1948 年 8 月 2 日为止。记叙简略，一般是记下了书信、人际往来，自己做了什么事，读了什么书，间或也有感想。文字极平淡，读后掩卷之余，我们似乎觉得朱先生就在面前。

这是一本真正的日记——照日记本来的意思，都是为自己看的，不必给别人看。现在有些日记，在写时尤其在整理时都是想到有个读者在，若以为日记所记都是真实的，就未免太老实了（我本想说那就是大傻瓜）。《朱自清日记》是真正的日记。朱先生怕别人看，有一部分用英文和日文杂写，他绝没有想要通过日记来炫耀什么，或掩饰什么。而我们就从这些文字中看到了一个真正的人，和一段真正的历史。

我曾有过这样的问题：朱先生这样怕别人看他的日记，事先还做了防备，现在出版他的日记是否违背本人的意愿。但我又想，能够提供一段珍贵的史料，朱先生可能是会同意的。

我们在日记中看到的是一个平凡的普通人。他常常借钱借米，他自谦得有时甚至有些自卑，总觉得自己的学术地位不如人。但是他勤奋、宽容，常常为别人着想。最使我感动的是闻一多先生殉难后，朱先生在成都讲演募捐，做了很多工作。那是需要勇气的，有些人避之唯恐不及。他本不是一个热心斗争的人，但是出于最普通的同情心，他要做他所能做的事情。一直在他胃病很严重的时候，他仍勉力编撰《闻一多全集》。闻朱之交可能不像有些人以为的那样深，但是却达到了一种高致。我并不否认朱先生的觉悟、认识、热情，但总以为他的本性不是英雄人物。正是他作为一个平常人的朴素的感情，使得他的人格发出光辉。这种光辉也许不是很强烈，却能沁透人心。

　　日记多次记述了和冯友兰先生的交往，1933 年 2 月 11 日记载："晚赴王了一宴……多一时俊彦。芝生述张荫麟所举柏拉图派主仆故事，谓共相不足恃，渠亦将举学童解'吾日三省吾身'之'吾'字故事以证共相之作用。又述辜鸿铭论'改良'及'法律'二词及陈独秀与梁漱溟照相事。又绍虞误认杨今甫为白崇禧事。皆隽永可喜。归金宅，转述芝生笑谈，殊无反应。殆环境既异，才能亦差也。"又一则日记，1935 年 2 月 28 日："对霍士休进行考试的口试委员会今天下午开会。进展颇顺利。冯友兰先生指出唐代以后大量传奇故事的渊源。唐代的传奇故事是霍的研究题目，而这正是他论文中的大弱点，但我们却没有发现。"

　　日记还记下了在某家遇好饭食，一口气吃了七个馒头。也曾告诫别人冯家的炸酱面虽好，切不可多吃，不然胀得难受。读来觉得朱先生真可爱。他的胃病持续了很多年。抗战中没有好的医疗条件，复员以后，似乎也没有认真地医治，也没有认真地休息。从最后几天日记中可以看到，他仍在读书写作，料理公事。日记忽然中断了。他再也不能写了。十天以后，他离去了。记得他去世前数日，父母到医院看望，也带着我。我站在母亲身后，朱先生低声问了一句："你还写诗么？"我嗫嚅着，不敢大声说话。他躺在那里，比平时更加瘦小，脸色几乎透明。那时我对死亡没有什么概念，只觉得父母亲的脸色都很严肃。五十余年过去了，我还记得那个院子和病榻上朱先生几乎透明的脸色。

1948 年我到清华上学，那时常写一点小诗，都是偶感之类，不合潮流。一次曾随几个同学到朱先生家，同学们拿出自己的诗作请朱先生看，我也拿出一首凑热闹。朱先生认真看了，还说了几句话，可惜不记得说的什么了。

我上中学时，课本里有朱先生的文章，几十年以后的中学课本里还是有朱先生的文章。大家都记得《背影》《匆匆》，而且都会背，"燕子去了，有再来的时候；杨柳枯了，有再青的时候；桃花谢了，有再开的时候。但是，聪明的，你告诉我，我们的日子为什么一去不复返呢？"真的，我们的日子为什么一去不复返呢。这是我和我的同龄人常常发出的慨叹。一天，一位老友打电话，说他极想再读一读《匆匆》这篇文章，想着我这里总会有的，能否查一查。那时我查书比较方便，只需要和我的图书馆长说一声。文章找到了，我先在电话里念给老友听，念完了，我们都沉默了半晌。

时光如河水般地流去了，在荷塘月色中漫步的朱先生已化成一座塑像伫立在荷塘月色之中。老实说，现在经过修整的这座荷塘远不如旧时，那时颇有些荒凉的荷塘要自然得多，美得多。不过，朱先生的文字中凝聚着的美，那是朱先生的精魂，是不会改变的。

这部日记是朱先生之子乔森在化疗期间骑自行车送来的。读完全书，他已又住进医院。我说我要写一点感想，真写下来时，乔森已然作古。这一道门槛，是每个人都要跨越的。

朱先生并不需要我来为他添加什么，现在也不是某种纪念日，只是读过他的书和日记，我在心底升起一种情感，便写出来。

时间继续流逝，"去的尽管去了，来的尽管来着；去来的中间，又怎样地匆匆呢？"在这去来之间，在时间的匆匆里，有了多少变化，不能预防，不可改变。人，只有忍受。

聪明的，你告诉我，日子为什么一去不复返呢？

2002 年 5 月稿，2002 年 12 月改，2004 年 9 月重读

　　人皆知王蒙的文章好，较少人注意他的诗，其实王蒙不止能诗，旧体诗也写得好。他的写作几乎涉及了文学的全部体裁，各种体裁中都显示出自己的特色，旧体诗也是如此。

　　王蒙旧体诗数量不多，估计百余首，但却给人一个相当完整的诗的世界，有历史、有地理、有感、有论，最主要的是有一个直抒胸臆的王蒙。开卷第一首《题画马》："千里追风孰可匹，长途跋涉不觉劳。只因伯乐无从觅，化作神龙上九霄。"这时作者十岁，便有一个天马行空的架势。这种气势统领全书。以后的诗按年代排下来，反映了我们的各个时代。接下来便有这样的诗句："脱胎换骨知匪戏，决心改造八千年！"记录了那时大家要改造的决心。记得那时大家常说小托尔斯泰的一句话，知识分子的改造是"在清水里泡三次，在血水里浴三次，在碱水里煮三次"，照我们的经验，就这样还是不能脱胎换骨，这是苦难的历程。有时我想起哪吒，挖肉剔骨和本阶级划清界限，从如来佛（马克思）那里讨得新生命。这种改造实在是人力很难达到的，所以需要"八千年"！在新疆，作者有诗云："家家列队歌航海，户户磨镰迎夏熟。"把政治运动和一片丰收景象连在一起，使人想得很多。而那两句"如麻往事何堪忆，化作伤心万里云"，告诉我们很多没有写出的东西。

　　1979年以后，作者足迹遍及全世界。在诗中表现了各种山水的风貌，以及大自然的性灵。写天柱山的古风非常自然灵动，"天堕石为鼓，谁来擂拍节？跃跃石如蛙，何处跳天阶？"好像各种大石都有了仙气。"惊恐迷知性，不知己何在。大雾已弥天，不知山何在，不知柱何在，不知路何在，在在如匪在，不知如不在。"读到这里已经感到禅意，后面直接点出了"或谓多禅意，万象皆心界"。再看到注解，知道这座山和禅宗的关系。全诗一气呵成，如展开一幅长卷，各种画得出和画不出的怪石都在其中，又有很强的音乐性，读来气势磅礴，又不失一点神秘。想来天柱山也会同意作者的话，应一声：知我者，王子也。

他在诗中的地图领我们到了瑞士，指给我们看卓别林像："悲情绞肺肝，妙趣喷鱼豆。铅泪动湖波，辛酸伫立瘦。"读此诗后我们常笑用喷鱼豆代替喷饭。又忽然想起陈寅恪在易卜生墓前的一句诗："大槌碑下对斜阳。"易卜生墓碑上刻有大槌，是为了锤炼这个社会，还是为了铸造培尔·金特的那颗纽扣？后人哀前人，又不断增添着文化的色彩。

这本书中有 15 页极有趣的文字，那便是《锦瑟重组三首》和《锦瑟的野狐禅》。我从少年时起，就极爱李商隐诗。因为从来读书不求甚解，没有研究它们为什么这样美，这样迷人，只是喜欢读，喜欢背，却总是不懂。而就在这不懂中，化开了浓郁的诗意，让人有时不知身在何处。我因家中磕头碰脑都是书，对书既尊重爱惜又不怎么爱惜，甚至有些烦，因为书是要人伺候的，所以除家中图书馆外我自己的书很少，却有一部《李义山诗集笺注》总在陪伴我，虽然现在看不见，还时常翻一翻。编者姚培谦在凡例中说："先释其辞，次释其意，欲疏通作者之隐奥不得。""至如《锦瑟》《药转》及《无题》诸什未知本意云何，前贤亦疑不能明。愚者取而解之，一时与会，所至不自量尔。"对《锦瑟》《药转》等诗的讨论也像对《红楼梦》一样从未停止过，以后也还会继续下去。这种讨论给人抬杠的机会，引发思考和想象。只要不钻进牛角尖爬不出来，总都是有益的。

在《锦瑟》的凄迷的诗意里，果然有两个词最打中读者，"曰'无端'，曰'惘然'"。以这两个词为诗眼，在众多讨论中最切近原意。几个重组中七言、长短句都好，对联差一些，因为原诗中没有相当的数字。我现在也要淘气一番，补充一个自度曲的形式，不知是何模样："沧海月明/无端珠泪悬/玉生烟/蓝田日暖/庄生梦迷/望帝心托/是蝴蝶还是杜鹃？/惘然/一弦一柱/追忆锦瑟华年/可待是五十弦。"本书中由《锦瑟》生发的关于诗的语言的一些议论也是很有趣的。

《山居杂咏》中有诗句从《锦瑟》化出："君憾珠无泪，我悲句有烟。"其实整个诗集都可以看出文化传承的痕迹，不止表现了才高，也表现了丰富的学养。这一组很现实的似乎是只关于日常生活的诗，显出了作者的关心不只限于日常生活。如"方思痛定痛，更盼诚中诚"，"文心宜淡淡，法眼莫匆匆"等句，都有深厚的意味。

人说旧体诗老而不死，但不管怎样，它毕竟是老了，固定的字数，一定的体裁，多少限制着写诗人。但旧诗老了，王蒙却不老，诗中的汪洋恣肆，毫不拘束，还是天马行空的架势。人说东坡词是曲子缚不住者，王蒙旧诗也是旧诗的体裁缚不住的。这里的比喻是用的抽象比喻法，不以具体的诗相比。

这本书还有一个特点是配了许多幅极有童趣的画。我拿着放大镜看了几幅。封面上有"王诗谢画"的印章。作画人谢春彦并为序，说自己对王诗的爱好很真切。其实文化就是爱好者传下来的，他们是有功之人。画亦多抽象，一幅题为"潮涌心为海，风闲身作舟"的画，几条波浪上飘着一个葫芦，上坐一个小人，看了猛然一惊。是了，人可不是就坐在一个闷葫芦上。

吴为山的雕塑

冯友兰先生论诗，说有止于技的诗和进于道的诗，以可感觉者表现可感觉者，是止于技的诗；进于道的诗则不然，它能用可感觉者表现不可感觉者，甚至是不可思议者。

什么是"止于技的诗"，似乎较易了解。止于技的诗只给读者字面上具体事物和有限联想，不能再多。关于"进于道的诗"，冯先生有一段精辟的议论。"李后主词云：'独自莫凭栏，无限江山，别时容易见时难。'就此诸句所说者说，它是说江山、说别离；就其所未说者说，它是说作者个人的亡国之痛。不但如此，它还表显亡国之痛之所以为亡国之痛。此诸句所说，及所未说者，虽是作者于写此诸句时，其自己所有的情感。而其所表显则不仅只此，而是此种情感的要素。所以此诸句能使任何时读者，离开作者于某一时有此种情感的事，而灼然有'见'此种情感之所以为此种感情。此其所以能使任何时读者，'同声一哭'。"

这个论点也可以用于整个艺术。好的艺术作品给人的不只是这个作品本身，而是一个世界。吴为山先生的雕塑便是"进于道的"艺术作品。我说那是眼睛装不下，要用心来装，而心是大得无边的。

吴为山先生为冯友兰先生做了青铜头像，一式两尊，由南京大学雕塑研究所赠送给清华、北大各一尊。2001 年春，从南京运抵北京，

168

分别放在北大图书馆大阅览室和清华文科图书馆。两校分别举行了立像仪式。红绸子被揭去了，我感到一种力量。室内安静了片刻，大家围上去观赏，因为都是熟人，首先就谈到像不像的问题。几位哲学界人士很严肃地对我说："这不像冯先生。"我说："你再看看，多看看。"我自己也是在再看看、多看看的过程中有所了解，有所体会。雕像不像一帧照片，一看便知道是谁，因为内容太丰富。

我以为这尊头像最大的特点，是捕捉到了冯先生的精神特点，就是一种内在的安详和恬静，表现了东方哲人的特色。儒道互补是中国知识分子赖以生存的一种精神，在劫难之后，在"知其不可而为之"的奋斗之后，那种静观自得、飘然出世的态度是经人生烈火蒸馏过的甘露。中国知识分子本来应该在各种折磨中化为灰烬的，可是他们没有，一个个活了下来，创造出灿烂的文化。大抵因为他们都是既入世又出世，既执著又达观。这头像表现的恬静是劫后的恬静，恬静下隐藏着悲苦，悲苦下又隐藏着恬静。所以熊秉明先生在《凝固的历史——〈南京博物馆吴为山历史文化名人雕塑馆〉序言》中说，他很欣赏齐白石、林散之、萧娴的头像。"而最能打动我的是冯友兰先生的像。冯先生是我的老师，这尊像塑造得非常成功：整体是一块郁然、凛然的岩石，九十五个春秋留在人间的言行，一生所遭遇的甘苦、悲喜、顺逆，都浑融其中，两眼凝视前方，眼神犹做不息的思考和判断。"秉明兄本人是雕塑家又是艺术评论家，有很高的艺术见解。他说出了我说不出的感受。

有这尊像是冯先生的幸运。清华和北大这两个学校是他的生命所托之处，他离不开这两个学校。这两尊像让他从此可以在他们的图书馆里注视着、陪伴着青年学子努力学习，他希望他们心里也装着横渠四句："为天地立心，为生民立命，为往圣继绝学，为万世开太平。"

读吴为山画册，看到许多名人雕像的照片。这些先生中我认识两位，因为认识，看到时就会想到像不像。费孝通的微笑让我惊异，这微笑太像了，好像听见费先生发出嘿嘿的笑声和他那一口蓝青官话。吴作人的神情真是惟妙惟肖，岁月的皱痕中藏着忧郁。而最让我感动的是三座齐白石像中比较抽象的那一座，他似乎是一个峭壁。我没有见过齐白石，没有想到像不像，只觉得有一种生命的力量在涌动，好像随时要喷发。另外，其中的玩童、睡童我都很喜欢，小小玩童有汉化的大气，睡童又有天真的幽默。这里的每一件雕塑似乎都可以编出一个故事。

我写小说曾尝试用我所谓的内观手法，即不求外在的形似只求神似。在写作过程中，发现求神似也需要细节的真实，而且还要先要掌握了细节的真实。那时很喜欢读画论，我还举了一些画论中的道理。有的朋友不赞成，说是不相通的。不过我那样体会就那样写了，这个大问题，我现在已经不能讨论了。

为山君正当盛年，正在创作更多更好的艺术品。他告诉我，他要创造一尊冯友兰先生全身塑像，那该是怎样的风采？

小镇

两旁的房屋因维修仔细，如同一张保养得很好的老人的脸。

人不能把自己束缚在过去，过去应该像是弥尔顿的生活底子和学识一样，

在这上面写出伟大的史诗来，发出看不见的光。

风庐乐忆

清华园乙所曾是我的家。它位于园内一片树林之中。小时候觉得林子深远茂密，绿得无边无涯，走在里面，像是穿过一个梦境。抗战时在昆明，对北平的怀念里，总有这片林子。及至胜利后，再住进乙所，却发现这林子不大，几步便到边界。也没有回忆中的丰富色彩。

复员后的一年夏天，有人在林中播放音乐，大概是所谓的音乐茶座吧，凭窗而立，音乐像是从绿色中涌出来，把乙所包围了，也把我包围了。常听到的有舒伯特的《未完成》交响曲，这是很少的我记得旋律的乐曲之一。还有贝多芬的《田园》，莫扎特的弦乐四重奏，柴可夫斯基的《悲怆》等。每当音乐响起时，小树林似乎扩大了，绿色显得分外滋润，我又有了儿时往一个梦境深处飘去的感觉。

清华音乐室很活跃，学生里音乐爱好者很多。学余乐手颇不乏人，还出了些音乐专业人才。我是不入流的，只是个不大忠实的听众而已。因为自己有的唱片很有限，常和同学一起到美国教授温德先生家听音乐。温德先生教我们英诗和莎士比亚，又深谙古典音乐。他没有家，以文学和音乐为伴。在他那里听了许多经典名作，用的大都是七十八转唱片。每次换唱片，他都用一个圆形的软刷子把唱片轻刷一遍，同时讲解几句。他不是上课，不想灌输什么。现在大家都不记得他讲什么，却记得他最不喜欢柴可夫斯基，认为柴可夫斯基太感伤。有一次听肖邦，我坐在屋外台阶上，月光透过掩映的花木照下来。我忽然觉得肖邦很有些中国味道。后从傅雷家书中得知确实中国人适合弹肖邦。有很长一段时间，我最偏爱肖邦。

以后在风庐里住的约四十年中，听音乐的机会随客观情况的变化而忽少忽多。只是再没有固定的音乐活动了，也没有人义务为大家换唱片了。最后一次见到温德是在北大校医院楼梯口，他当时已快一百岁了，坐在轮椅上，盖着一条毯子。我忙趋前问候。他用英语说："他们不让我出去！告诉他们，我要出去，到外面去！"我找到护士说情。一位说，下雨呢，他不能出去。又一位说，就是不下雨，也不能去。我只好回来婉转解释，他看住我，眼神十分悲哀。我不忍看，慌忙告别下楼去，一路蒙蒙细雨中，我偏偏仿佛听到柴可夫斯基第六交响曲中那段最哀伤的曲调。温德先生听见了什么，我无法问他。

这几年较稳定，便成为愈来愈忠实的听者，海淀这边有音乐会时，常偕外子前往。好几次见满场中只有我两人发染银霜，也不觉得杂在后生群中有什么不妥。有一次中央乐团先演奏一个现代派的名作，休息后演奏贝多芬的《第七交响曲》，在饱受奇怪音响的磨难之后，觉得《第七交响曲》真好听！它是这样活泼而和谐，用一句旧话形容，让人全身三万六千个毛孔都通开了。又一次有一位苏联女钢琴家来演奏拉赫玛尼诺夫《第二钢琴协奏曲》，于是，满怀热望到场，谁知她的演奏十分苍白无力。我却也不沮丧，总算当场听过一次了。在海淀听过几次肖斯塔科维奇，发现他是那样深刻，和我们的心灵深处很贴近很贴近。1991年严冬，我刚结束差不多一年的病榻生活，还曾不顾家人反对，远征到北京音乐厅听莫扎特的《安魂曲》。记得刚见莫扎特这几个字，便感到安慰。

严肃音乐不景气，音乐会少多了。要听音乐，当然还是该自己拥有设备。我毫无这方面的志向，只是书已够我对付，够我"恨"了，怎受得了再加上磁带、唱片、CD什么的。我憧憬的是家徒四壁，想看书到图书馆，想听音乐一按收音机。许多国家有专播古典音乐的电台，我希望我们在这一点能赶上，不必二十四小时，八小时也够了，可不能安排在夜里。

现代音乐理论家黎青主曾说音乐是"上界的语言"，并引马丁·

路德的诗句："谁从事音乐就是有了一份上界的职业。"他自己解释说，意即音乐是灵魂的语言，是灵界的一种世界语言。音乐在诸门艺术中确是最直接诉诸灵魂的，最没有国界的。对"上界的语言"这话，我还想到两层意思：一是可以用来形容音乐的美；另一层意思我用一句话来表达，那就是：能听一点音乐的人有福了。

药杯里的莫扎特

一间斗室，长不过五步，宽不过三步，这是一个病人的天地。这天地够宽了，若死了，只需要一个盒子。我住在这里，每天第一要事是烤电，在一间黑屋子里，听凭医生和技师用铅块摆出阵势，引导放射线通行。是曰"摆位"。听医生们议论着铅块该往上一点或往下一点，便总觉得自己不大像个人，而像是什么物件。

精神渐好一些时，安排了第二要事：听音乐。我素好音乐，喜欢听，也喜欢唱，但总未能升堂入室。唱起来以跑调为能事，常被家人讥笑。好在这些年唱不动了，大家落得耳根清静。听起来耳朵又不高明，一支曲子，听好几遍也不一定记住，和我早年读书时的过目不忘差得远了。但我却是忠实，若哪天不听一点音乐，就似乎少了些什么。在病室里，两盘莫扎特音乐的磁带是我亲密的朋友。使我忘记种种不适，忘记孤独，甚至觉得斗室中天地很宽，生活很美好。

三小时的音乐包括三个最后的交响乐"三十九""四十""四十一"，还有钢琴协奏曲、提琴协奏曲、单簧管协奏曲等的片段。《第四十交响曲》的开始，像一双灵巧的手，轻拭着听者心上的尘垢。然后给你和着淡淡哀愁的温柔。《第四十一交响曲》素以宏伟著称，我却在乐曲中听出一些洒脱来。他所有的音乐都在说，你会好的。

会吗？将来的事谁也难说。不过除了这疗那疗以外，我还有音乐。它给我安慰，给我支持。

终于出院了，回到离开了几个月的家中，坐下来，便要求听一听音响，那声音到底和用耳机是不同的。莫扎特《第二十一钢琴协奏曲》的第二乐章，提琴组齐奏的那一段悠长美妙的旋律简直像从天外飘落。我觉得自己似乎已溶化在乐曲间，不知身在何处。第二乐章快结尾时，一段简单的下行的乐音，似乎有些不得已，却又是十分明亮，带着春水春山的妩媚，把整个世界都浸透了。没有人真的听见过仙乐，我想莫扎特的音乐胜过仙乐。

别的乐圣们的音乐也很了不起，但都是人间的音乐。贝多芬当然伟大，他把人间的情与理都占尽了，于感动震撼之余，有时会觉得太沉重。好几个朋友都说，在遭遇到不幸时，柴可夫斯基是不能听的，本来就难过，再多些伤心又何必呢。莫扎特可以说是超越了人间的痛苦和烦恼，给人的是几乎透明的纯净。充满了灵气和仙气，用欢乐、快乐的字眼不足以表达，他的音乐是诉诸心灵的，有着无比的真挚和天真烂漫，是蕴藏着信心和希望的对生命的讴歌。

在死亡的门槛边打过来回的人会格外欣赏莫扎特，膜拜莫扎特。他自己受了那么多苦，但他的精神一点没有委顿。他贫病交加，以致穷死，饿死，而他的音乐始终这样丰满辉煌，他把人间的苦难踏在脚下，用音乐的甘霖润泽着所有病痛的身躯和病痛的心灵。他的音乐是真正的"上界的语言"。

虽然时代不同，文化背景不同，专业不同，莫扎特在音乐领域中全能冠军的地位有些像我国文坛上的苏东坡。莫扎特在短促的人生旅程间写出了交响乐、协奏曲、独奏曲、歌剧等许多伟大作品。音乐创作中几乎什么都和他有关，近来还考证出他是摇滚乐的祖师爷。苏东坡在宦游之余写出了诗词文赋等各种体裁的作品，始终是未经册封的文坛盟主。他们都带有仙气，所以后人称东坡为坡仙，传说中八仙过海时来了九朵莲花，第九朵是接东坡的，但他没有去。莫扎特生活在十八世纪，世界已经脱离了传说，也少有想象的光彩了，我却愿意称他为"莫仙"。就个人生活来说，东坡晚年屡遭贬谪直到蛮荒之地。但在他流放的过程中，始终有家人陪伴，侍妾王朝云为侍奉他而埋骨惠州。莫扎特不同，重病时也没有家人的关心。（比较起来，中国女了多么伟大！）但是他不孤独，他有音乐。

回家以后的日子里，主要内容仍是服药。最兴师动众且大张旗鼓的是服中药。我手捧药杯喝那苦汁时，下药（不是下酒）的是音乐。似乎边听音乐边服药，药的苦味也轻多了。听的曲目较广，贝、柴、肖邦、拉赫玛尼诺夫等，还有各种歌剧，都曾助我一口（不是一臂）之力。便是服药中听勃拉姆斯，发现他的《第一交响曲》很好听。但听得最多的，还是莫扎特。

热气从药杯里冉冉升起，音乐在房间里回绕，面对伟大的艺术创造者们，我心中充满了感激。我觉得自己真是幸运而有福气，生在这样美好的艺术已经完成之后，——而且，在我对时间有了一点自主权时，还没有完全变成聋子。

漫谈《红楼梦》

时间：2010 年 4 月 17 日下午
地点：北大燕南园

宗璞（以下简称璞）：《红楼梦》是个永远的话题，你屡次建议谈谈，确实有话可说。我们谈"红楼"，就是要畅所欲言，你谈你的观点，我谈我的观点，这样才能互相启发。要有这种风气。法国启蒙思想家们有这样的名言："我不赞同你所说的，但是我至死捍卫你把话说出来的权利。"我们离这种精神还很远，要努力。

侯宇燕（以下简称燕）：好的。首先感谢您于百忙中拨冗与我交谈。您自七八岁起就读《石头记》了。俞平伯先生也说过："余之耄学即蒙学也。"他从小就读《红楼梦》，终了放不下的还是《红楼梦》。

璞：喜欢《红楼梦》的，一辈子都喜欢。

燕：在昆明，您和兄弟上学路上也谈"红楼"？

璞：对回目，他说上面，我说下面。《水浒》我们也是比较熟的。我读的《红楼梦》，与现在的人民文学出版社 1982 年版不同，但忘记是什么本子了。人文版第三回"林黛玉抛父进京都"，我读的本子，"抛父"应作"别父"。"别父"是她不得不离开，"抛父"好像是她主动的，很无情。第八回"比通灵金莺微露意，探宝钗黛玉半含酸"，我读的本子是"贾宝玉奇缘识金锁，薛宝钗巧合认通灵"，正式推出了金玉相会，我觉得这样比较好。第二十七回"滴翠亭杨妃戏彩蝶，埋香冢飞燕泣残红"，"杨妃""飞燕"的说法不好，"宝钗借扇机带双敲"一回中描写，"宝玉"把"杨妃"的比喻告诉"宝钗"，"宝钗"大怒。现在作者在回目里这样写，岂不要把宝姐姐气煞。而且玉环、飞燕虽都是美人，却有不洁的传说。用来比喻闺阁女儿，太唐突了。我读的本子是"宝钗扑彩蝶""黛玉泣残红"。第五十六回的"实宝钗小惠全大体"，我读的本子是"贤宝钗"。第四十二回的"潇湘子雅谑补余香"，大概是错字，应是"补余音"。第三十九回刘姥姥讲的抽柴女孩"茗玉"，是"若玉"。第七十八回宝钗解释她出园去的原因，其中姨娘、姨妈混杂。似乎应该整理。

燕：人文版是以庚辰本为底本的，我读的版本就是人民文学出版社2005年印刷的。从版本对比的角度，您指出的这些不同很值得探索。

宗璞老师，您对秦可卿这个人物怎么看呢？无论如何她的地位不寻常。

璞：我认为秦可卿的出身是个谜。在书里是很重要的人物，简直是仕女班头。可是她的出身是从养生堂抱的。

燕：秦业同时抱的还有一个男孩，这个男孩后来死了。为什么要安排这样一个闲笔呢？

璞：秦钟呢，又是她的弟弟。

燕：是秦业五十岁上亲生的。这一连串的关系挺怪的。是否当初抱了一男一女，只为掩护可卿真实身份。因为过去都是抱男孩的多，总不能只抱一个女孩回家嘛。而且秦可卿、秦钟姐弟两个的名字都有个"情"。论谐音一个是"情可轻"，一个是"情种"——"开辟鸿蒙，谁为情种？"警幻仙姑向宝玉演示的《红楼梦》曲子词一开头就是这句。

璞：这都放到秦家去了。起先读的时候，我就对秦可卿的出身、地位感到扑朔迷离。要是照刘心武的考证，她是废太子的女儿。这样说可以增加阅读的兴趣，好像也增加了了解，使得人物更丰富了。是否真实不必考。

燕：周汝昌先生认为秦可卿的原型或许是废太子胤礽随康熙南巡时与当地民女的私生女儿。曹家指示"秦业"出面收养，在她长大后娶为家媳。如果从周先生这个立场出发，那么我认为"秦可卿"在"秦业"家的生活时间就是有限的，清贫的秦家不可能给她那么好的教育和生活条件。可能她自童年起的大部分时光都是在曹家度过的。

可卿死后，只字未提秦业的悲伤。秦钟呢，在送葬回来的路上就找机会与小尼姑鬼混去了。有评价说雪芹惯用的写法是"隔纱照影"。书里没有明讲，但从字里行间就可见秦家与可卿的感情是淡的。而且不但是淡的，字里行间还有"早了早好"，卸担子般的如释重负。你的葬礼再隆重，与我们秦家也无干系。你风光地去了，我们也尽了礼。从此在心理上就迅速摆脱隔离了。

还有，刘心武先生不是举出一个古本中，在周瑞家的给女眷们送宫花那回有回后诗，最后一句就是"家住江南本姓秦"，意指秦可卿么？

璞：这也很可能！有这么一说也能增加阅读的兴趣。

燕：在周瑞家的送宫花那一回，人们还说香菱很有东府"小蓉大奶奶的品格儿"。香菱也是从江南来的，会不会她和秦可卿两个还有什么深藏的血缘关系？

璞：哎，是有这样的描写。所以香菱的命应该是薄而又薄，才有代表性。香菱也是个很重要的人物，第一个出现的女儿。她的原名"甄英莲"，意思是"真应该可怜"。

燕：把所有的女儿都包括了。

璞：整个都包括在里头了。

燕：和尚说她"有命无运，累及父母"，振聋发聩。

璞：她是甄士隐的女儿。

燕：对。您认为甄士隐和江南甄家有关系吗？

璞：他无非是为了用这个"甄"字。真事隐去，假语村言。那个甄宝玉又正好要对着贾宝玉，也要用这个"甄"字。

燕：冯友兰先生又怎么看《红楼梦》？

璞：啊，他是很喜欢的。他认为《红楼梦》的语言好，三等仆妇说出话来都是耐人寻味的，可以听的。

燕：但有些人说话又特别的贫，如王熙凤。王熙凤还不识字。

璞：这个，我觉得是一个缺陷。王熙凤自幼假充男儿教养，怎么能不识字呢？

燕：是不是由此反映了王家空白的文化传统？

璞：王家做到九省检点呢。

燕：他们是商人出身，也许很不重视家庭文化教育。

璞：王家人也不怎么样，比如王仁。不过他们官做得很高了。

燕：王夫人也没什么文化气质。

璞：是不是因为她们是女性？

燕：但像王熙凤这样连字也不识……是不是王熙凤的原型就是这样子呢？

璞：还有一个地方也是不合适的。薛宝钗进京来是为选秀女，可她小的时候就有一个金锁，要"有玉的才嫁"，那应该从小就知道贾宝玉有玉的事。为什么还来选秀女，还住在贾家？有点矛盾。

燕：会不会薛家想着万一能选上秀女，前途就更光明了？要走元妃那条路。

璞：对，想走这条路，就不把金玉良缘放在心上了，等到走不通又回来了。哈哈。

燕：现在许多人对薛宝钗的印象好过林黛玉。如张宗子《彼岸的薛宝钗》，给我印象很深。

璞：我在哪里看见一句话，说是"我们虽然喜欢林黛玉，可是给儿子选媳妇还是选择薛宝钗"。

燕：从实用主义层面是这样。

璞：可是《红楼梦》的好就在这里。一个是在世俗社会里头很圆满，一个是离经叛道，整个人都不合流。林黛玉就代表了一种精神。人们喜欢黛玉是有原因的，在黛玉身上表现了觉醒的人格意识。某回宝黛口角之后，黛玉说我为的是我的心，宝玉说我也为的是我的心。这在中国小说史上是头一次有这样的对话，他们有自己的心。所以这两个人物光辉万丈，他们的爱情又是在知己的基础上形成的，更是感人。还有，为什么不少人喜欢探春？

燕：比起黛玉，探春更容易博得大众的喜爱。

璞：她就有独立的精神，这在女子中是比较少的。

燕：她说她要是男子，早就出去做一番事业了。在这点上她与祖母真是一个稿子。贾母如是男儿，也早出去立业了。

璞：探春有政治家风度。林语堂在《凭心论高鹗》一文中戏言，程伟元应悬赏征求两篇文字，一是小红在狱神庙，一是卫若兰射圃，每篇一千美金。我建议还应再加一题：探春远嫁，多花一千美金。因为那是很值得写的。

燕：您对冯紫英的印象不太好？

璞：哈，我觉得他像跑江湖的。

燕：您是不是受后四十回影响？在高鹗笔下，冯成了掮客。前八十回倒不是这样子。不过冯紫英给人的印象总不似卫若兰、梅公子，是仙品少年。顺便说一句，网上有人评价您的小说《野葫芦引》里的庄无因就是仙品少年！

璞：卫若兰在前八十回没有现身。丢失的"卫若兰射圃"一定很好看，现在的描写只有喝酒看花，很少室外活动。想起《战争与和平》中描写的年轻人坐着雪橇到朋友家去，很畅快。"射圃"若不丢，就好了。

燕：可能他们在武事上已经退化了。

璞：但男孩子骑马、射箭还是要练的，不是贾兰还拿着小弓射鹿？也有可能是正因为退化，所以描写少了。

燕：端木蕻良先生写过小说《曹雪芹》。他还有一本红学研究《说不完的红楼梦》。他有个重要观点：曹雪芹是"师楚"的，是从楚文化浪漫主义一脉下来的。我也想，第十七至十八回贾宝玉陪父亲游览大观园时，特地说了许多《楚辞》里的名花异草，一定就有向屈子致敬之意。而在您创作于二十世纪七十年代末的中篇小说《三生石》里，男女主人公被一块石头连在了一起。其实这也是"师楚"，是浪漫主义大境界。

璞：无限意蕴在石头。《红楼梦》另外有个名字《石头记》，这个名字好。它点出了主人公的本来面目，包括降生在"花柳繁华地温柔富贵乡"以前的履历，"此系身前身后事"，而且这部书本身就是记在石头上的。也许有人要考证高十二丈、二十四丈见方的大石头，能记下多少文字。那就请便吧。从石头主人公，引出了一株草，引出了"木石前盟"的故事，使得宝黛的爱情更深挚、更刻骨铭心。因为它是从前生带来的，是今生装不下的。若套"反面乌托邦"（王蒙语）的说法，它是"反面宿命"的。深情与生俱来，却没有带月下老人的红线。石头有玉的一面，家族与社会都承认这一面。玉是要金来配的，与草木无缘。木和石乃情之结，石和玉表现了自我的矛盾和挣扎，玉和金又是理之必然，纠缠错结，形成红楼大悲剧。曾见一些评论，斥木石金玉等奇说为败笔，谓破坏了现实主义，实在不能同意。

燕：真是诗意的。这是中国文学传统一类非常美丽的特色。外国文学里的浪漫主义在空灵境界上似乎还差了一个层次。

璞：中西浪漫主义比较，是个大题目。《红楼梦》里面讲木石姻缘，就是前生定的。书里写得非常明白，一个木石前缘，一个金玉良缘。世俗一方是要金玉了，可是宝黛的感情是前生带来的。这两条线非常的清楚。林黛玉一出场是多么隆重，完全表现了"木石前缘"的地位。高鹗在后面把这两条线抓得很紧，绝对没给他弄乱。紧扣住这一根本设计从不偏离，是续书的最大成功处。

燕：不过，我对宝湘结合说也能接受，觉得它能自圆其说。也许最后宝玉与湘云就是患难结合，那时已没有那么多的浪漫了，他们在艰苦中互相扶持走完最后一程。

璞："宝湘说"有点画蛇添足的味道了。本来宝玉对黛玉的爱情是非常真挚浓烈的："你死了，我做和尚。"后来果然是做和尚了。

燕：为什么黛玉说她记着宝玉"做了两回和尚了"呢？

璞：对……那无非是为了强调宝玉总把做和尚放在嘴边。要再加个史湘云，就成了"四角"，把宝玉的感情分去了。八七版电视剧表现史湘云后来做了歌女，我认为不必嘛。她那个判词非常清楚，"云散高唐，水涸湘江"，"湘江水逝楚云飞"，她就死了嘛。怎么还会加这么一段？水逝云飞人何在？所以她不见得能活过宝钗。本来史湘云是很可爱的女子，但是没有必要把她拔高，这没有道理。我是没有时间，身体也不行，想说的话不能系统深入。而且在"诉肺腑心迷活宝玉"那一回，袭人不是对湘云说"听说姑娘大喜了"？

燕：对。这当指湘云许配卫若兰一事。

璞：其上回就是"因麒麟伏白首双星"。这很明白了，金麒麟与卫若兰有关，而非宝玉。

而且，就算在现实生活里确实有史湘云的原型，她和曹雪芹后来结为夫妇，也不必照样写到小说里。小说就是小说，可以有自己的布局，不是曹雪芹传。读小说还是要读小说本身。研究小说是另外一回事，叫做做学问。

燕：您自己在《三生石》前面也写过这样的话："小说只不过是小说。"

璞：而且贾宝玉最后离开家的时候是辞别母亲，仰天大笑而去的。他走后王夫人和宝钗都"不觉流下泪来"，这都写得够好的了。

燕：这段非常动人。"仰天大笑出门去，我辈岂是蓬蒿人。"——高鹗的八股训练使之精于用典。要是按李白诗意，宝玉是先要向世俗证明自己不是"蓬蒿人"，要先给父母的养育之恩一个安慰、一个交代。所以他参加了科举考试，是中完举人，再脱离红尘而去的。

璞：用李白的诗来解释宝玉仰天大笑出门去，不大合适。宝玉本不是蓬蒿人，他去考试中举是为了安慰父母，以报亲恩，不是为了自己中功名，而出门别家的行为也和功名无关，而是永别了的意思。他要去出家是他履行誓言，以酬知己。

后面他辞别父亲又是那样一个动人景象。多有人批评宝玉出家前拜别父母是败笔，我却以为这是最近人情处。这就行了，这人就走了，我们不再看见他了。他不会再从天上掉下来"二进宫"的。还有再就是"宝钗早死"说。这说法不对，她应该死在宝玉后面才对。也许宝玉后来在外面死了，反正宝钗的命运一定是守寡才对。就是宝玉不在了。

燕：中国人认为出家还是不坏的结局。

璞：对，是进入了另外一个世界。你看，有三段描写支持我的看法。

一是第二十二回"制灯谜贾政悲谶语"中，宝钗作的诗谜最后一句是"恩爱夫妻不到终"。她的谜底是竹夫人，想来是竹枕一类，冬天就用不着了，不得长久。这是我从前看的《红楼梦》，不知是什么本子，我记得很清楚。现在人民文学出版社 1982 年出版的本子，这个诗谜没有了。照这个本子宝钗的诗谜是"更香"，照注解说也是要守寡的意思，不如"恩爱夫妻不到终"直接。我看的那个本子"更香"这个诗谜是黛玉作的。

二是"琉璃世界白雪红梅"那一回目，大家穿的外套都很好看，都是大红猩猩毡的，映着白雪一定很好看。唯有两人穿的不是红衣：一个李纨，一个宝钗。李纨穿的藏青色，宝钗穿的莲青色。李纨已经守寡了，这暗示宝钗将来也会守寡。这个，我印象很深。

燕：您看得真细，宝钗的确一直穿着朴素。

璞：对。还有第三点，就是她住的屋子，雪洞似的。贾母就给她收拾，拿点古玩摆一摆，还说年轻人不该这样。都说明她将来要守寡的。我觉得这很明确，高鹗续的也是对的。因为宝钗将要守寡，宝玉是不可能娶史湘云的。

燕：可能高鹗在创作里融入了部分雪芹残稿，那些也是后四十回最华彩的乐章。在第五十二回有一段，贾母赏给宝玉雀金裘那天，"阴阴的要下雪的样子"，麝月就特意跟宝玉说，你穿那身大红猩猩毡去见老太太。到高鹗续的最后一回，贾政在岸上微微的雪影里看到身穿大红猩猩毡光着头的宝玉向自己下拜，神情似喜若悲。这前后是有呼应的。不但都是阴寒欲雪的天，而且还都是穿着大红猩猩毡的宝玉在长辈面前下拜。

不过张爱玲在《红楼梦魇》里认为，宝玉在当和尚后还穿大红猩猩毡是太阔气了。

璞：不能太现实了，本来是在雪地里头……

燕：红白牛相间很凄美。

璞：然后一僧一道夹着宝玉飘然而去，是很空灵的。

燕：不过，在上次传给您的高鹗的续里，宝钗递给王熙凤烟袋的描写，是一定出于高鹗自身生活阅历的。

璞：《红楼梦》中人抽烟，在你说这事以前，我真的不知道。是不是我看的那个本子没有这个细节。《儿女英雄传》中安太太和张金凤都是抽水烟的，很符合她们的生活。若是宝钗、凤姐都咕噜咕噜抽起水烟来，想想未免可笑。前八十回并无关于烟的描写，便是男士也没有抽烟的。这是高鹗的败笔。

燕：另外，在后四十回，刘姥姥一说起来就是"我们屯里"。"屯子"也是东北话。小时候我读过描写抗联的儿童文学《小矿工》，那时就知道了这个词，所以一下看出来了。在前八十回，刘姥姥说的可都是"我们村里"。一字之差。

璞：后面四十回确实不是曹雪芹作的，但认为一些很好的描写是残稿也可以。不过后四十回的主线是正确的。幸亏有了这后四十回，不然你想想光有前八十回会是什么样子？

燕：以前还有过很多续书，都是千奇百怪的。

璞：那些续书是绝对上不了台盘的，幸亏有了高鹗续。纵然才情差一点，但还是功大于过。这个文本，它整体是好的。这么伟大的一部作品，是高鹗给成全了。现在有些红学家研究十分细致，设想也到位。但总的来说，谁也代替不了高鹗。

燕：紫鹃是个很完美的人物。

璞：她也是表现一种精神。护花主人评她"在臣为羁旅，在子为螟蛉"，她对黛玉那么忠诚，写她也正是写黛玉。黛玉有这么好的丫头正说明黛玉的为人。正如金圣叹说的"写林冲娘子所以写林冲"。但我不大喜欢晴雯，她对坠儿那么凶。晴雯是黛玉的影子，可黛玉是个小姐，所受的教育是不一样的。她使小性儿，但不能泼辣。《红楼梦》高就高在这儿，非常活。

燕：但黛玉、晴雯在总体上是一致的，作者升华了她们的共同点。

璞：还有一个谜团人物是薛宝琴。非常完美，很重要。

燕：十全少女……

璞：对于这个人物我有一些看法，她不只完美而且还很显眼，宁国府除夕祭宗祠就是从她眼中写出来的。她初到荣府就被贾母看中，想要她做孙媳妇。可是她不属于"红楼十二钗"，也看不出她的性格。西方文学批评有一种说法，说文学中有两种人物：一种是圆柱人物（round character），他们是复杂的、多面的、立体的；另一种是扁平人物（flat character），他们是平面的、单一的。《红楼梦》绝大部分人都是前者，而我觉得薛宝琴近似后者，近似一个扁平人物。有人就《红楼梦》中的场景写了诗，如：黛玉葬花、宝钗扑蝶、香菱学诗、岭官画蔷、湘云眠石，这些场景都是活生生的活动。湘云眠石本来是一个静的画面，可是她是醉后才在石头上睡着了，嘴里还嘟嘟哝哝说什么，身上盖满了花瓣，这就显出她豪爽豁达的性格。睡着的人是活的。只有宝琴立雪不同，她好像定格在那儿，只是一幅画，看不出性格。黛玉葬花不能换成另外一个人去做这件事，因为这是由于她的性格来的。湘云眠石也一样。可是宝琴立雪就不同了，换一个人也可以有这个场景。寿怡红群芳开夜宴，宝琴也去了，可是没有写明她抽到什么签，别的重要人物可以用花的个性表现人的个性，宝琴的个性不鲜明，也就不好给她派什么花。但若说对宝琴的描写是败笔，也不对，她是很美的，只是像个瓷娃娃。

　　燕：影子样的人物。是不是作者想借她来表现什么？而且她和林黛玉的关系非常好，林黛玉把她当妹妹来看。

　　璞：写宝琴深重黛玉，两人很亲近。是从侧面写宝琴，这是比较省事的写法，让人知道她大体上的倾向。有一个数学家，他写了不完整的后四十回，写到薛宝琴后来起义了。

　　燕：啊，那和林四娘一样了。

　　璞：她起义了，最后还嫁给了柳湘莲。

　　燕：在她自己作的诗里，有"不在梅边在柳边"。所以刘心武也提出过这说法。宝琴与梅翰林公子无缘，最终与柳湘莲结为夫妻。过去还有一种续书，说是林黛玉起义了。因为第七十八回贾宝玉作挽词挽的那个青州起义的林四娘也姓林嘛。不过我有种直觉，若非琴、黛之原型本为一人，就是琴在生活里原就为黛之幼妹。"不在梅边在柳边"是《牡丹亭》的唱词。在第十七至十八回"大观园试才题对额，荣国府归省庆元宵"里，元妃省亲，点了四出戏，"所点之戏剧伏四事，乃通部书之大过节、大关键"。第四出即《离魂》，脂批："《牡丹亭》中，伏黛玉死。"林黛玉、薛宝琴，她们之间似乎是存在某种深隐关联的，可又很难说得清楚。

璞：有一天，我看见郁金香的花瓣落满了桌面，觉得很感动，立时想起玉兰花落。中国诗词关于落花的描写很多，很美。"林花谢了春红，太匆匆，难奈朝来寒雨晚来风。"但林黛玉的《葬花》真是原创啊，从来没有人写过的。

燕：花魂鸟魂总难留。

璞：是不是有这个情况，后四十回没有什么诗词，高鹗写不出来了。

燕：高鹗还中过举呢。但他专心研究的可能多是八股，缺乏诗词上的灵气。后四十回里贾母对贾政说"你小时候比宝玉还不务正业"，可见宝玉自有他父亲的基因。在前八十回的最后部分，贾政心灰意冷之际回忆自己起初的天性也是个诗酒放诞之人。看来，高鹗是捕捉到了前八十回这处细节的。

璞：第一百一十六回"得通灵幻境悟仙缘"中的描写也稍感凌乱。宝玉从此知道了众姊妹的寿夭穷通，渐渐醒悟。使我联想到有特异功能的不幸者，每日里见人的五脏六腑，未免煞风景。

（二人笑，结束谈话。）

爬山

我喜欢爬山。

山，可不是容易亲近的。得有多少机缘凑合，才能来到山的脚下。谁也不能把山移在家门前。它不像书，无论内容多么丰富高深，都可以带来带去，枕边案上，随时可取。置身于山脚后，也才是看到书的封面。或瑰丽，或淡雅，或雄伟，或玲珑，在这后面，蕴藏着不可知。若要见到每一页的景色，唯一的办法，是一步步走。

山是老实的。山也喜欢老实的、一步一步走着的人。

我们开始爬山。路起始处有几户人家，几棵大树，一点花草，点缀着这座光秃秃的山。向上伸展着的路，黄土白石，很是分明。到了一定的高度，便成为连续不断的之字形，从这面山坡转过去，不知通向哪里。

"云水洞在哪儿？"侄辈问村舍边的老汉。

"在那后面。"老汉仰首指着邻近山峰上的三根电线杆。"还在那杆后面。"他看看我们，笑道："上吧！"

山路不算险，但因没有修整，路面崎岖，很难行走。我爬到半山腰，已觉气喘吁吁。转身不需要仰首，便见对面山上云雾缭绕，山脚的几户人家，也消失在那一点绿荫中了。

"能上去么？"家人问。

当然能的。我们略事休息，继续攀登。又走了一段，我心跳，头也发涨，连忙摸摸衣袋中的硝酸甘油，坐了下来。"不去了，好么？"家人又问。

当然要去的！只要多休息，从容些就行。我们逐渐升高，山顶越来越近了。

已经有下山的人，他们是从另一侧上去的。"还有多远？"上山的人总爱问。"不远了，快一半了。""值得看，那洞像天文馆一样。"下山的人说。在同一条山路上，互不相识的人总是互相关心，互相鼓励的。虽然在人生的道路上，并不尽然。

转过了山头，一条陡峭的路依着山峰向上爬去，尽管不像黄山、华山的有些路那样笔直地挂着，却因路面难于下脚，使得爬山很像爬山。

翻过山头，便是下坡路了。可以看见对面山头上的三根电线杆，而无须仰首了。这山头后面的山腰中有两间小屋，一前一后。"那里就是了！"有人叫起来。大家为之精神一振，人们加快了脚步。我还是一步步有节奏地走着。山坳里不再光秃秃，森然的树木送来清凉的空气。走着走着，深深的山谷中忽然出现一堵高大的断墙，巨石一块块摞着，好像随时会倒下来。不知经过了多少年月，多少水流风力和地壳的变化，叠成了这堵墙，这倒有点像黄山的景色。我忽然想起，去年今日，我正在黄山的云海中行走。

对云水洞的向往阻止了关于黄山的回忆。我们终于到了。一路风景平淡，洞外更像个集市，乱哄哄都是人。洞里会是怎样？因为谁也不曾到过这类的洞，大家都很兴奋。进洞了。甬道不宽，地下湿漉漉的，洞顶也在滴水。灯光很弱，显得有些神秘。

前面的人忽然发出一阵惊叹之声，我们进入了一个大厅堂。头上是一个大圆顶，这样的高大！似乎山也没有这样高。"那么山是空的了。"谁说了一句。我们还没有来得及惊叹，灯光灭了，眼前漆黑一片，惊叹声变作惋惜的叹声。如果罩住我们的穹隆能像天文馆的圆顶，发出光来就好了。没有光，什么也看不见。我觉得头上便是黑夜的天空本身，亿万年前便笼罩着大地的天空本身。而我们是在山的内部！人流向前进了。我们模糊地觉得有几块大石，矗立在路边。卧虎？翔龙？还是别的什么？只好想象。有的时候，身在现场也需要想象的。

我们看到石的帐幔，又是这样高大！像是它撑住了黑色的天空。看到洞顶垂下的石钟乳，如同小小的瀑布；听讲解员敲了几下石鼓、石钟，鼓声浑厚，钟声清亮，却不知它们的形状。看得最清楚的，是路边的一只骆驼。它站在那里，不知有几千万年了。第五厅较小，身旁石壁上缀满了闪亮的雪花，头顶垂着的一穗穗玉米，不知出自哪一位能工巧匠之手。等我们赶到第六厅——最后一厅时，看到了一座座玲珑剔透的山峰，在明亮的灯光下，宛如仙境。据说这里有十八罗汉像。又是正要惊叹时，灯倏地灭了，只好慨叹缘悭，不得识罗汉面。但是得睹仙山，也算是到了西天吧。

限于时间，不能等下一次开灯。虽然只匆匆一瞥，那宏伟、那奇特、那黑暗都留在了我的眼前。回来的路上，大家仍兴奋地谈说，只因没有看全，稍有些遗憾。我却满意这番见识。这番见识，是靠一步步走，才得到的。

我们又一步步下了山。山脚的老汉在路边摆出许多块上水石。他问："上去了？"我对他笑。要知道，比这高得多的山我也上去了呢，无非一步步走而已。

车上人都睡了。我不由得又想起黄山上的那几天。那一次医生原不批准我上山，见我心诚，才勉强同意。我也准备半途而废的。到慈光阁的路上，只是一般山景，已经累了。上了庙后的从容亭，忽觉豁然开朗，远处的大谷，露出宽阔的石壁，如同在敞开胸怀，欢迎每一个来客。小路便沿着这雄伟的山谷，向上，向上，消失在云雾中。谁能在这里止步呢？而且那"从容"两字用得多好！我常觉黄山的文化修养较差，是件憾事。这两个字，却是我一直不忘的。

到半山寺，我已抬不起脚。猛抬头，看见天都峰顶的金鸡，是那样惟妙惟肖，顿时又有了力气。"上来吧！上来吧！"它在叫天门，也在召唤远方的陌生人。走吧，走吧，一步步从容地走，终究会到的。

上得蟠龙坡，才真算到了黄山。从这里开始，上下完全是两个世界。从坡顶远望，每一座山，都好像各自从地下拔起，不慌不忙地高耸入云。我恍然大悟，黄山，原是个大石林。站在没有遮拦的坡顶，罡风吹走了下界的一切烦恼，奇丽的景色涤荡着心胸，只觉得眼前这般开阔，心上了无牵挂，毫无纤尘，真如明镜台了。怪不得庙宇、庵、观都选在奇峰异壑，才能修身养性呢。

记得在玉屏楼那晚，本想出来看月的。前两天汤溪的夜，真是月明如洗。只是房中人太多，我在最里面，走不出来。只好从一个狭窄的窗中，对着黑黝黝的大石壁，想象着月下的群山怎样模糊了轮廓，而群山上的月，又是怎样格外明亮，格外皎洁。

半途而废的计划取消了。我继续一步一步向上爬。忽见远处一片明亮的水，中间隐现城池。我以为那是"人寰处"了。被问的人大笑，说那便是著名的云海，只可惜浅了些，所以露出些峰峦。我坐定了观赏，见它波涛起伏，真像大海一般，但它究竟是云，看上去虚无缥缈，飘飘荡荡，与大海的丰富沉着，是两般风味。黄山是山，山中划分区域，以海为名，最初想到这样命名的，也算得聪明人了。

我一步步走着。看那大鳌鱼，那样大，那样高，那样远。我终于钻进了它的腹中，又从嘴里出来了。我在平天矼上漫步，在东海门流连。我走的是现成的路，是别人一步步走出来的现成的路。徐霞客初到黄山时，是用锄凿冰，凿出一个坑，放上一只脚。如果在现成的路上还不能走，未免惭愧。当然，若是无心山水，当作别论。

我登上了始信峰，那是我登山的最终极处。这峰较小，却极秀丽，只容一人行走的窄石桥下，深渊无底。远看石笋矼，真如春笋出土，在悄悄地生长。峰顶是一块大石，石上又有石，我没有想到，上面又写着"从容"二字。

我从容地下了山。因为未上天都，有人为我遗憾。想来我虽不肯半途而废，却肯适可而止，才得以从容始，又以从容终。

后来一直想写一段关于黄山的文字，又怕过于肤浅，得罪山灵。不料从小小上方山的浮光掠影中联想到去年今日。无论怎样的高山，只要一步步走，终究可以到达山顶的。到达山顶的乐趣自不必说，那一步步地走的乐趣，也不是乘坐直升飞机能够体会到的。

于是又想到把写文章比作爬格子的譬喻。林黛玉有话：还得一笔笔地画。薛宝钗评论说这话妙极，不一笔一笔地画，可怎么画出来了呢。文章也是一个字一个字写的。不在格子上爬，可怎么写出来了呢。

　　不一步步爬，可怎么上山呢。

　　我喜欢爬山。

三千里地九霄云

我在记忆之井里挖掘着，想找出半个世纪以前昆明的图像。在那里，我从小女孩长成大姑娘，经历了我们民族在二十世纪中的头一场灾难，在亡国的边缘上挣扎，奋起。原以为一切都不可磨灭，可是竟有些情景想不起来，提笔要写下昆明的重要景色——白云时，心中只有一个抽象的概念：昆明的云很美。

只有概念，没有形象，这让我觉得可怕，仿佛眼前是个无底的黑洞，把所有的图像都吸进去了。

我记得那蓝天，蓝得透明，蓝得无比。我在《东藏记》开头写着："昆明的天，非常非常的蓝。只要有一小块这样的颜色，就会令人惊叹不已了。而天空是无边际的，好像九天之外，也是这样蓝着。蓝得丰富，蓝得慷慨，蓝得澄澈而光亮，蓝得让人每抬头看一眼，都要惊一下，'哦！有这样蓝的天！'"

蓝天上有白云，我记得的。可是云在哪里？我必须回昆明去，去寻找那离奇变幻的白云，免得我心中的蓝天空着，免得我整个的记忆留下缺陷。

于是我去了，乘汽车，乘飞机，倒也简单。一路上想，古人为鲈鱼辞官不做，若是现在，可以回乡享受了鱼宴再出来宦游，岂不两全？然而也就没有那弃官爵如敝屣的佳话了。

飞机沿西线飞，经太原、西安、重庆，到昆明坝。它穿过云层，沿着山盘旋，停在四围青山之间。

飞过了两千多里。若是走路，岂止三千里。为了那虚幻的云。

我站在昆明街角上了。头上蓝天似不如记忆中那样澄澈，似调了一点银灰或乳白。这是工业发展的效果。

天公为迎接我，在这一片不算宽阔的蓝天上缀满了白云。

昆明的云，我久违的朋友！我毫不费力地发现我的朋友与众不同处，它们也发现了我，立刻邀我进入云的世界。这一朵如山峰，层峦叠嶂，厚薄相接处似有溪流落下。那一朵如树丛，老干傍着新枝。这一朵如花苞，花瓣似张未张。那一朵如小船，正待扬帆起航。只一会儿工夫，这些图景穿插变幻，汇成一片，近处如积雪，远处如轻纱，伸展着，为远天拦上一层帷幔。

忽然落下雨点儿，紧接着就是一阵急雨。人们站在街旁店铺的廊檐下。一个水果担子在我身旁。

"你家可买梨？宝珠梨。尝尝看。"挑担人标准的昆明话使我有余音绕梁之感。那是乡音！宝珠梨在记忆中甜而多汁，是名产。据说现在已经退化了。人们在培养新品种。我摇摇手，用乡音对答："梨么不要。你家说的话好听呢好听。"挑担人不解地望着我。那是典型的云南人的脸，这张脸在我的记忆之井中激起了许多玲珑的水泡，闪着虹的光亮。

雨停了，挑担人拢好箩筐上的绳索，对我笑笑。"要赶二十里路回家咯。"他向街的一头，十字路口走去，那里从前是城门。

雨后的天空，又是云的世界。我走几步便抬头，不免东歪西倒，受到"不好好走路"的责备。于是便专心走路，回想着白云下的宝珠梨担子，那陌生又熟悉的脸庞和天上的白云。

几天后，朋友们安排我去石林附近的长湖。五十年前，我曾到过那里。当时的长湖藏匿在茂密树林中，踏过曲折的石径，站到湖边时，会觉得如同打了一针镇静剂，一切烦恼不安都骤然离去，只有眼前的绿和绿意中水波的明亮，把人浸透了。我曾把这小小的湖列于西湖太湖之上，因为它不是一般的风景，而是一种心灵的映照。

不料这一次我们驱车往路南尾泽乡，所遇震撼全在长湖之外。再没有坎坷不平的泥路，再没有背上放着木架的小马，有的是上上下下都十分平坦的公路，车子驶过，没有一点颠簸。行到高处，忽见前面豁然开朗，大片蓝天之上，有白云的图案，如一幅抽象派的画，不写真，不状物，只是一团团，一块块，一层层，卷着滚着，又在邀人进入云的世界。"昆明的云！"我叫起来，真想跳离了车子，扑到天边去！车行急速，转眼掀过了这一幅图画，眼前是无比真实的土地，鲜红色的土地，红土地！

红土地连着绿林，红土地连着蓝天，红土地连着白云！我亲爱的云南的土地！多少年来，我怎么忽略了这神秘的鲜艳的红色呢！在这红土上生长着宝珠梨，滋养着本地和外来的人，回荡着好听的昆明话；在这红土上伸展着蓝天，变幻着白云——

我们走过一个小村庄。村中房舍想必是用红土烧坯建成，屋顶墙壁一派暗红。村前池水也是红的，两三个系蓝布围腰的妇女在池边洗衣服。洗出来的衣服想必也是红的了。

颜色很绚丽，心里却酸苦。红土是酸性土壤，它的孕育是艰难的。

可是我相信，人人都会有一池清水，这是迟早的事。

尾泽小学已是正式的楼房了。院中植着花木。我住过的土坯房不见了。只是那片操场还在。五十年，该有多少农家孩子从这里得到启蒙的知识，打开了灵魂的窗户。而在操场和我一起学过阿细跳月的人们，还有几个能再来？

车直开到长湖边上，我还一再地问："是这里么？这是长湖么？"可见长湖大变样了。似是从一个纯真的少女变成了人情练达的成年人。湖水不再掩藏在树木间，而是坦然地抚摸着开朗的湖岸。岸上有草地，有野炊用的泥灶，俨然一个公园。

我们坐在一个小岗上，良久不语。作为公园，这里还是不同一般的。水面澄清，天空开阔，而且是这样的蓝！

记得《西游记》中有堆云童子布雾郎君这样的角色，常被孙大圣传唤。布雾郎君且不说。这堆云童子无疑是个艺术家。蓝天上的云朵洒得疏密有致。渐渐地，小朵汇成大朵，如堆棉，如积雪，一会儿，棉和雪变化成一群白羊，一只大狗。狗是在牧羊么？远山上出现一个大玩偶，一只大袖子，还有很长很弯的鼻子，似要到湖里吸水。那狗蹄子正踩在玩偶头上。玩偶不必发愁，狗蹄子很快移开了，愈来愈淡，狗消失了，只剩下群羊。想不到在无意间，得观白衣苍狗，更领悟子美"天上浮云如白衣，斯须改变成苍狗"之叹。

云还在变幻。一座七宝楼台搭起来了，又坍塌了。围湖的山和天相接处，一朵朵云如同很大的氢气球。正在欲升未升。不久化作大片纱缦，似是从山顶生出来的，把天和地连接在一起。而天是蓝的，地是红的，白云前还点缀着绿树。

归途中，一轮丽日当空。快到昆明了，忽然，年轻的朋友叫道："快看！彩云！"

哦！彩云！就在太阳的右下方，一朵椭圆形的彩云！刚看见时是玫瑰红，一会儿变作金色，一会儿又变作很浅的藕荷色。太亮了，我们不得不闭上眼睛。再看时，可能我的不正常的视力作了加工，只见彩云后面透出彩色的光，许多亮点儿成串地从云朵上流下，更让人不能逼视。

"不能看得太久，"我们说，"会折损了福气。"

太阳随着车子的向前而后退，那朵彩云却面对面地向我们头顶飘来，随即消失了。

云南这个名称，据说始于汉代，因彩云出现而得此名。有谁真正看到过彩云？如今有我。

昆明的云！美丽的云！在我的记忆之井中注满了活水。

"三千里地九霄云"。我拟下了一个作文题目。

平生最喜游山逛水。这几年来，很改了不少闲情逸致，只在这山水上头，却还依旧。那五百里滇池潾潾的水波，那兴安岭上起伏不断的绿沉沉的林海，那开满了各色无名的花儿的广阔的呼伦贝尔草原，以及那举手可以接天的险峻的华山……曾给人多少有趣的思想，曾激发起多少变幻的感情。一到这些名山大川异地胜景，总会有一种奇怪的力量震荡着我，几乎忍不住要呼喊起来："这是我的伟大的、亲爱的祖国——"

然而在足迹所到的地方，也有经过很长久的时间，我才能理解、欣赏的。正像看达·芬奇的名画《永远的微笑》，我曾看过多少遍，看不出她美在哪里；在看过多少遍之后，一次又拿来把玩，忽然发现那温柔的微笑，那嘴角的线条，那手的表情，是这样无以名状的美，只觉得眼泪直涌上来。山水，也是这样的，去上一次两次，可能不会了解它的性情，直到去过三次四次，才恍然有所悟。

我要说的地方，是多少人说过写过的杭州。六月间，我第四次去到西子湖畔，距第一次来，已经有九年了。这九年间，我竟没有说过西湖一句好话。发议论说，论秀媚，西湖比不上长湖，天真自然，楚楚有致；论宏伟，比不上太湖，烟霞万顷，气象万千——好在到过的名湖不多，不然，不知还有多少谬论。

奇怪得很，这次却有着迥乎不同的印象。六月，并不是好时候，没有花，没有雪，没有春光，也没有秋意。那几天，有的是满湖烟雨，山光水色，俱是一片迷蒙。西湖，仿佛在半醒半睡。空气中，弥漫着经了雨的栀子花的甜香。记起东坡诗句："水光潋滟晴方好，山色空蒙雨亦奇。"便想，东坡自是最了解西湖的人，实在应该仔细观赏、领略才是。

正像每次一样，匆匆地来，又匆匆地去。几天中我领略了两个字，一个是"绿"，只凭这一点，已使我留连忘返。雨中去访灵隐，一下车，只觉得绿意扑眼而来。道旁古木参天，苍翠欲滴，似乎飘着的雨丝儿也都是绿的。飞来峰上层层叠叠的树木，有的绿得发黑，深极了，浓极了；有的绿得发蓝，浅极了，亮极了。峰下蜿蜒的小径，布满青苔，直绿到了石头缝里。在冷泉亭上小坐，直觉得遍体生凉，心旷神怡。亭旁溪水铮铮，说是溪水，其实表达不出那奔流的气势，平稳处也是碧澄澄的，流得急了，水花飞溅，如飞珠滚玉一般，在这一片绿色的影中显得分外好看。

西湖胜景很多，各有不同的好处，即便一个绿色，也各有不同。黄龙洞绿得幽，屏风山绿得野，九曲十八涧绿得闲……不能一一去说。漫步苏堤，两边都是湖水，远水如烟，近水着了微雨，泛起一层银灰的颜色。走着走着，忽见路旁的树十分古怪，一棵棵树身虽然离得较远，却给人一种莽莽苍苍的感觉，似乎是从树梢一直绿到了地下。走近看时，原来是树身上布满了绿茸茸的青苔，那样鲜嫩，那样可爱，使得绿茵茵的苏堤，更加绿了几分。有的青苔，形状也有趣，如耕牛，如牧人，如树木，如云霞；有的整片看来，布局宛然，如同一幅青绿山水。这种绿苔，给我的印象是坚忍不拔，不知当初苏公对它们印象怎样。

在花港观鱼，看到了又一种绿。那是满池的新荷，圆圆的绿叶，或亭亭立于水上，或婉转靠在水面，只觉得一种蓬勃的生机，跳跃满池。绿色，本来是生命的颜色。我最爱初春的杨柳嫩枝，那样鲜，那样亮，柳枝儿一摆，似乎蹬着脚告诉你，春天来了。荷叶，则要持重一些，初夏，则更成熟一些，但那透过的活泼的绿色表现出来的苗壮的生命力，是一样的。再加上叶面上的水珠儿滴溜溜滚，简直好像满池荷叶都要裙袂飞扬，翩然起舞了。

从花港乘船而回，雨已停了，远山青中带紫，如同凝住了一段云霞。波平如镜，船儿在水面上滑行，只有桨声欸乃，愈增加了一湖幽静。一会儿摇船的姑娘歇了桨，喝了杯茶，靠在船舷，只见她向水中一摸，顺手便带上一条欢蹦乱跳的大鲤鱼。她自己只微笑着一声不出，把鱼甩在船板上。同船的朋友看得入迷，连连说，这怎么可能！上岸时，又回头看那在浓重暮色中变得无边无际的白茫茫的湖水，惊叹道："真是个神奇的湖！"

我们整个的国家，不是也可以说是神奇的么？我这次来领略到的另一个字，就是"变"。和全国任何地方一样，隔些时候去，总会看到变化，变得快，变得好，变得神奇。都锦生织锦厂在我印象中，是一个窄狭的旧式的厂子。这次去，走进一个花木葱茏的大院子，我还以为找错了地方。技术上、管理上的改进和发展就不用说了。我看到织就的西湖风景，当然羡慕其织工精细，但却想，怎么可能把祖国的锦绣河山织出来呢？不可能的。因为河山在变，在飞跃！最初到花港时，印象中只是个小巧曲折的园子，四周是一片荒芜。这次却见变得开展了，加了好几处绿草坪，种了许多叫不上名字来的花和树，顿觉天地广阔了许多，丰富了许多。那在新鲜的活水中游来游去的金鱼们，一定会知道得更清楚罢。据说，这一处观赏地原来只有二亩，现在已有二百一十亩。我和数字是没有什么缘分的，可是这次我却深深地记住了。这种修葺，是建设中极次要的一部分，从它，可以看出更多的东西……

更何况西湖连性情也变得活泼热闹了，星期天，游人泛舟湖上，真是满湖的笑，满湖的歌！西湖的度量，原也是容得了活泼热闹的。两三人寻幽访韵固然好，许多人畅谈畅游也极佳。见公共汽车往来运载游人，忽又想起东坡在密州出猎时写的一首《江城子》："老夫聊发少年狂。左牵黄，右擎苍。锦帽貂裘，千骑卷平冈。"想来他在杭州，当有更盛的情景吧？那时是"倾城随太守"，这时是每个人在公余之暇，来休息身心，享山水之乐。这热闹，不更千百倍地有意思么？

希腊画家亚伯尔曾把自己的画放在街上，自己躲在画后，听取意见。有一个鞋匠说人物的鞋子画得不对，他马上改了。这鞋匠又批评别的部分，他忍不住从画后跑出来说，你还是只谈鞋子好了。因为对西湖的印象究竟只是浮光掠影，这篇小文，很可能是鞋匠的议论，然而心到神知，想西湖不会怪我唐突罢？

　　我所见的三峡，从中峡巫峡始。

　　船从汉口开。那一天天色灰蒙蒙的；水色也灰蒙蒙的。在一片灰蒙蒙之间，长江大桥平静稳重地跨在龟蛇二山上。古色古香的黄鹤楼和现代化的二十层的晴川饭店遥相对峙。水面上忽然闪出一道亮光，摇着、跳着，往船头方向漾开去。一直到大桥那一边。原来云层里透出小半个灰白的太阳来。

　　船开了，追着水面跳荡的远去的阳光开行了。

　　大桥看不见了。两岸房屋越来越少，江面越来越宽，有一道绿边围着，极目前方，出口很窄，水天相接，长江从窄窄的天上流过来。等船驶近，原来也是十分宽阔。窄窄的水天相接的出口又移到远处了。于是又向前去穿过那窄的出口。

　　船行的次日中午过沙市，约停四五小时又起锚。直到黄昏，原野还是平阔，江流浩荡。暮色中更显得浑重。我想不出三峡是怎样开始的。便去问过来人。据说山势逐渐高起，过了宜昌才见分晓。日程表上写明第三日七时左右到下峡西陵峡，尽可放心休息。

　　半夜两点多钟，一阵喧闹的人声、哨声和拖铁链的声音把我惊醒。从窗中看出去，只见一堵铁壁挡在眼前，几乎伸手便可摸到。"到葛洲坝了！"我猛省，连忙起身出房。只见甲板上灯火辉煌，我们的船在船闸里。上下四层的船不及闸墙三分之一高，抬头觉得闸顶很远，那一块黑漆漆的天空更远。人们从船头走到船尾，又从船尾走到船头，互相招呼："要放水了!""要开闸了!"据说闸门每扇有两个篮球场大。等到船闸停满了船只，便开始放水。眼看着我们的船向上浮升，一会儿工夫，已不用仰望闸顶，只消平视了。紧接着闸门缓缓打开，"扬子江"号破浪前行，黑夜间，觉得风声水声灌满两耳。站在船尾看时，璀璨的葛洲坝灯火渐渐远去，终于消失在黑暗里。我心中充满了对人——我的同类的无限敬仰之情。只因有了人，万物之灵长的人，万物本身，包括这日夜奔腾不息的长江，才有各自的意义。

我自己却是愚蠢之物，过分相信日程表，以为离七点钟尚早，便又回房。等我再出来时，两岸有丘陵起伏，满心以为要到三峡了，不想伙伴们说："西陵峡已经过了!屈原和昭君故里都过了!"

我好懊恼。"百里西陵一梦中。"我说。

可是没有时间懊恼或推敲诗句。船左舷很快出现一座山城，古旧的房屋依山势而建，层层叠叠，背倚高山，下临江水，颇觉神秘。这是寇莱公初登仕途，做县令的地方。大江东流，沿岸哺育了多少俊杰人物，有名的和无名的，使人在山水草木城郭之间总有许多联想。不只是地理的，而且是历史的，这是中国风景的特色。

天还是灰蒙蒙的，雨点儿在空中乱飞。据说这是标准的巫峡天气。我们在云雾弥漫中向前行驶。忽然面前出现两座奇峰，布满树木，呈墨绿色。江水从两山间流来。两山后还有山，颜色淡得多，披云着雾。江水在这山前弯过去了，真不知里面有多深多远!这就是巫峡东口了，只觉得一派仙气笼罩着山和水。人们都很兴奋，山水却显得无比的沉静，像一幅无言的画，等待人走进去。

船进入巫峡，江流顿时窄了许多。两岸峭壁如同刀削，插在水里。浑浊泥黄的江水形成一个个小漩涡，从船两边退去，分不清水究竟向哪个方向流。面前秀丽的山峰截断了江流，到山前才知道可以绕过去。绕过去又是劈开的两座结构奇特的山峰，峰后云遮雾掩，一座座峰颜色越来越淡，像是墨在纸上洇了开来。大家惊异慨叹，不顾风雨，倚在栏边，眼睛都不敢眨一眨。我望着从船旁退去的葱葱郁郁的高山，真想伸手摸一摸。这山似乎并不比船闸远多少。

香山

曾记得满山如火如荼的壮观，在太阳底下，那红色似乎在跳动，像火焰一样。秋天的丰富和幽静调和的匀匀的，向每个毛孔渗进来。

据说神女峰常为云雾遮蔽，轻易不肯露面。人们从上船起便关心是否有缘得见。抬头仰望，只觉得巉岩绝壁压顶而来，令人赞叹之间不免惶悚。一个个各种名目的峡过去了，奇极了，也美极了。冷风挟着雨滴和山水一起迎接我们的船。"快看，快看！"大家互相指着叫着，"看到了！看到了！"看到的舒一口气，没看到的懊丧地继续伸长脖子。

　　我看到了。我早就知道神女会见我的。那山峰本来就峻峭秀奇，在云雾中似乎有飞腾之势。就在峰顶侧，站着一个窈窕女子，衣袂飘飘，凝神远望。怎能信她是块石头！再一想，她本是块石头，多亏了人，才化为仙女，得万人瞻仰；她才有她的事迹，得千古流传。薄薄的淡灰色的云纱缠绕着仙女和峰顶，云和山一起移动，人们回头看，再回头看，看不见了。

　　快到巫山时，一只货船自上流急驶而下，船上人大声喊着，听起来像歌一样萦绕在峡谷中。临近时才听清他喊的是"道谢了！道谢了！"原来是大船为免小船颠簸，放慢了速度。

　　"道谢了！道谢了！"喊声随着船远去了。忽然想起《水经注》上对巫峡的总结："巴东三峡巫峡长，猿鸣三声泪沾裳。"现在没有猿啼了。却有人的喊声在峡谷中撞击，充满了和自然搏斗的欢乐。

　　过了巫山县，驶过黛溪宽谷，便是上峡瞿塘峡。上峡只有八公里，仍是高山重障断岸千尺，很是雄浑壮伟，只不如中峡灵秀。出夔门时，据说滟滪堆就在脚下，还有传说为八阵图的礁石也炸掉了。人，当然是要胜过石头的。

　　5月4日上午到重庆。距1946年过此地，已是三十九年了。当时全家六人，如今只余其半。得诗一首志此："四十年前忆旧游，曾怀凤约在渝州。雾浓山转疑无路，月冷波回知有秋。似纸人情薄不卷，如云往事散难收。恸哭几度服缟素，销尽心香看白头。"

　　这里不是物是人非，物也大大变迁了。夜晚在码头候船。江中也有万家灯火，大小船只密密麻麻，好一派热闹气象。这晚皓月当空，距上次见此山城月，已近五百回圆了。

　　5日从重庆返回，顺江而下。次日上午到奉节停泊。有一小汽船带一座船，载我们到上峡中风箱峡看纤道。小船行驶在长江里，两岸的山显得格外高，直插入云，水中漩涡急转，深不可测。船行近一座峭壁，只见山侧有一道凹进去的沟，那就是从前的纤道了。《水经注》载过三峡下水五日，上水百日，可见其难。五十年代初上水还需半个月，也是人力为主。登石阶数百，可以站在纤道上，头顶山崖几乎不可直立。想当初拉纤人便是这样弯着身子逆水拖船的。这时人没有船的支撑，山势更显雄伟，脚下急流滚滚，真觉得个人不过渺如沧海之一粟。从峡口望进去，可以看到六层山色，最近的是黄，然后是深绿、绿、蓝灰、灰和在江尽处天下边的灰白，灰白后似乎还有什么，每个人可以自己在想象里补充。

　　我忽然想跳进江去，当然没有实行。其实真有机会一亲长江流水时，是绝不肯的。

　　回去时，小船正驶在江心，上游飞快地下来了一只货船。船上人高声喊着，还是唱歌一样。忽然一声巨响，船猛地歪了一下，许多人跌倒了，有的人头上碰出血来。两边船上都惊呼，又有人喊话，寂静的江心一时好不热闹。原来那货船把小汽船和我们的座船之间的缆绳撞断了。那货船仍在喊话，顺着急流转眼就不见了。下水船是停不住的。我们的座船在江心滴溜溜乱转。我正奇怪它到底要往哪边行驶，忽然发现它不能开，只能随旋转的水而旋转。不免心向下一沉。幸亏小汽船及时抛过缆绳，很快调整好了，平安驶回"扬子江"号。回船后大家都有些后怕。座船上没有任何工具，若冲下去，只有撞在礁石上粉身碎骨了。想来江流吞没的英雄好汉，不在少数。

　　而吞没的尽管吞没了，几千万年如水流去。人渐渐了解江河了，然而究竟又了解多少呢？

　　船在奉节停泊一夜，7日晨又进入三峡。水急船速，中午时分已到下峡。我因上水时错过了，便一直守在船栏边。一般的说法是上峡雄，中峡秀，下峡险。近年来下峡的巨石险滩多已除去，并无特别险阻之处了。眼前是叠峦秀峰，可以引出各种想象。不可仰视的断岸绝壁上有着斑斓的花纹，有的如波浪，有的如山峦，有的如大幅抽象派的画。繁复的线条和颜色，气势逼人，不可名状。这可以说是西陵峡的特色吧。但是我想不出一个准确的字来概括。大幅绝壁上面是葱葱郁郁的山巅。据说山巅上平野肥沃，别有天地。山水奇妙，真不可思议。

船过秭归、香溪，是屈原、昭君故里。滚滚长江，每一段都有中华民族可歌可泣的历史遗迹。以"扬子江"号的速度，怀古都来不及。而我们的绝才绝色都出于此，也是天地灵秀之所钟了。香溪水斜插入江，颜色与江水截然不同。一青一黄，分明得很。世事滔滔，总有人是在"独醒"的。其实，对于"世事洞明皆学问，人情练达即文章"这两句话，我倒是很佩服。

船驶出西陵峡口，顿觉天地一宽。见峡口两峰并不很高大，这是因葛洲坝使水位提高了。峡口山上有亭台，众人如蚁行其上，显然是一公园。远见大堤拦截，各种横杆竖线，我们又回到了红尘。

峡口两山老实地站在江中，船仍随水东流。我和我的记忆，也随船飘远了。

鸣沙山记

西行归来很久了，有些印象已经淡漠；也有些印象经过时间的酿造，轮廓反更分明，意思也更浓郁。这从记忆里时常浮现的画面之一，是鸣沙山。

鸣沙山在敦煌县城南。我们下榻在城东。城东果木成荫，绿色满眼，和华北的夏日无异。可是驱车不到半小时，下得车来，我忽然发现自己落入了沙的世界。眼前是一座沙山，脚下是厚厚的积沙，沙粒很细，踩上去如同在海滩行走。也许亿万年前，这里曾是海底吧。

眼前的沙山就是鸣沙山了。当时是晚上八时许，正值黄昏，那天天色似不很晴朗，在灰暗的天空下，巨大的沙山默默地站着，显得孤寂而遥远，山光光的，除了数不尽的细沙，什么也没有。因为有山，甚至也没有沙漠的瀚海无垠的气魄。但是好像有一种什么力量，使我们都肃然。那感觉不是空间上的，而是时间上的。时间退回到遥远的遥远的过去，那时生命还没有发生，没有动物的踪迹，也没有植物的覆被。有的只是永恒的静谧，和对未来的期待。

我们在沙漠上走，把鞋子拿在手中。风从耳边吹过。我看见风也向沙山上吹着，在半山腰把沙粒向上扬起，似乎是帮助沙山长得更高。我恍然，风若总是从这个方向这样吹，自不会湮没山脚下的泉水。

鸣沙山脚下有一个月牙泉，是与山齐名的。我们走了一段路再向右转，便看见四面黄沙之中那一弯明亮的水。水面据说较前小多了，也浅多了，但还清澈。水边有几株芦苇，大有江南水乡的意味。对岸有几处断墙残壁。那是以前庙宇的遗迹；还有一株枯树，巍然处于瓦砾之中。这一切，很像一幅纸色已经发黄，笔墨也已模糊的古画。这时有一个并没有骑驴的壮年人，安详地走进这幅画面，一点不理会这边的笑嚷，只顾穿过废墟，一直向远处走去。

"他一个人，往哪儿去?"我不禁问，望着远处的山，山那边当然还有山。

没有人能回答，我也不能去问个究竟。于是这孤寂的投向洪荒的身影，便和碧水黄沙一起，在记忆中留了下来。

这时天色更暗，鸣沙山显得更高了，仿佛离天空很近。风扬起细沙，在山腰形成一团团烟雾，又飘飘扬扬地散了。我转身向山脚走去，把伙伴们留在泉边。我真想爬上沙山，再从山上滑下来，据说就可以听到沙粒相撞的声音，但我还是适可而止了。我孤零零地站在山脚下，举目尽是灰色的沙，心中充满莫名其妙的喜悦。那感觉好像是在白茫茫的雪原上，正想扑进雪里抚摸雪的清凉，又如同在浩漫漫的大海边，正想站在起伏的海浪上随着波涛远去。我几乎跪下来拥抱大地！拥抱这孕育着生命，哺育着人类的整个的大地！大地的景色多么丰富，多么幻妙，多么奇，又多么美！这里有塞北的荒凉和江南的妩媚，有山的静止和水的流动，两种情调极不相同的美互相对照，互相辉映，互相联结，成为一体。我想长啸，听一听沙山和清泉的回响，我想大喊，呼叫那投向洪荒的寂寞的人。

"我们在这里!"我喊着。当然，连在月牙泉边的伙伴也听不见，更何况那远去的人。

我们确实在这里。我们在这里生活，战斗，成长。戈壁滩上有一座锁阳城遗址，据说现在夜晚仍有厮杀呐喊之声。记录着人类文明发展的敦煌文化，现在仍在呼吸，仍在散发着光辉。我看见那妙相庄严的菩萨，才忽然懂得"容光照人"这四个字。我看着著名的三兔藻井，真觉得画中的云在旋转，流动，就像眼前灰暗的天空上，大片的、缓缓流动着的、活着的云一样。

我们在这里。我们还要在这里长久地、更好地生活下去。

　　归途上大家踩着坎坷不平的阡陌，不觉议论道，千万不该在这样的山川中开这几亩不打粮食的田地，还抽用月牙泉水来浇田！做了多年的不肖子孙，现在总该明白一点了吧。

　　我不时回头，看那孤身远去的人是否赶了上来。沙山在渐浓的夜色中更显得巨大、沉重，沙粒仍然在山腰飘扬旋转，落到沙山上去。

　　"我们在这里。"我默默地说。

　　恐再无来鸣沙山的机缘了。我愿听到它的消息，使这一片景色在我的记忆中，苍茫的更苍茫，妩媚的更妩媚——

1981 年 12 月 31 日

澳大利亚的红心

　　瑙玛有个小小的习惯，怕下楼；因此当然也不能上楼。

　　我们在阿丽思泉古斯艺术馆的圆厅里走着，见厅中心有一个螺旋形的小楼梯，梯侧有小喷泉，暗红色的灯光照着喷洒的水珠。我请她到厅边小坐，不要陪我上去。她说到上面就可以看见这个艺术馆的主要内容。她用了一个字，我一时想不起那英文的意思。"上去便知。"我想。

　　跨过暗红的喷泉，缓缓上到梯顶，我不觉吃了一惊。我怎么忽然来到了澳洲中部的荒原上、旷野间？苍凉而豪迈的中澳大利亚景色，扑向我眼前，这样辽阔，这样一望无际；又这样寂静，这样无动于衷，只有远处小小风车给一点动的感觉。似乎时间也被这豪迈苍凉羁留住了。那一直伸展开去的原野，直到天边，看不见了，却又明知它还在继续伸延，简直使人想赶过去看个究竟。在棕褐色、有的地方是暗红色的原野上，铺缀着一丛丛灰白的草，一丛丛暗绿的榛莽，再高一些是那一对孪生兄弟的橡树，它们真像彼此的影子。最高的植物是一株尤加利树，它那灰白的树皮下，显示着充满了生命的筋骨，天地交界处有一段远山，又有一座淡蓝色的平顶山，像一个倒扣的长盒，后来知道它的名字是考诺山。又有一座稍长的，一端扁平的浅棕色的山，后来我知道那便是世界最大的独石，艾耳石。

　　我循着楼栏走了一圈，才悟出那英文字义是全景画。这画面形成

209

一个圆圈，观画人站在中央。近处 20 呎的泥土植物全是实物，连接着 20 呎高的画面。画面不但集中了中澳大利亚的有特点的景物，还画出了那原野的苍郁混沌的神情，使人不觉大有"天地悠悠"之感。

次日我们乘车行驶在真正的澳洲内陆原野上。离艾耳石越来越近，这种"天地悠悠"之感也越来越强烈。车行几个小时，眼前总是莽苍苍一片，忽然远处出现了那淡蓝色的考诺山。以后我发现无论从哪个方向看，它总是保持着那淡淡的蓝，虽然远，却很分明。走着走着，考诺山不见了。太阳没遮拦地照着，蓝天亮得耀眼。地下的草格外灰白，榛莽的绿显得格外干涩。而路呢，不知何时起，变成了鲜艳的红色。如果不是亲眼得见，实在难以想象土地能红到那样地步。这红色在那全景画中并不突出，大概是要留给人自己捉摸吧。于是天是蓝的，树是绿的，草是白的，路是一味地红。风吹草低，便是原野的活动，便是原野的声音。

我拿出"罗吉的地图"，想看看行程远近。罗吉是气象学家，是璐玛的儿子。在悉尼那几天，都是他开车。离开悉尼时，他送了我这份地图，还有一个复活节巧克力兔。他对璐玛极为体贴关心，总是在需要他时及时出现。"这样孝顺儿子不多了。"璐玛常说。我也为她高兴。

罗吉的地图告诉我们，艾耳石有 3.2 公里长，2.4 公里宽，335 米高。艾耳是一个人的名字。1872 年最初来到这石山的欧洲人取此名，艾耳本人与这石山并无关系。这里原有土著，现在都迁往别处了。他们有蛇人的传说，山的阴阳两面有两种蛇，后来成为两个部落。我不禁联想到我们中华民族的龙，其实也是由蛇图腾演变来的。看来在远古时代，蛇的势力不小。

我们到了，艾耳石从近处看如同一匹趴卧的大兽，棕色的纹理好像大象粗糙的皮肤。石山上有好几处洞穴，有的洞中有简单的原始的画，都保存得很好。头一天在阿丽思泉，璐玛曾请一位研究土著生活的英国朋友来见，他对他们的画很了解，圈圈点点，曲线直线，都有意义，都在诉说一个故事或一种感情。只是有些内容他们不愿人知，他也就闭口不言。在他那里见到一些画，圈、点和线的形状、颜色都

黄水仙

它们好像冷不防把景物中那点朦胧揭去了，告诉人们不管怎样乍暖还寒，看！明媚的春天在这里呢。

「我看着，看着，竟没有想到，这景象带给我怎样的珍宝。」

很和谐，倒有点像当前抽象派的画。

日程中有一项是赏艾耳石变换颜色。我们清早出发，登上一个沙丘，东西张望。向东看日出，向西看石山的颜色。石山在黑暗里黑黝黝的，黑夜渐渐淡去，石山逐渐显出棕色的皮肤。朝阳在天边涂抹着彩霞，石山在不知不觉间也涂了一层橘红色。在太阳跃出地平线的一刹那，据说石山会像火一样通红，但那天不知为什么，没有见到这奇观。又因为东张西望不能兼顾，对两边似乎都无多少心得。从沙丘上下来，瑙玛笑道："走了几万里路，临了石山不变颜色。""总得把最奇特的留给想象。"我笑答。其实眼前的景色已经够奇了。在灰白和暗绿相间的原野上，破开一条鲜红的大路，向石山缠绕过去。远处虽有总是那样蓝的考诺山和另一座奥尔加山，近处的艾耳石却显得这样大、这样孤单。不知从什么时候被抛掷在这里，遗忘在这里。它像澳洲一样，终于被发现了，而且成为胜景。我记起 T·哈代所著《还乡》的第一章，"一片苍茫，万古如斯"。那描写伊登荒原的文字是多么美——还有那红土贩子。现在科学发达，当不用红土染色了。

"这路，这土，多么红……"我喃喃道。

"这是澳大利亚的红心，"瑙玛说，"澳大利亚的红心欢迎你。"

红心两字并非瑙玛发明，在导游画册里便是这样说的。在辽阔无垠的原野上坦露的红路，真像敞开了赤诚的胸怀，那是人民友好的心愿，我向她感谢地微笑，默默地俯身抓起一把红土。原来，在土著的许多美好的传说中，确有红土染身的故事。说是在世界尽头住着一个女人，她的职责是早晨点火照亮世界，晚上熄火让万物安息。在点火与熄火时，她都要用红土装饰自己。红色反照在天上，便成了朝霞和落日的绮辉。

我们沿着红色的路，下午便返回阿丽思泉。在渐渐合拢来的暮色中，西天却逐渐明亮，越来越红，很快就成了一片通红。红云上压着一层层灰黑的云。这里没有别处落照的千百种颜色的变幻，整个天空，只有红与黑两种颜色。红云真像在天上烧着大火，因为天地是这样无边无际，火也烧得透旺，烧得恣意，从天的一端直烧到另一端。偏又有层层黑云，有时在红云上压着，有时在红云下托着，更显出那壮丽的通红来。通红的天连着通红的地面，仿佛从地面上也在升起红云。真使人感到一种浩大、神秘的力量。大概是那世界尽头的女子在撒扬红土所致吧。

车上几个小孩在说儿歌："彼吉博吉胖墩墩，拉着女孩们不住地亲；一伙男孩来游戏，彼吉博吉跑开去。"在清脆的童音中忽然发出一声赞叹，瑙玛说："看那边！"和通红的西天遥遥相对，在草莽中升起一轮明月，月轮很大，染着淡淡的金黄，默默俯视着这原野。我忽然想起内蒙古草原上大而圆的月亮，不也就是这一个么？它冷眼观看了亿万年来地球各处人类的发展。不知地球上何人初见月，也不知月亮何时初照人。人的智慧发展到今天，月亮本身的奥秘也已让人探得去了。

日落的壮观持续约一小时，夜幕终于遮盖了一切。路边的地灯告诉我们已走上柏油路，红土的原野越来越远……

"告别了，澳大利亚的红心。"我在心中说。我已从自然景色中苏醒过来，和车上的旅客攀谈着。旅客来自澳大利亚各阶层，也来自世界各地。谈笑间，我也学会了瑙玛小时就在说着的儿歌："彼吉博吉胖墩墩……"

其实我虽然离开了那红色的原野，却并未离开澳大利亚的红心。牧场上，大学里，繁华的大城和清幽的小镇中，到处都遇到热心朋友。南澳大利亚的库诺本小学特地赠我一把银色的小勺，柄上有校徽，盒底写着："请冯女士用它的时候记住我们，并请转达对中国小朋友的友谊。"

访问小学校时，我被安置在大沙发上，孩子们围坐在地，瞪大了眼睛瞧着我。校长科博狄克先生多才多艺。他手弹吉他，领着孩子们唱欢迎歌。我讲我自己的古老伟大正在建设的国家，讲了我们小学生的一天的生活。应校长之请，我也讲了《露珠儿和蔷薇花》这篇童话。我很怀疑我的自译能否达意，孩子们却专心地听。讲完了，一个孩子举手问："那朵蔷薇死了？""骄傲的蔷薇死了。"我不无伤心地答。

校长让孩子们自由发问，空气很是活泼。问题一个接一个："中

国最高的山？""中国最长的河？"“中国的牙膏是什么颜色？"“你有多
少岁？"我也问他们，问他们的志愿。几乎人人都举起小手。有的要
做农民，有的要做理发师；有的女孩愿意做护士，愿做家庭妇女；有
的男孩要做警察，要开飞机。只有一个孩子要做科学家，没有人愿当
教师。

"如果你几年前来，会有许多孩子要做教师。"校长说："近来教
师失业的很多。"原来澳洲人口增长率趋于零，孩子少，需要的教师
也少了。

"不管做什么，"校长又说，"我们要培养的是有用的、快活的人。"

临别时，校长从墙上取下两张图画送我。一张是黄色的小人，那
是海盗；一张是用拇指按出来一个个指印，组成一棵树。我想起澳大
利亚名作家帕特里克·怀特的一本书名《人类之树》。在人类之树上，
每个民族、每个国家尽管有种种不同，都该在自己可爱美丽的国土上
辛勤劳作，发展兴旺，并且互相友好往来，使这棵大树根深叶茂，绵
衍久远。

面对着这张天真的画，不禁又想起罗吉的地图，想起养猪人餐桌
上丰盛的糕点，想起明史教授雨中送别，想起每天看着表为我煮鸡蛋
的退休老船长……当然，还有代表澳中理事会接待我的瑙玛那充满了
关怀、做出细致安排的亲切的声音。虽然我免不了常请她重复一次，
奇怪的是，我总不觉得她说的是外国话。

还有那奇特的剖露着红土的原野——澳大利亚的红心。

1981 年 6 月初

羊齿洞记

　　记得 22 年前写《西湖漫笔》时，第一句便是"平生最喜游山玩水"；岁月流逝，直到现在，还是改不了山水旧癖、烟霞痼疾。

　　1982 年美国的三个月之行，原拟偷暇去寻访几处自然景色；行到第一站檀香山，便知很难做到了。——87 岁的老父兴致虽好，究竟行动不便。7 月 12 日，国际朱熹会议组织花园岛之游，本应陪侍老父，却不能前往。幸有历史研究所的冒怀辛先生，情愿代我一日之劳，我才得以一览幽胜。

　　到花园岛之前，并不知岛上有个羊齿洞，只听说在夏威夷群岛中，花园岛是最美的一个。从檀香山乘飞机，掠过大海，20 分钟即可到达。岛上满眼绿色。车行在蜿蜒的公路上，随时可以看见大海：有时灰，有时蓝，有时茫茫一片，有时闪亮得刺眼。路旁除树木外，最多的是甘蔗田，随着山势起伏，偶有较平坦处，颇有些"青纱帐"的意思。

　　到了外米亚山谷，红黄色的泥土和岩石裸露在外，没有绿色覆盖，给人一种原始的赤膊的感觉。因为峡谷太深、太宽而不陡，初看时不知其深到何等地步；仔细看谷底，却又看不见。不一会儿，一架直升机从谷中飞过，飞机在我们下面，也不显得很大，才知道这峡谷之大了。然而这只是一个准大峡谷，比起美国大陆著名的大峡谷，还差得远呢！

望台上风很大，吹得人几乎站不住。那赤裸的原始的峡谷，却似乎什么也不觉得，只是默默地任风吹，凭雨淋，没有遮拦，没有雕饰，把人吸引了来，又把人的想象牵引到不知何处。

中午在椰林饭店午餐。饭后与澳洲学者柳存仁先生、任继愈兄、邱汉生先生和李泽厚学长一起在椰林中散步。椰林一端望不到边，林中遍生青草，隔不远便有一个小炉子，当为晚会时烤肉用。林的另一端与餐室间，有一条莹洁的小河，水上有独木舟，岸上有奇花异树，无人叫得出名字。又有几位日本学者和我们一起谈笑，在树下水旁，兴致勃勃，都早把朱熹老人抛在了脑后。

然后乘船。船很大，游人凭栏而坐，中间有夏威夷姑娘跳舞。前几天，在夏威夷商店里看见过草裙舞，裙已非草制，但式样还是仿草裙的。船上的舞者穿长裙，跳的当然仍是民间舞。舞者身材、面目都很秀美，肤色很黑，睫毛很长，舞姿曼妙，她们自己似乎也很快活。但是想想她们靠这个吃饭，背后的辛酸，还不知有多少呢！

水平如镜，两岸树木郁郁葱葱，绿得很浓。映在水中，连水也是浓绿色。夏日的阳光也很浓，一切都是浓酽的，浓酽得有些慵懒。据美国朋友说，这是夏威夷的一个特点。

船到转弯处停泊了，大家弃舟登岸。一上岸不觉诧异，原来已置身热带树林中。树身高大苗壮，藤蔓纠结，把骄阳隔在远处。循小路上行，两边全是植物的世界，很少空隙。走着走着，忽然豁然开朗！我真不知世间还有这样奇异的景色。

这是一个很大的洞，大到不觉得它是洞。大束大束的羊齿植物从洞顶悬挂下来，一片叶子接着一片叶子，突出到洞顶外。仿佛这洞翻了个个儿，这些植物本该朝上长的，却朝下长了。大滴的水珠，不断从洞顶落下来，滴在羊齿草上。每片叶子都那么绿，那么亮，绿得透明，绿得鲜嫩。不是盆景中的绿，也不是"绿满阶前"的绿，而是悬在头顶上、很大很大的任意生长的一片绿。它像瀑布一样垂下来，好像就要流到我们身上，浸湿衣服，浸湿每一个人……

我一直抬头望着，望得脖子发酸，才想起来问："这是什么地方?"奇怪的是，无论北京来的，台湾来的，还是美国大陆来的各方学者，都不知道。

　　大家一面赞叹，一面循着靠侧面洞壁的窄坡向上，走到一个平台。平台边，洞壁有一处凹进去的地方，就像一个供奉佛像的坛座。我忽然想，应该有一个精灵住在这儿，绿色的、头上长着角一样两棵羊齿草的小精灵。若是他问我有什么愿望，我会告诉他：我愿用一切代价换得弟弟的健康！我那身染沉疴的弟弟啊，你现在感觉怎样？我真想把这洞天一下子移到你的面前……

　　从高坡下望，地上全覆盖着矮矮的植物，也是千姿百态。绿丛中有一泓水，浅浅的，很清澈。这是洞顶的水，流过羊齿草滴下来积成的，也不知有多少年了。

　　归途中，我满眼仍是洞中景色。车又停过几次，可我都没有注意观赏。一处似是睡巨人山（不是"睡美人"，而是"睡巨人"）；一处据说是看瀑布，可谁也没有看见瀑布在哪里。几位英、美女学者和我，在路边攀谈、照相，哈佛杜维明教授走过来，对我说："我打听到那洞的名字了。"他随即说了那英文名字，意思是"羊齿植物洞"。哦，羊齿洞！

　　会议结束后，我们在檀香山又逗留了几天，才有暇找地图、导游书等来看看。这才发现，羊齿洞不仅风景特殊，还有一个大用场——结婚圣地。

　　花园岛的结婚方式很富有浪漫色彩，结婚证是到游船部、照相馆领的，手续简便。然后到椰林中的教堂或羊齿洞举行仪式即可。原来那小小的"坛座"，还真有"圣坛"的作用呢！

　　那"坛座"上的绿色精灵，是不是该改为手持红线的月下老人呢？我不知道。不过我知道，那绿色的小仙早已飞进许多各种肤色的人的心中，并永远留驻在那里了。

1983 年 4 月 21 日

奔落的雪原
——北美观瀑记

　　对北美洲五大湖区的尼亚加拉大瀑布真是向往已久了。听说有人前往观赏，看着看着，忍不住跳了进去。也有人专门到那里自杀，大概以为那咆哮的急流能洗净世间的污秽吧。便想我若结识了大瀑布，当写一篇小说，写本是前往结束自己生命的人终于获得了生的力量，懂得了怎样赞美人生、谱写人生。那是一切名山大川应该给予人的。我相信尼亚加拉也是如此。

　　一路上我总想不通，这样大的瀑布怎能不在崇山峻岭之中，而是在平原上。经过五大湖之一的伊利湖时，只见水天一色，无边无际。公路上有不少疾驶的车，顶上倒扣一条船，便是去湖里游荡的。据说这湖连同另外三湖的水都经大瀑布落到尼亚加拉河中，再经安大略湖、圣劳伦斯河流入大西洋。这么多的水，想来那瀑布一定够壮观了。

　　车过靠近加拿大的巴法罗城时，已是下午。"不远了。"来过的人说。"怎么没有声音呢。"我想，因为目的地近了，大家都有些兴奋。我却忽然害怕起来。这平淡的湖水，连同周围平淡的景色，能汇集出怎样的雄伟呢。

　　下车后我以为还要走一段路，却忽然发现已经到瀑布旁了。最先看到的是美国瀑布，立足处比河流的水面约高两三层楼。河水平静地、放心地流过来，似乎万万没有料到会猛然跌落。水色碧绿，到悬崖边时，忽然变做了大块的雪，轰然落下，溅起无数水花，使得瀑布下部宛如在云雾中。大雪块不断崩落下来，云雾不断升起。它这样宽，悬崖岸长 1100 呎，又这样高，落差 180 呎，奔腾咆哮，好像要在顷刻间使出全身解数，而这顷刻一直延长了不知多少万年，永没有疲惫的时刻。

瀑布下是深谷，若凭走路，恐怕要走好一阵。我们乘电梯下到谷底去乘船，一会儿便到。电梯中可见美国瀑布旁边的小瀑布，名唤新娘的面纱。小瀑布再往北是三个瀑布中最大的、属于加拿大的马蹄瀑布，悬崖岸边呈巨大的马蹄形。宽 2500 呎，落差 170 呎。上船时发雨衣，船走时轰鸣的水声越来越大，船也越来越颠簸。真高大啊，那急遽奔流的水壁！好像是天门大开，尽情地把水倾泻下来。到马蹄瀑布下面了，浪花飞腾着，人们如立雨中。船还向前行，眼前什么也看不见，只是迷雾一片。不少人叫着笑着。我望着四周迷蒙的水汽，连船下的水也在跳动，翻起无数水花。就像在黄山上想跳入云海，在太平洋岸边想踏上海波一样，我真想跳下去！

当然只是想想而已。船慢慢地转身，回头看那宛如在天际的翻腾跌落如雪块般的水，因为太宽太高太大，一眼难以尽收。一条巨大的虹出现在迷茫的水汽中，弯弯的弧只划过瀑布的一角。在这里，瀑布一词似乎已不适用。布是窄条，而这里是这样雄伟，这样宽阔，这样急速地流动着，简直叫人喘不过气来。整个的雪原从天上崩落了！

啊，奔跑而崩落了，崩落了还继续奔跑着的雪原！

据说曾有不少人把自己装在桶里，随着瀑布落入深渊。不少人中只有一个少年生还。人们惊喜之余，给他将息调养，然后罚款。我在瀑布下走一遭，对这些冒险家增加了几分理解。可能谁都想随着瀑布跃下悬崖，尝一尝那飞在半空中，震撼灵魂的喜悦。不过真的伸出双手去拥抱能毁灭自己的巨大的力量，固然需要勇气，也未免任性。

这里人们的勇气和智慧是用在正当途径上的。原来流量每秒202000 立方呎的水，一半用来发电了。它给了人们多少光明，多少力量！到晚上，瀑布也不寂寞，强烈的灯光照着它，反正它不在乎，也不能抗议。古人叹昼短夜长，有人秉烛夜游，有人"只恐夜深花睡去，故烧高烛照红妆"。现代人的气魄大多了，夜游改用探照灯。白色灯光确可以帮助人在黑夜中看到瀑布汹涌崩落的气势。凭栏倚望，有灯光处的水是一片闪烁的白，不像白天，在雪般的水花下泛出碧绿来。只是瀑布太宽、峡谷太深，无论多么强的光，落到那崩落的雪原般的千万年不曾停息的层层水花上，那巨大的无底深谷中，全显得黯淡微弱，使得整个峡谷更添了些神秘莫测、捉摸不定的色彩。一切都显得更遥远了。忽然间灯光颜色变了，暗红的颜色罩住了深谷。一会儿又变做绿的、蓝的、紫的。据说这是尼亚加拉大瀑布重要的一景。我却宁愿只要素朴的白，能帮助人们夜游便足够了。绮丽的颜色和伟大磅礴不大相称，何况还使人想起霓虹灯来。莫非这气势庄严的大瀑布也在做着一场繁华梦么？

夜深了。我们要睡了。大瀑布不管灯光怎样变换，只顾奔跑着，跌落着，跳跃着，夜以继日地给人忘却一切的喜悦。它是勤劳的，清醒的。

次日清早我们又跨过美国瀑布上游，从山羊岛上步行向下，来到瀑布半中腰流连。这里上看飞流，下临云雾。瀑布似乎是悬空的，不知来龙去脉，只是向平面延伸，一直转了半圈，成为马蹄形。有这样大的马么？是霍桑在《奇异的书》里描写的，载了英雄人物去砍下妖魔的三个头的那匹飞马吧？可惜我没有听到这里的传说，不过我自己可以编出一个来。

这时在美国瀑布下面和对岸加拿大一侧的山谷中，都有三三两两的黄衣人在行走。什么虾兵蟹将？我们问。原来可以通过隧道下去，到瀑布近身处看。在美国这一边的叫"风洞"。我们兴致勃勃地去了。穿上雨衣雨靴，也都成了虾兵蟹将。乘电梯从岩石中下去，走过隧道，到得洞口，洞外有栈桥，位置在美国瀑布和"新娘面纱"之间。水声轰鸣，比在船上时更强10倍！我们不管浪花飞舞，循栈桥向大瀑布走去，真走到它身旁了！离水流只有25呎！这时仰俯上看，急流自天而降，仿佛就浇在自己头上！厚重的水在脸面前奔腾着，厚重得像浮雕，却是奔跑着的活的浮雕。风挟着水蒙头盖脸而来，风和水都是硬的。这里不是水花水汽，简直是置身波涛中了。这奇异的站立着的波涛呵！
"我们算是到过瀑布里面了。"一个西班牙人说。

啊！崩落了还在奔跑的雪原！要把我们带到哪里去呢？我伸出手，想和瀑布巨人握一握。他却置之不理。又是一阵水浪浇来。"快走，请快走。"管理栈桥的人说，他的声音在雷鸣般的轰响中消失了。

我又伸出手来，抓住一捧水。水从指缝间漏出了。尼亚加拉大瀑布的雄姿却永不会从我的记忆里筛去。我会永远记住你的伟大精神，你的磅礴气势，你的力量，你的速度！我会永远记住你那如同崩落的雪原般的流水。

下午到山羊岛和附近的三姊妹小岛。在山羊岛北端，可见烟波浩渺的湖面，水鸥点点。岸边树木还绿着，已带些初秋的萧瑟了。它们静静地站着观看水波流去。辉煌的激昂慷慨的乐章结束了，这里是一段慢板，徐缓悠扬。湖水从山羊岛分开，流过各种形状的石头，水清见底，从容不迫。到三姊妹岛时水面很宽，却越流越急。下面便是马蹄瀑布了。绿浪时起，汹涌的水波似乎比我们站的地方还高，它们准备着，准备加入到奔落的雪原中去。

据说从加拿大一侧看尼亚加拉大瀑布更为壮观，我想不去也好。生活中美好的事物是没有穷尽的。叹为观止的景色还没有止，留着让人向往，让人期待，让人悬念。

在黄水仙的故乡

近年从外面旅行回来，常有一句问话在等着：你印象最深的是什么？这次归自伦敦，不必等问，我逢人便说，印象最深的是黄水仙，那在绿草地上轻轻摇摆着的、明亮的黄水仙。

最初见到这花是在英国朋友家里，是栽在盆中的。"这就是华兹华斯所写的黄水仙。"她指给我们看。只见一丛黄色的花，花瓣形状有些像养在水中的中国单瓣水仙，然而大得多，整个花朵犹如饮黄酒用的大酒杯，在窗台上安静地垂着头，似乎并没有什么特别出色之处。

根据记忆中的诗句，这花应该是"一眼望去千万朵，摇着头儿舞婆娑"的。花盆里、窗台上，显然不是它应该居住的地方。

伦敦已经没有人为的雾。但因天气阴晴不定，时常飞雨飘忽，景色远望总有些朦胧，好像一幅幅水墨濡染的画，颇有我国江南韵味。市内有几处公园，在淡淡的朦胧中，那大片草地总像刚经过细雨浇洗，绿色中常有一小块鲜亮的黄。驱车来去经常看见。"那是黄水仙了。"大家指点说，只是没有停下来看过。

和北京的春天特别短相反，英格兰的春天特别长。晴晴雨雨，迟迟疑疑，乍暖还寒。一天到白金汉郡的一所大宅去参观，这座宅子名为沃德逊府，原属私人，现已交国家。看完外面巍峨的众多尖顶，里面豪华的复杂陈设，便往它所属的园地走去。经过鸟厅、玫瑰亭，又经过一种软皮的大树，我们来到一个长满绿草的山坡。满眼的绿十分滋润丰满，又像是刚下过雨。走着走着，我忽然觉得眼前一亮。

草地上好大一片黄水仙！它们随着微风轻快地摇摆。简直分不清一朵朵花，只觉一片跳动着的嫩黄，让人眼亮心明。它们好像冷不防把景物中那点朦胧揭去了，告诉人们不管怎样乍暖还寒，看！明媚的春天在这里呢。

> 我看着，看着，竟没有想到
> 这景象带给我怎样的珍宝。

又是华兹华斯的诗句。对于每一个作者来说，他的所见所闻不知什么时候会给作品添上胜过珍宝的光辉。对于每一个看花人来说，自然的生命的欢乐又是艺术的力量比不上的。这后一点也许需要存疑，或者说对作者是一种鞭策。

以后在格林威治公园、克有皇家公园都看到大片黄水仙翩跹起舞，每次都使我惊喜这大片的花总少不了更大片绿草地做背景，使人于惊喜中又感到开阔而踏实。同伴们回国后，我独自留在伦敦。每天走约二十分钟的路去乘地铁，到大英图书馆看书。二十分钟的路，一路都是住宅。每座房屋前空地不大，但都整治得很好，种着各种花草。其中当然少不了黄水仙。它们一丛丛站在绿草间，调皮地把头歪来歪去。

英国人喜欢黄水仙是无疑了，有华诗为证。它一定也是容易种的，才这样随处可见。它很普通，绝不孤芳自赏，每一棵每一朵都很平淡。但是成为一大片时却那样活泼，那样欢乐，那样夺目，又那样朴素。它们形成群体时才充分显出自己这一种花的美。它们每一朵每一棵都互相依靠，而且紧挨着绿草地的胸怀。

> 一眼望去千万朵
> 摇着头儿舞婆娑

美丽的黄水仙，这时想已谢了。

1984 年 5 月初